당신에겐 당신만의 타이머가 있다.

김명심 지음

도서출판 **더로드**
The Road Books

당신에겐 당신만의
타이머가 있다.

초판인쇄	2021년 8월 10일
초판발행	2021년 8월 16일
지 은 이	김명심
발 행 인	조현수
펴 낸 곳	도서출판 더로드
기 획	조용재
마 케 팅	최관호
편집교정	권은하
디 자 인	Design one
주 소	경기도 고양시 일산동구 백석2동 1301-2
	넥스빌오피스텔 704호
전 화	031-925-5366~7
팩 스	031-925-5368
이 메 일	provence70@naver.com
등록번호	제2015-000135호
등 록	2015년 06월 18일
I S B N	979-11-6338-171-6(03810)

정가 16,500원

You have Your Own Timer

당신에겐 당신만의 타이머가 있다.

"인생, 승부를 걸어야할 타이밍"

Timer

김명심 지음

도서출판 더 로드
The Road Books

CONTENTS

9장 　　　　다시 시작하는 지금이 가장 행복하다.

나를 잃어버린 30년

25년 넘게 운영한 철물점 문을 내렸다. 대학의 꿈을 이루기 위해 세평짜리 원룸을 얻어 독립했다. 52세였던 남편은 25년 전 급성 백혈병으로 병원에 입원한지 보름 만에 돌아올 수 없는 강을 건너고 말았다.

두 아들과 철물점만 남겨두고서. 슬픔에 빠져있을 겨를도 없이 IMF 금융 위기로 2억의 부도가 내 숨통을 조여 왔다. 눈물도 사치였다. 마음에는 상처투성인지라 쓰리고 아파서 견디기가 힘들었다. 밤낮을 가리지 않고 먹을 것 입을 것 아껴가며 2억의 부도를 정리했다. 남편을 잃은 순간부터 수천 톤의 가장의 무게를 짊어지고 두 아들을 결혼까지 하였다.

'물을 보고도 놀라지 말고, 불을 보고도 놀라지 말고, 피를 보고도 놀라지 말라' 고 하는 말을 한 번도 잊지 않고 살아왔다.

힘들게 살면서도 배움의 끈을 놓지 않고 낮에는 장사하고, 밤에는 검정고시 공부를 했다. 중학교와 고등학교 모두 합격했다. 공부를 시작한지 12년 만인 2020년, 드디어 서울 사이버대학 문예창작학과에 내 이름 석 자에 학번을 받았다. 심장이 쿵쾅거렸다. 주체할 수 없는 눈물이 앞을 가렸다. 내게도 흘릴 눈물이 있다는 것을, 마음 놓고 울어도 된다는 것이 신기했다. 나는 울면 안 되는 줄 알았다. 나는 꿈을 이루면 안 되는 줄 알았다. 나라는 사람은 눈물도 사치고 꿈도 사치인 줄 알았다.

나는 동화작가나 소설가가 되고 싶었다. 엄마로서 가장으로서 살아야 했기에 꿈을 포기하고 살았었다. 그러나 작가의 꿈은 도저히 포기할 수가 없었다. 그 꿈은 내가 과부의 자리를 벗어나지 않고 숨을 고르며 살 수 있는 유일한 통로와도 같았다. 작가가 되기 위한 공부를 하기 위해서 학교 미화부 일을 하고 있지만 공부는 진흙탕 속에서 피어난 연꽃을 보는 듯 황홀하기만 하다.

나는 컴맹이었다. 온라인 수업을 하기 위해 중고 노트북을 들고 다니며 컴퓨터 배움의 동냥을 서슴지 않았다. 교회 청년에게도 붙잡고 물었다. 심지어는 은행직원에게까지도 노트북을 들이밀고 배움을 요청했다. 팔순의 할아버지까지도 컴퓨터 '컴'자만 안다고 하면 따랐다. 처음에는 독수리 타법으로 배웠다. 타닥타닥 키보드 소리를 들을 때는 가슴이 저려왔다. 그 짜릿함은 말로 표현할 수가 없었다. 유리 조각처럼 흩어져 버린 내 꿈이 하나하나 모여드는 소리 같았다. 배움의 동냥으로 배운 컴퓨터로 벌써 대학 2학년 기말고사를 마쳤다. 칠순을 바라보는 나이에 청소 일을 하며 공부 한다는 것은 처음에는 힘이 들었다. 지금은 가슴에 묻고만 살아온 꿈이 내 손안에 있다고 생각하니 행복하기만 하다. 나에게 묻는다. '내가 감히 이런 호사를 누려도 되느냐고?' 석양빛은 더 붉고 아름답다는 말이 머리를 채운다.

'늦게 피는 꽃은 있어도 피지 않은 꽃은 없다.'고 한다. 살아온 과거는 바꿀 수 없지만 미래는 바꿀 수 있다는 생각으로 남은 삶을 달팽이처럼 느리더라도 지치지 않고 답답해할 필요도 없이 천하태평으로 작가의 꿈을 놓치지 않고 살아가련다. 실패든 성공이든지 해봐야 한다. 해보지 않고는 아무것도 이룰 수 없다. 물론 대학공부를 한다고 해서 훌륭한 작가가 다되는 것은 아니다. 야구선수인 양 준혁 선수는 내야안타만 150번을 쳤다고 한다. 야구선수라 하면 양 준혁 선수를 빼놓을 수 없는 최고의 야구 선수일지라도 내야안타가 없이는 3할의 안타를 칠 수가 없고 홈런도 칠 수가 없듯이, 작가가 되기 위해서는 수없는

졸작을 쓸 줄 알아야 걸작을 쓸 수가 있을 것이다. 내 인생의
마지막을 헛되게 보내고 싶지가 않다.

　이제야 파란 신호등불이 반짝이며 내 길을 인도한다. 망설이
지 말고 어서 가라고. 때때로

　노랑불이 켜져서 서 있으라고 하면 서 있을 것이고, 빨간불
신호가 켜지면 잠시 후면 파란불이 또 다시 환희 비추어 줄 것
이니 낙심하거나 포기하지 않고 꿈을 향해 나아갈 것이다.

Timer

You have Your Own Timer

제1장 당신의 타이머는 어떠한가요?

1
모두에게 주어진
하루는 24시간!

　인생에 승부를 걸어야할 타이밍! 모두에게 주어진 하루 24시간을 남과 같이 해서는 남 이상 될 수도 없고 승부를 낼 수가 없다. 24시간을 48시간으로 쪼개서 사용해야 하지 않을까!. 48시간으로 사용하려면 아침이 중요하다고 생각한다.

　나도 평범한 가정주부로 살 때는 시간에 그렇게 목숨을 걸만큼 부지런 하지 못했다. 더구나 나는 새벽잠이 많아서 아침에 일찍 일어나는 것은 지옥과도 같았다. 초등학교를 다닐 때는 아침잠을 자려고 아프다는 핑계로 결석을 할 정도로 내겐 아침은 괴로움의 시간이었다. 성장하면서 조금씩 달라졌지만 그렇게 쉽지가 않았다.

　결혼을 하였지만 아침의 괴로움은 여전하였다. 다행히 남편의 직장이 아침을 다투는 직장이 아니었기에 아침을 감당할 수가 있었다. 나는 잠을 자서 좋았지만 남편은 새벽을 깨웠다. 주변에 있는 복숭아 과수원을 다니며 과수원의 꿈을 이루기 위해서 동분서주하며 새벽을 깨웠다. 구경만 할 수가 없어서 아이를 낳아 기르면서 조금씩 동참하게 되었다. 아침생활이 조금씩 바꾸기 시작하였다.

그러다 남편이 건설업을 겸하면서 아침이 새벽으로 변했다. 총칼만 들지 않았지 새벽은 꼭 전쟁터로 나가는 사람처럼 정신이 없었다. 건설은 다른 일과는 달라서 새벽에 일을 해야만 진도를 나갈 수가 있다는 것이었다. 건설업을 하는 사람들은 다른 사람은 하루가 24시간이면 48시간을 사는 것처럼 느껴졌다.

나는 이 일을 계기로 새벽시간이 중요하다는 것을 깨닫게 되었다. 새벽시간에 일을 하면 반나절의 일을 할 정도로 시간을 그만큼 하루가 아닌 이틀의 물량을 할 수가 있다며 새벽에 목숨을 걸 정도로 숨 가쁘게 살았다. 새벽시간에 일을 하는 것과 일을 하지 않는 것의 차이는 눈에 띄게 달랐다. 다른 일도 마찬가지겠지만 건설현장은 확실히 표가 났다. 주인이 새벽에 일어나서 일꾼들과 함께 일을 하는 곳은 벽돌이 올라가는 것이 달랐다. 한 채 한 채가 완성되는 것을 보면서 새벽을 깨우지 않고 늘어지게 잠을 잘 수가 없었다.

항상 남편이 하는 말은 '남과 같이 해서는 남 이상 될 수가 없다. 잘 잠 다 자고 놀 것 다 놀고 언제 남보다 더 낫게 살기를 바라느냐'고 하였다.

그래도 남편이 살아 있을 때는 뼈저리게 느끼지는 못했다. 남편이 세상을 떠나고 나서 절실하게 깨닫게 되었다.

내 어깨에 가장의 무게를 짊어지고 나니 자연적으로 나도 새벽인간으로 변하게 되었다. 물론 이렇게 되기에는 신앙의 힘도 컸다. 새벽기도 덕분이었다.

평상시 건설업은 새벽에 일을 한다는 것을 알았다. 새벽에 문을 여는 것은 기본으로 삼고 장사에 임했다. 새벽은 역시 24시간 중에 가장 중요한 시간이라는 것을 몸소 체험하는 시간이었다. 모두에게 똑 같이 주어진 24시간이지만 가장을 잃은 나에게는 남들보다 더 많은 일을 하여야 했기에 새벽을 깨울 수밖에 없었다. 다행히 주변의 가게들은 새벽에 문을 여는 가게는 없었고 유일하게 우리 가게만 새벽에 문을 열었다. 06시부터08시까지 두 시간 장사한 것이 때로는 하루 매출의 금액이 되기도 하였다. 이른 새벽에 살기 위해서 목숨을 걸고 장사에 임했다.

가장의 자리가 그토록 힘든 자리인 줄을 그때서야 알았다.

여름에는 새벽에도 밝았지만 가을과 겨울에는 캄캄했다. 하지만 가게 불을 켜고 광고 불을 환하게 밝히는 그 순간의 희열은 그 무엇에도 비교를 할 수가 없었다. '야, 오늘도 나는 내 가족을 먹이고 교육을 해야 할 수 있는 일 터전의 불을 켰구나!' 하는 안도의 숨 쉼이 내 자신을 지탱하게 하였다. 이 일이 노동이라고 생각하면 할 수 없는 일이었다. 일 자체를 즐겨야 했고 가족을 사랑해야 할 수가 있는 일이었다.

일터전은 나의 놀이터였고, 금 나와라 뚝딱! 하면 금이 나오는 보물창고라고 생각했기에 두려울 것이 없었다. 새벽장사는 어쩌면 내 목숨 값이라고 생각을 하기도 하였다.

새벽에 건설현장에 가는 사람들은 거의가 아침을 굶고 커피한잔으로 아침을 대신하는 사람들이 많았다. 아침을 커피 한잔으로 때우면 어떻게 그 힘든 일을 하느냐고 물으면 새참이 푸짐하게 나와서 괜찮다며 국수 같은 주름진 얼굴에 미소를 지어보이며 일을 할 수 있음에 감사하는 사람들이 많았다. 이런 사람들은 일을 고통으로 생각하지 않고 행복해 하는 모습이 인상적이었다.

지금은 다국적으로 외국인들이 들어오지만은 초창기에는 중국인이 많았다. 우리나라 말을 할 줄 아는 중국인들 중에서도 팀장을 맡아서 모든 일꾼들을 통솔하고, 물건도 척척 알아서 주문도 하고 사기도 하며 우리나라 사람 못지않게 추진력이 강한 사람들이 있었다. 우리나라 사람들이 더 잘 할 텐데, 왜 중국인을 채용하느냐고 물으면 우리나라 사람들은 돈을 많이 주어야 하고 일을 좀 많이 시키면 불만이 많아서 쓸 수가 없다고 하였다.

외국인들은 일을 고통으로 생각하지 않지만 우리나라 사람들은 일을 고통으로 여긴다고 하였다. 고통을 제대로 겪어내지도 못하면서 불만 불평만 한다는 오너들의 말이 나도 모르게 귀가 아프게 들렸다.

외국인들은 물론 돈을 벌려고 왔기에 물 불을 가리지 않고 일을 해야 하겠지만 건설현장의 팀장 자리까지 내 놓으면 우리나라 사람들의 일터전은 어디일까? 외국인들은 일을 한만큼 시간에 맞게 수당을 주면 꾀부리지 않고 잘하지만 우리나라 사람들은 수당을 주어도 돈 더 받는 것도 싫으니 근무 시간외에는 일을 하지 않는다고 하였다. 공단을 끼고 장사를 하면서 오너들의 하소연을 원 없이 들었다. 그곳은 단지 하루가 24시간이 아니고 때로는 26시간도 되었고 48시간도 되었다. 시간이 곧 돈이었다.

합판에다 자동으로 칠을 하는 공장여사장이 하는 말이 우리나라 사람은 잔업을 하지 않아서 차이가 난다며 급여 명세를 보여주었다. 얼마나 답답하면 그런 마음까지 먹었을까! 나도 그것을 보고 아쉬웠다. 그렇다고 인정을 하면 좋겠지만 월급만 차이가 난다고 불만을 하니까 답답할 노릇이라고 하소연을 하기도 하였다. 차이가 나도 작게는 이십에서 삼십이 되기도 하고 많게는 오십이 차이가 나기도 하였다. 누구든지 우리나라 사람에게 돈을 더 주고 싶지만 그렇지를 못할 때는 괴로운 일이다. 시간은 곧 돈이기 때문이다.

2
타이머는 오늘도
째깍 째깍

　나는 손목시계를 사용하지 않는다. 초침소리가 귀에 거슬리기 때문이다. 똑같은 내용이지만 세월과 시간과 초를 말한다면 '세월'은 그래도 느리게 가는 것 같고, 시간은 조금 빠르게, 초는 내 인생을 삼키는 것 같아서다. 세월이 빠라도 그렇게 빠르다는 것을 실감하던 때가 있었다. 큰 아들이 결혼하여 며느리가 잉태하기까지의 칠년의 세월은 나에게는 칠십년이 훌쩍 넘어 버린 것처럼 길고긴 세월이었다. 누구나 결혼을 하면 잉태되는 것은 기정사실이라고 여겼다. 교회 청년들도 결혼만 하면 몇 개월도 되지 않아서 배가 불러오는 것을 많이도 봐왔기에 생명이 잉태되는 것이 그렇게 어려운 것인 줄은 몰랐다.

　그런데 오년이 흘러도 소식이 없었다. 아들 보다 더 늦게 결혼을 한 청년은 아들과 딸을 순풍, 순풍 낳아서 손에 손을 잡고 다니는데 아들에게는 아무런 소식이 없이 조용하기만 하였다. 그때 손목에서 째깍째깍하며 잘도 돌아가는 시계를 내려놓게 되었다. 초침이 가는 소리는 피가 마르는 내 심장에 바늘로 콕 콕 지르는 것처럼 아파왔기 때문이었다.

추운 겨울이 가고 봄이 오는 길목에서는 견딜 수가 없었다. 봄바람이 불어와서 마른가지에 파릇파릇 연두색 빛의 새싹이 돋아날 때의 심정은 말로 표현할 수가 없었다. 더구나 형형색색의 봄꽃들이 천지 사방에 만발할 때면 마음이 바빴다. 어찌도 그렇게 계절도 빨리 가기도 하고 오기도 하는지 애간장을 다 녹였다. 교회에 가면 누구를 만나도 애기 소식을 물어오면 쥐구멍이라도 있으면 들어가고 싶을 정도로 부끄러웠다. '태의 열매는 주님이 주시는 상급이라'고 하였다. 기도하는 권사라는 직분도 내려놓고 싶었다. 주일날 교회도 가고 싶은 생각도 없었다. 그때는 버스를 타도 전철을 타도 길을 걸어도 임산부들의 모습만 눈에 들어왔다. 길을 나서기도 두려웠다. 그때 내가 살아온 지난날을 돌아보면서 내가 잘못한 부분들을 회개하며 울기도 많이 울었다. 앉으나 서나 잉태의 생각뿐이었다. 더구나 남편이 없이 혼자서 견디기에는 힘들었다. 어쩔 수가 없어서 교회에 기도 하는 권사님들에게 기도 요청을 하고 잉태에 대한 감사 헌금도 하면서 오직 태의 열매를 주십사 하는 기도 뿐 이었다.

그런데 아들이 너무 오랜 세월인지라 내가 미안해서인지 검사를 해보겠다고 하였다. 나는 반대했다. 때가 이르면 주시겠지. 하며 마음은 불덩이로 팔팔 끓을지라도 겉은 당당했다. 검사를 해 보는 것도 좋지만 만약 두 사람 중에 어느 한사람이라도 가질 수가 없다면 그때는 어쩔 것인가! 그래도 막말로 남자는 괜찮다. 입양도 할 수가 있으니까. 하지만 여자 쪽에서 잘못되었다고 한다면 어쩔 것인가! 믿고 기도 한다고 하면서도 거기에서 나도 흔들렸다. 그렇게 마음이 초조하게 지내는데, 그 와중에 지인이 와서 하는 말이 아들이 아이를 갖지 못할 것 같다며 입양에 대해서 자세히 설명을 해 주었다. 그러나 나는 귀가 막혔는지 아무 말도 들리지 않았다. 지인이 간 뒤에 낙심된 심정으로 서쪽 하늘을 바라보니 그날따라 서쪽하늘이 빨갛게 물들었다. 꼭 내 마음이 뜨겁게 달아 오른 것처럼 보였다. 이 슬픔을 나눌 수 있는 남편이라도 있다면 그래도 조금은 위안이 될 텐데 혼자라는 것이 더욱 슬펐다. 일찍 가게 문을 닫고 까만 밤을 하얗게 꼬박 새웠다. 찬양이 변하여 원망의 기도가 되었다. 왜, 하필이면 그 흔한 잉태의 열매를 우리 가정에는 주시지 않으실까? 꼬꾸라졌다. 내가 의부 자식인가! 그렇게도 미운 짓을 하였는가! '죄를 지었을지라도 일흔 번씩 일곱 번이라도 용서를 하 라. 고 하신 하나님이신데, 어쩌자고 이토록 황망하게 나를 메마른 사막으로 내 치실까. 통곡! 그 자체였다.

그리고 아침에 국민일보 신문을 보니 한 달에 넷 쌍둥이를 낳았다는 기사가 실렸다. 쌍둥이의 사진까지 실렸다. 신문을 나도 모르게 금보따리를 끌어안은 것처럼 가슴으로 안았다. 그 기사를 보니 내 심장에 펌프질을 하는 것처럼 뛰었다. 남들은 한꺼번에 네 명이나 주시는데, 우리에게는 칠년이 되어도 어째서 한 명의 자녀도 주시지 않으실까? 하나님도 오해 하실 때가 있겠지. 천지 만물을 다스리시는데 실수가 없겠는가! 우리 집에 주실 것을 그 집에다 몽땅 주셨을 것이다. 내 스스로 위로를 하며 아기들 사진을 하나하나 오려서 기도 방에 붙여놓고 아이 한명 한명을 어루만지면서 기도를 드렸다.

잉태의 선물도 하늘에서 주시는 것이다. 내 타이밍이 아닌 하나님의 타이밍에 맞추어져야 만이 우리가 얻을 수 있다는 생각을 하게 되었다. 우리가 흔히 기도하고 바로바로 응답 받기를 소원하지만 나는 아무리 급해도 하나님의 타이밍에 맞지 않으면 기다려야 한다는 것을 늦게나마 깨달았다. 무엇이든지 내 타이밍에 맞추려고 하다가 안 되면 불만과 불평을 성질대로 쏟아냈던 나의 부덕함을 회개하게 되었다. 이제는 하나님의 타이밍에 맞을 때까지. 조금 늦을지라도 조금은 더딜지라도 분명히 때가 이룰 때에 기도하는 자에게는 꼭 주신다는 것을 믿었다. 아니 그렇게 믿고 싶었다.

간절하게 신문의 아기사진을 보면서 울며불며 기도를 드렸는데, 엉뚱한 곳에서 잉태의 소식이 들렸다. 이웃의 백구가 잉태를 한 것이었다. 나는 어이가 없었지만 그것도 감사했다. 이웃의 백구한테 잉태를 한 것은 우리 집에도 곧 잉태의 꽃이 피어날 것이라는 생각에 미친 사람처럼 히히하며 웃고 다녔다. 나는 백구의 잉태의 끈이 우리 집에도 곧 임하기를 바랐다. 간절한 마음에 백구에게 우유와 야쿠르트를 사서 먹였다. 짐승이 사람의 말을 어찌 들을까마는 '백구야! 이우유와 야쿠르트 잘 먹고 그 잉태의 끈을 다른 곳에다 쏟지 말고 우리 집에다 한꺼번에 풀어 놓고 가거라.' 울면서 부탁을 하였다. 그때는 갈급했었다.

마침내 백구가 새끼 세 마리를 낳았다는 소식이 들렸다. 꼭 내 며느리가 잉태하여 순산을 한 것처럼 기뻐서 소고기를 사다가 주기까지 하였다. 고기를 가슴에 안으면서 '백구야! 이고기 잘 먹고 잉태의 줄을 우리 집에다 훌쩍 던져라 꼭이다.' 고기를 갖다 주며 내 스스로도 놀라기도 하였다.

한 나가 잉태를 위해 기도할 때에 꼭 술에 취한 사람 같다고 하였다. 나도 그와 같았다. 그때는 믿는다고 하면서도 천지 분간을 하지 못할 정도로 나는 갈급했다. 우선 시집식구들에게 염려 차 물어오면 무어라고 대답할 수가 없었다. 몹시 부끄러웠다. '아니 예수를 믿는다는 사람들이 남들 둘 셋 갖는 아이를 칠년이 다 되어 가는데 먼 일일까?' 하며 항상 물음표만 남기게 되니 때로는 하나님이 원망이 되기도 하였다.

　나는 봄이 무서웠다. 천지가 회색인데 파릇파릇 돋아나는 연록색의 새싹은 생명이었다. 마른 나뭇가지에서도 생명은 꿈틀거리는데......! 포기상태로 그래, 이 연록색의 봄을 어찌 맞이할까! 하얀 목련꽃이 피려고 봉우리가 머무를 때면 내 가슴엔 불이 타올랐다. 목련꽃 봉우리가 하루가 다르게 부풀어 오를 때면 꼭 내 눈에는 임산부의 배가 불러오는 것만 같았다. 그러던 3월 마지막 주일에 예배 실에 들어서는데, 누가 내 머리를 주먹으로 탁! 치는 것 같았다. 잠시 머리가 멍하니 아찔했다. 강단을 쳐다보니 양쪽에 삼단으로 되어있는 진분홍색 철쭉꽃 화분이 놓여 있었다. 층층으로 꽃이 피어서 삼층까지 진분홍색으로 피었는데 그렇게 예쁠 수가 없었다. 내 눈에만 예쁜 것이 아니었고 예배드리기 전에 중보기도를 드리는 팀 모두가 예쁘다며 감탄을 하였다. 한 참을 철쭉꽃에 취해 있던 기도 팀이 찬양하며 기도를 드리는데 갑자기 웅성웅성한 소리가 들렸다. 때때로 새로운 사람들이 와서 예배 시간을 묻기도 하기에 혹시, 그런 사람들인가, 유리문을 보니 아무도 없었다. 그리고 또 강단을 살짝 보았다. 사람은 없고 강단의 꽃만 내 눈 속으로 빨갛게 들어왔다. 감탄의 소리가 나도 모르게 흘러 나왔다. 저 꽃꽂이 헌금은 아들과 며느리가 드리는데, 어찌 저리도 예쁠까! 감탄을 하는 순간에 양쪽에 있는 꽃이 빨간 물줄기가 되어 쪼르르 흘러내렸다.

두 줄기가 끝자락에서는 하나로 합쳐지면서 한 줄기가 되어 흘러내렸다. 그 순간을 놓칠세라 며느리가 내 가슴팍에 "어머니!"하면서 찰싹 달라붙었다. 나도 며느리를 놓칠세라 두 손으로 껴안으면서 "하나님 감사합니다." 외쳤다. 환상이었다. 그리고 내 귀에 들리는 음성이 있었다. "잉태되었다!"라는 음성이었다. 그 음성을 듣고 엉엉 울고 말았다. 대망의 칠년 만이었다. 말할 수 없는 그 기쁨을 말로 다 표현 할 수가 있을까. 천하를 얻은 것만 같은 기쁨이었다. 함께 기도드리던 중보기도팀 모두가 다 할렐루야! 외쳤다. 일주일 후에 아들에게서 할머니가 된다는 전화가 왔다. 그동안 기다려 주어서 감사하다는 말과 함께, 그 전화는 내 일생의 최고의 선물이었다. 아마 결혼하자마자 남들과 똑같이 잉태의 선물을 주었더라면 나는 교만병에 빠질 뻔 했다.

그런데 잉태가 되었다고 소식이 오니까 또 다른 염려가 몰려왔다. 말이나 행동이나 생각까지도 조심해야 했다. 내 자신이 달라져야 했다. 하나님의 타이밍은 또 어디에 어떻게 임하게 될지 모르니까. 자나 깨나 불조심이 나에게는 말조심으로 변했다. 말만 조심 하는 것이 아니고 생각도 조심해야 했다. 생각이 곧 말이 되기 때문이었다.

타이밍을 그냥 기다리는 것이 아니다 어르고 주물러야 내 것이 되고 내게로 온다. 어찌 보면 타이밍은 사람을 만드는 것이라는 생각을 해 본다. 기다리는 자에게는 오다가도 도망간다. 기도드리는 것도 가만히 있는 것이 아니다. 기도도 노동이고 타이밍이다.

예배드리기 전에 모여서 기도드리려면 다른 사람보다 한 시간은 먼저 나와야 할 수 있다. 중보기도 팀에 미아리에서 사는 권사님은 집에서 새벽에 나선다고 하였다. 전철과 버스를 갈아타고라도 시간에 늦지 않고 기도시간을 지켰다. 이 권사님은 집에서 떠날 때부터 기도의 타이밍은 이미 시작된 것이다. 타이밍은 누구에게나 소중한 것이다. 타이밍을 소중하게 여기는 사람은 그만큼 부지런하게 살고 있다.

3
타이밍이
기회다

　내 인생의 육십 육년 동안 아버지가 지어준 이름으로 살아온 세월은 이십 사년이고 서울 댁으로 살아 온 세월은 오년, 아이들 이름으로 삼 십 칠년을 살아왔다. 아버지가 계시지 않아서 배우지 못했다고 행여 원망이라도 할까봐서 철물장사를 하면서 두 아들을 가르치며 결혼도 하였다.

　그러나 내가 살아온 삶을 돌아보니 물음표도 있었고, 느낌표도 있었다. 아직은 쉼표와 마침표를 제대로 찍지 못함이 아쉬웠다. 나도 꿈이 있었다. 장사를 하면서도 펜을 놓지 않고 주경야독으로 공부하여 초등 학문에서 중, 고, 과정을 검정고시로 합격하고 돌아서니 대학의 아쉬움이 나를 놓지 않았다. 쉽게 말들을 한다. '공부해서 뭐하느냐고? 그냥 돈이나 벌어서 편히 먹고 살면 되지 그 깐 공부는 머리에 쥐나오게 하느냐고, 꿈은 자면서 꾸면 되지 무슨 놈의 꿈을 그리 질기게 붙잡고 있을꼬. 꿈이 밥을 먹여주나 옷을 입혀주나 대충 살지 다 늙어감서 그리 골치 아프게 살아?' 나를 향해 핀잔을 주었다. 머리 아픈 일 가려가면서 한다. 고 이해 할 수 없다며 쿵쿵 거리는 사람들이 대부분이었다.

아들들도 이해하지 않으려고 하였다. 검정고시 공부를 할 때의 일이다. 중학과정은 그냥 시험 삼아 본다고 한 것이 한 번에 합격했다. 준비도 없이 합격을 하고 보니, 이것 어렵지 않았다. 내친김에 고등학교도 공부해야겠다며 시작했다. 쉽지가 않았다. 제일 힘든 과목은 수학과 영어였다. 수학은 문제 속에 답이 있다고 하여도 그것은 잘 하는 사람들의 말이다. 어려울 수가 없었다. 영어는 그래도 장사를 하면서 수입 물건에 영문으로 써 있는 것들이 많아서 장사하면서 외웠다. 외워도 모르는 것은 네이버에 물어보면서 할 수 있었다.

고등 시험만 일곱 번을 보았다. 일곱 번째는 두 아들 보기도 미안하고 해서 이번만 보고 그만 본다며 선포를 하고 나니 등줄기에 땀이 좌르르 흘렀다. 도저히 그만 두기에는 아쉬움이 남아 내 평생에 후회하며 살 것만 같았다. 더 나이 먹기 전에 최선을 다하자며 생각한 것이 마지막 시험이라고 생각하고 시간을 조절하기에 이르렀다.

　수학 영어는 이미 어려운 것이기에 아는 것은 풀고 모르는 것은 찍기로 하고 모든 과목을 15분씩 공부를 집중적으로 하였다. 다른 과목에서 점수를 많이 맞으면 되었다. 한 과목만을 오랜 시간을 붙잡고 공부를 하면 금방 졸음이 밀려왔다. 빨간 매직으로 나의 골방 벽에다 "15분의 실천이 인생을 바꾼다!"라는 글을 써 붙여놓고 아무리 졸음이 와도 시간을 지켰다. 그렇게 읽고 외우고를 반복하면서 공부한 끝에 일곱 번째에 드디어 합격을 한 것이었다.

　세상이 왜 그렇게 달라보였을까! 몰라보게 달라보였다. 세상이 그렇게 넓을 수가 없었다. 이전에 큰 언덕이 있었다면 고검을 통과하고 나니 언덕이 없어지고 평평했다. 무언가 목에 걸린 것만 같았는데, 걸린 것이 없어졌다. 세상이 신기하게 밝았다. 아침에 햇살도 그렇게 눈이 부시게 밝을 수가 없었다. 합격점수는 턱걸이를 넘어선 점수였다.　하나님 감사합니다! 란 말이 나도 모르게 흘려 나왔다. 이제 다음 단계인 대학을 가려고 기회만 노리고 있는데, 내 타이밍은 어디에 있는지 도대체 기회는 오지를 않았다. 무식하게 저질렀다. 19년 봄에　어깨에 짊어진 '엄마라는 이름과 가장'이라는 이름을 내려놓고 용수철처럼 튕겨 나왔다.

타이밍이란 아무것도 하지 않고 마냥 기다리는 것은 아니다. 몸과 마음을 합해서 만들어야 내게로 온다. 내게로 온 타이밍을 놓치지 말고 생명의 동아줄을 잡듯이 잡고 몸부림을 쳐야 내가 가질 수 있다. 나는 지금 서너 평의 원룸이지만 꿈을 향해 달팽이처럼 느리지만 목표를 행해 내게 주어진 속도로 감사하며 살아가고 있다.

더욱 감사한 것은 20년3월에 서울 사이버대학교 문예창작학과에 입학하였다. 비록 온라인으로 공부를 해야 하지만 꿈에도 그리던 내게 주어진 타이밍을 이제야 맞춘 것이다. 덕분에 컴맹이었던 내가, 심 봉사가 청 이를 키울 때 젖동냥으로 키웠듯이. 온라인 공부를 하기위해서 이곳저곳을 다니며 컴퓨터 배움의 발품을 주저하지 않았다.

할 일이 없어서 공부만 한다면야 무엇이 힘들고 어려울까마는 생활은 기본인지라 일을 해야 했다. 자신 있게 용수철처럼 튕겨 나오기는 하였지만 이십 년이 넘게 장사만 해온 나에게는 특별한 기술도 없으니 일할 곳이 막연했다. 처음에는 교회 권사님이 하는 장애인 케어를 하려고 일주일의 교육을 받기도 하였다. 그것도 육순이 넘은 나이에는 채용이 쉽지가 않았다. 완전히 화성에서 금성으로 온 것처럼 세상이 그렇게 호락호락 하지 않다는 것을 실감하게 되었다. 한마디로 생존경쟁의 아픔을 뼈저리게 체험 하는 순간이었다. 힘들다고 싸온 보따리를 싸들고 아들에게 들어간다는 것은 내 자신이 허락하지 않았다.

늦게나마 내게 주어진 학문의 타이밍을 어찌 놓칠 수가 있겠는가? 청소 알바라도 하려고 교차로 신문을 보고 청소부 일자리를 알아보았다. 몇 군데 전화를 해보니 경험이 없다며 거절을 당했다. 그래도 굽히지 않고 신문을 들고 몸살을 쳤다. 비참했다. 내 젊음을 자식들을 위해 내 인생은 돌아보지 않았던 것을 처음으로 후회했다. 아무나 할 수 있는 것이라고 쉽게 생각한 청소부 일도 경력이 필요했다. 세상은 그 무엇이라도 쉬운 것은 하나도 없다는 것을 실감했다. 잠실 아파트에서 면접이라도 보게 오라고 하여 찾아갔다. 관리실장이 '경력에 관계없이 열심히만 하면 된다.'며 함께 일을 하자고 하여 생계가 해결되는 길이 열린 셈이었다. 청소는 하루 종일 하는 것이 아니고 오후 4시에 마치니 공부도 할 수 있었다.

청소를 만만하게 생각했다. 그것도 기술이었다. 3개월의 수습기간이 있고 그 기간이 넘어야 계약이 성립이 된다는 것도 알았다. 화성에서 금성으로 왔으니 금성의 법을 따라야 하기에 경력도 없는 나를 채용 해준 것만도 감사했다. 무슨 이유가 있을 수가 있겠는가? 장사할 때는 장사가 힘들다고 하였는데, 그것은 일도 아니라는 것을 뼈저리게 체험하는 순간이었다. 하루

아침에 내 호칭부터가 달라졌다. 사장님, 사모님에서 여사님으로 불렀다. 이 호칭도 좋았다. 내 이름 석 자가 불러지니까. 그런데 아파트 건물 맨 밑 지하에 쉼터가 있었다. 그곳도 아무 때나 쉴 수도 없었다. 일을 마치고서야 쉴 수가 있었지만 그래도 감사했다. 그리고 내가 태어난 고장인 전라도가 그렇게 감사한 적은 처음이었다. 장사할 때는 전라도 말을 하면 될 수 있으면 경기도에서는 전라도 말을 사용하지 말라고 당부하는 사람들이 많았다. 청소부 일을 하면서 처음으로 대접을 받게 되었다. 어리둥절하게 관리부장을 통하여 반장님에게 인계가 되었다. 그곳에서 최고의 고참 이라는 언니에게 반장이 나를 인계했다. 꼭 사람이 팔려가는 느낌이었다. 맨 먼저 물어본 말이 고향이 어디냐고 물었다. 망설이다가 목포라고 말을 하니 엄청 반가워하며 '우리 고향 사람이네!' 하였다. 친절하게 잘 가르쳐 주었다. 청소 '청' 자도 모르던 나를 하나부터 열까지 지도해 주었다. 그리고 이 청소부의 세계를 잘 알려 주었다. 다행히 나이가 다섯 살 위였다. 어찌어찌 하여 한 달이 되어 첫 월급을 내 이름으로 된 명세서와 월급이 폰으로 받는데 진주 같은 눈물이 주르르 흘렸다.

4
안경 속에 내 삶의
타이밍이 담겨 있다.

안경 속에 내 삶의 타이밍이 담겨 있다. 이 십 사년 전 남편을 왕복표가 없는 천국행 특급열차에 급성 백혈병으로 미련 없이 태워 보냈다. 덕분에 내 어깨에는 수천 톤의 삶의 무게가 쿵! 하고 얹혀졌다. 천년만년을 살줄 알았다. 나에게 과부라는 예쁜 별 하나를 내 가슴에 달아주고 하늘나라로 떠나갔다. 갑자기 지붕이 날아간 허허벌판에서 석 가래를 붙잡고 예수님을 신랑 삼아서 두 아들을 키우고 가르치고 결혼까지 시키기까지의 나의 인생을 이 다섯 개의 안경이 나를 만날 때마다 상세하게 말을 해 준다. 일 년에 몇 번씩 열어 안경에 담긴 희미해진 지나온 내 인생의 시간들을 하나하나 먼지를 닦아내며 이야기를 한다. 내가 교만해지지 않기 위해서, 자만해 지지 않기 위해서, 나와 지금까지 함께해온 멋진 유일한 친구들이기에, 일 분 일초도 나를 외면하지 않고 열심히 동행하며 말없이 지켜주었다. 열 번을 열어봐도 내 인생의 타이밍을 자글자글 하게 말해주고 있었다.

맨 처음에 마련하였던 돋보기에서부터 다 초점으로 바꾸어진 안경집 속에는 언제 어째서 얼마에 교체하게 되었다는 내용도 자세하게 적혀있었다. 언제 내가 이렇게 한가하게 이런 메모까지 하였을까! 하는 감탄이 저절로 나왔다. 어떤 것은 2 년 만에 교체 한 것도 있고, 또 어떤 것은 5 년 만에 교체 한 것도 있다. 3 년 만에 교체 한 것도 있다. 바꾸는 년 수가 일정하지 않은 것은 분명 내 삶의 굴곡이 있었음을 말해 주고 있었다. 세월의 무쌍함을 절절이 느껴짐에 갑자기 안경 속에서 봄 아지랑이가 피어나는 것처럼 희미하게 흐려진다.

2 년 만에 교체 한 것은 믿고 의지하며 살았던 남편이 돌아올 수 없는 요단강을 훌쩍 건너버린 시기와 '까마귀 날자 배 떨어진다.' 고 하듯이 우리나라에 IMF라는 생소한 단어가 나의 생사화복의 갈림길에서 무서워 덜덜 떨었던 암흑의 시기였다고 적혀있다.

아마 너무 캄캄하여 눈은 이상이 없는데 혹시나 눈에 이상이 있어서 그렇게 온 세상이 캄캄한 줄로 알고 안경을 교체 하였던 것이다. 아마도 그때는 내 눈에 보였던 것들이 아무리 안경을 교체해도 희망은 전혀 보이지 않고 절대 절명의 절망만이 눈에서 아른 거렸을 것이다.

내일의 희망으로 가득했던 2억의 어음이 아무짝에도 쓸모가 없는 구겨진 휴지가 되어 돌아 올 때는 아마 눈을 제대로 뜰 수가 없었을 것이다. 아무리 좋은 다 초점의 안경이라도 제 구실을 못했을 것이다. 아무리 밝은 햇빛이 비추어도 칠흑 같은 어둠뿐 이었을 것이다.

차라리 내일 아침의 해가 떠오르지 않기를 간절히 빌고 또 빌었던 시기였다. 어음 한 장을 받을 때마다 눈을 뜨지 않고 그대로 나도 남편을 따라서 갔으면 하는 간절함도 있었다. 나 혼자면 딱 눈을 감아버리면 되겠지만 한참 성장한 두 아들을 보면 그럴 수가 없었다. 어설픈 가장의 자리를 지켜주는 것도 어미의 도리라고 생각 하였다. 안경테가 튼튼해야 내가 힘을 받는다고 철태로 만든 안경테가 조금도 흩어지지 않고 가지런히 접혀있다. 접어놓은 안경이 이토록 내 인생의 타이밍을 고스란히 말해줄줄은 몰랐다.

또 3년 만에 교체한 것은 죽기 아니면 살기로 공부에 매진 할 때였다. 이때는 잠을 자다 일어나면 무조건 세수하고 공부했다. 과부의 별을 달고 살아가려면 무언가에는 미쳐야만 살아갈 수가 있었다. 나는 공부에 미쳤었다. 내 머릿속에는 '남과 같이 해서는

남 이상 될 수 없다'라는 글귀와 성경 잠언 6장 10~11절에 '좀 더
자자, 좀 더 졸자, 손을 모으고 좀 더 누워 있자 하면 네 빈궁이
강도 같이 오며 네 곤핍이 군사 같이 이르리라'는 글을 시도 때
도 없이 입에 달고 살았다. 인생에 모든 것들을 볼 때에 잘 잠 다
자고, 놀 것 다 놀고는 남 이상은 될 수가 없다. 시간은 기다리고
있지 않고 졸졸 시냇물이 흐른 것처럼 흘러간다.

그 아까운 시간을 잠으로 보낸다는 것은 곧 죽는 것이나 마찬
가지였다. 그때 내가 살아 있어서 감사했다. 내게는 하루가 아
닌 1초가 귀중 했다. 잠은 잘수록 가난하게 살 수밖에 없다는
것이 내 철칙이었다. 그렇게 살아야 하는 나에게 시집 동네에서
는 남편을 보내고 보험금을 얼마 받았느냐는 질문을 들을 때는
천지가 개벽 하는 것 같았다

그러나 내가 짊어진 생존경쟁인 현장에서 가장으로서의 짊어
져야 하는 무게는 저울로는 달

아 볼 수 없을 정도로 무거웠기 때문에 그렇게 몸부림을 쳤을
것이다.

네 번째의 안경은 큰 아들이 결혼하여 2~3년이 지나도 잉태
의 기미가 없을 때였다.

그래도 2~3년은 참았는데 5~6년이 지날 때에는 밤마다 울
면서 죽기 살기로 회개하며 눈이 빠르게 나빠졌었다. 천만 다

행인 것은 다섯 번째의 안경은 8년 만에 교체했다고 적혀있다. 개와 고양이가 있는 집에서는 냄새와 털 때문에 밥도 먹지 않았다. 그런데 며느리가 결혼 칠년 만에 잉태했다. 우연히 개와 고양이를 만나게 되었다. 내가 이 아이들을 외면하면 혹시나, 잉태된 아이가 잘못되지나 않을까 하여 비가 오나 눈이오나 번개가 번쩍거려도 가게에 찾아왔다. 외면 할 수 없었다. 날마다 만나게 되니 자식보다 더 사랑하게 되었다. 이 아이들도 잉태를 하고 출산을 하니 그토록 메말랐던 나에게 생기가 돌았다. 며느리 출산 할 때 까지만 같이 있겠다고 하였지만, 이 아이들은 없어서는 안 될 나의 동반자가 되기에 이르렀다. 내가 동물을 사랑하게 될 줄은 꿈에도 생각 못한 일이었다.

타이밍을 자신의 것으로 만들려면 주물러야 한다. 가지고 놀아야 한다. 찰흙을 가만히 두면 찰흙 그대로 있지만 주무르고 물레에 올려서 토기를 만들어 천도의 열에 가열을 하면 단단한 도자기가 되듯이 내가 되고 싶다고 가만히 기다리기만 하면 시간은 말없이 흘러가버린다. 실수 많은 나를 사랑 할 수가 있어야 한다. 그리고 내 심장이 천도의 열로 토기를 구워서 도자기로 만들어 내듯이 심장이 가장 뜨겁게 뛰는 일을 해야 한다. 말이 천도이지 그 천도를 주무르려면 인내도 필요하다는 것을 잊지 말자. 천도의 온도로 토기를 구워낸다고 해서 모두가 내가 원하는 도자기가 구워지는 것은 아니다.

목제로 책상 하나를 만들어도 1mm의 차이로 모서리가 맞지 않아서 생각한 책상이 만들어 지지 않고 그 1mm를 잘라내야만이 원하는 모델의 물건이 만들어 지듯이 토기에 열만 가한다고 하여서 똑 같은 도자기가 나올 수가 없다. 갖고 놀아도 그 사람의 마음이 얼마나 간절 하느냐에 달려있다. 또한 타이밍을 내 것으로 만들어 내려면 성급하게 뛰지 말자. 초조하게 째깍째깍 하는 초침에 귀를 기울이지도 말자. 천도의 심장이 뛸 때 까지 가만히 있지 말고 점을 만들어 보자. 내가 찍어놓은 점들을 연결하다 보면 내가 원하는 타이밍을 만나게 된다. 무엇이든지 한 방에 이루어지는 없다.

밥도 뜸을 재 시간 들이는 것하고 대충대충 해서 내 놓은 것하고는 맛 자체가 다르듯이 내가 하고자 하는 열정이 문제라는 것이다. 나를 믿어야 꿈을 이룰 수가 있다. 나 자신을 내가 믿지 않고 무엇을 이루겠는가. 한 두 번 실 수 했다고 포기하지 말아야 타이밍이 나를 버리지 않는다. 꿈을 이루고 싶은가! 입에서 단내가 나도록 주물러야 한다는 것이다. 갖고 싶다고 댓 가 없이 냉큼 안겨주는 것이 이 세상에는 아무 것도 없다. 흙이 천도의 열 속에서 도자기로 변할 때는 그만큼의 아픔을 감내해야만이 변할 수 있는 것이다. 밥은 뜸을 들여야 맛이 좋지만 꿈을 이루는 타이밍을 갖고자 하는 데는 뜸들일 필요가 없다. '구슬이 서 말이라도 꿰어야 구슬이다.'라는 속담이 있다. 시간의 흐름은 붙잡을 수도 없다. 살면서 세 번의 기회는 누구에게나 온다고 한다. 하지만 그 기회를 잡지 못하고 놓치는 것은 욕심이 잉태되기 때문일 것이다. 욕심을 내려놓아야 한다. 내게 딱 맞는 것이 이 세상에는 없다.

Timer
You have Your Own Timer

5
남자라는
이유로

장사할 때의 일이다. 남자라는 이유로 울고 싶어도 울 수가 없다며 하소연 하는 손님이 있었다. 남자라고 하여서 울고 싶은 때가 어찌 없을까마는 남자이기에 참는다고 하였다. 가을이 익어 가면 추운 겨울이 온다. 겨울인가 하면 어느 사이에 화창한 봄날이 성큼 다가오게 된다. 누가 봄을 오라고 불러서도 아니다 가만 두어도 흐르는 것은 시간이다. 요즘 코로나19의 바이러스로 인하여 너도나도 죽겠다고 아우성이다. 이 아우성 속에서 가장들의 어깨에 짊어진 짐의 무게는 과연 몇 톤이나 될까?, 수 백 톤의 무게를 짊어지고 생존경쟁인 현장에서 쓰러지지 않으려고 몸부림 칠 것이다. 나도 남편이 살아 있을 때는 가장들이 짊어진 짐이 그토록 무거운 줄을 몰랐다. 남편을 앞서 보내고 '가장'이라는 이름은 내게 몹시 버거웠다. 옛말에 '자식이 죽으면 가슴에 묻고 부모가 돌아가시면 산에다 묻고 남편이 죽으면 어깨에 묻는다.' 고 하였는데 실감이 났다.

가장의 이름은 내 어깨에 수 천 톤의 무게를 하루아침에 짊어지게 하였다. 철물장사를 시내에서 하다가 2억의 부도를 피와 눈물로 정리하고, 농촌과 공단이 있는 곳으로 자리를 옮겼다. 시내에서는 자재를 담당하는 직원들을 상대하였다. 거래명세표와 세금계산서만 청구하면 웬만한 회사는 결재가 되었다. 공단이 있는 이곳에서는 달랐다. 소규모의 공장을 운영하는 사장님들을 직접상대 하다 보니 가장들의 어깨에 짊어진 무게를 실감하게 되었다. 그래도 지금은 어렵다고는 하지만 IMF 때보다는 낫다고 생각을 한다. IMF 때의 상처는 처절한 전쟁이었다. 그 전쟁터 속에서 가정을 지켜야 하는 가장들의 삶은 총칼만 들지 않을 뿐이었지 전쟁 그 자체였다.

더욱더 사장님들을 구렁텅이로 내모는 것은 신용카드였다. 처음에는 공짜처럼 사용한 카드는 한 달을 사용하면 결재를 해야 하지만 그 시절에는 카드에 대한 지식이 없었다. 카드 관리하는데도 무지할 수밖에 없었다. 물론 아는 사람들은 잘 알아서 관리했지만 현찰만 사용해온 사람들은 자신의 신용이란 것도 무지한 사람들이 더 많았다. 그러다 보니 결재 날에 꼭 결재를 해야만 하는 것도 능숙하지 못했다. 졸지에 신용 불량자라는 뜬금없는 별을 달게 되는 데는 시간 문제였다. 나도 이때에 물건 값을 많이도 떼이기도 하였다.

처음에는 카드로 와서 물건을 사갔다. 안면을 어느 정도 터 놓고는 카드 결재일이 내일 모래인데, 카드결재를 하고서 결재를 해 주겠다며 이때는 물건을 왕창 가져간다. 평소에는 십 만 원 정도 사가던 사람이 일백 만원을 훌쩍 넘기는 큰 금액도 의심 없이 퍼 주었다. 이 사장은 자기 마음에 언제 어느 때 쯤 해서 사기를 쳐야겠다는 철저한 타이밍의 계획을 한 것이다. 나는 모르고 번 번히 당하면서도 '설마' 하는 타이밍을 잘못 잡은 것이다.

그러나 결재 날이 지나도 오지 않아 알려준 공장을 찾아가 보면 물건 가져간 사장의 공장이 아니고 물건을 주문 받아서 잠시 그 공장에서 세를 주고 물건을 만들어서 가지고 가면 끝나는 날림 사장인 셈이었다. 이것은 가게 주인이 여자라는 것을 백번 이용한 아주 비겁한 남자들도 있었다. 하지만 나는 이렇게 생각 했다. 가정을 지키기 위해서는 이런 술수를 쓰면서도 살아야 하는 것이구나. 하며 과부라는 것을 처절하게 실감하기도 하였다. 그래도 나쁜 사람보다는 양심이 바른 사람들이 더 많았다.

쌀쌀한 가을이 깊어갈 무렵에 옷에는 페인트가 너저분하게 묻어있고, 썰렁한 날씨지만 얇은 남방하나 걸치고 온 손님이 있었다.

이 손님은 외상도 하지 않고, 자기에게 있는 돈으로만 물건을 만들어서 납품을 하고 절대로 더 많이는 사용하지 않았다. 만약에 돈이 십 만원이 있으면 딱 십 만원어치의 물건을 만들어서 팔았다. 더 많은 것을 만들어 팔면 될 것 같은데도 자기 손에 돈이 없으면 하지 않았다. 그렇게 해서 손톱이 다 닳도록 물건을 만들어서 한 푼 두 푼 꼬깃꼬깃 모아서 처자식을 먹여 살리는 어깨에 수 천 톤의 삶의 무게를 견디어 내는 가장의 모습을 절절하게 보았다. 이런 사람들은 시간이 곧 돈이었다. 외모는 노숙자와 같았지만 그런 외모에 개의치 않았다. 직원도 없이 혼자서 주문 받고 물건 만들고 납품을 하였다. 한 번은 커피 한잔을 타 주면서 물었다.

"사장님은 요즈음 같은 때에 카드를 사용하지 않아요. 외상도 하지 않고, 카드라도 사용하면 좀 수월하게 운영이 될 텐데요"

남들 쓰는 카드사용하면서 좀 더 많이 해서 돈을 벌었으면 하는 말을 하였더니 싱긋이 웃으면서 타 준 커피를 유심히 보더니 어린아이처럼 그냥 웃는다.

"카드요, 공짜 아니에요. 다 빚이에요. 우선은 먹기에 곶감이 달지만 모르고 사용하여 카드 값 못 막으면 누가 책임지나요.

없으면 없는 대로 살기로 했어요. 그러다보면 좋은 날이 오겠지요. 물건 주문이 많이 오는 것도 무섭습니다."

돌다리 두들기듯이 두들겼다. 그때는 그것이 현명한 운영 방법이었다. 내가 보기에는 좀 답답해 보였지만 그 사장의 답답한 운영 방법이 현명한 방법이었다. 참 나쁜 사람들이 많았다. 물건을 많이 시키고 그 물건을 급하게 납품을 요구하는 사람들은 거의가 사기라고 했다. 이곳은 소규모 가구공장들이 많은 곳이었다. 대량으로 물건을 주문하는 사람들의 사기 수법은 비슷했다. 숨이 다 넘어 갈 것처럼 급하게 납품을 하라고 대금은 계약금식으로 십 프로 정도를 준다. 그리고 물건을 완납하여 설치가 끝나면 은행으로 송금처리 하겠다고 한다. 물건은 꼭 밤 열시 이후로 설치를 요구한다고 했다. 그것은 열이면 열, 백이면 백, 사기라고 하였다. 그렇게 해서 자기가 거지가 되었다며 머리를 절레절레 흔들었다. 지금은 절대로 많은 양의 물건도, 온라인 송금도 카드도 일절 사용하지 않고 일단 자기 손에다 돈을 쥐어 주는 사람 것만을 적은 양이라도 최선을 다해서 양질의 물건을 만들어서 납품을 하다 보면 언젠가는 자신을 알아주는 날이 오지 않겠느냐고 하였다. 그것이 사는 길이라면서 나에게도 많은 양을 주문하는 사람은 일단 의심을 하고 두들기라는 당부도 잊지 않았다. 돌다리를 두들기며 욕심 부리지 않고 내 손에 있는 선에서 현금만을 고집하던 사람들은 결국에는 살아남 았다. 비참하리만치 견디어 내던 사장님이 어느 날은 가게를 들어오면서 노래를 흥얼거렸다. 사람은 일의 성취 자체가 기쁨인 지라 좋은 일이 있어 보였다.

"어머나! 사장님, 오늘 좋은 일이 있으신가요?"

물었더니 핸드폰을 높이 들어 보이면서 손을 흔든다.

"사모님, 꼭 내 인생을 노래 한 것 같은 노래가 있어요. 한번 들어 보실래요."

볼품없던 사장님의 인생을 노래한 것이라고 하니 들어보고 싶기도 해서 귀를 모았다. 일단 가사가 감동이었다. 가수는 조항조라는 가수였다.

'누구나 웃으면서 세상을 살면서도 말 못할 사연 숨기고 살아도 나 역시 그런저런 슬픔을 간직하고 당신 앞에 멍하니 서 있네.

언제 한 번 가슴을 열고 소리 내어 울어 볼 날이 남자라는 이유로......'

남자라는 이유로 울고 싶어도 울지 못한다는 가사가 내 마음을 울렁거리게 하였다. 남자라고 울지 못한 것이 아니고 '가장' 이라는 이유로 울지 않는 것이다. 나도 그리 하니까.

Timer

You have Your Own Timer

제2장

타이밍을 놓쳤다.

1
문학소녀가
되고 싶었다.

나는 문학소녀의 타이밍을 완전히 놓쳤다. 그러나 포기하지 않았다. 그 놓친 타이밍을 되찾으려고 꼬리부터 물기도 하고, 주무르기도 하고, 달래기도 하며 달려들었다. 황소개구리가 독사뱀을 잡아먹을 때 머리나 몸통부터 냉큼 잡아먹지 않는다. 물속에서 사르르 꼬리를 치며 지나가는 뱀을 황소개구리가 유심히 둥글둥글한 왕 눈으로 꼬리를 따라 움직이다가 황소개구리가 생각한 타이밍이 되는 순간에 꼬리 중간쯤을 물고 꼼짝을 않고 독사가 가는 곳으로 졸졸 따라가면서 몸통을 향해 자근자근 씹어 먹었다.

우리 인생에도 이렇게 "절대 타이밍"이 있다. 놓친 타이밍을 조곤조곤 이야기 하듯이 주물러야 한다. 어설프게 주무르면 오히려 영득한 타이밍은 손에 잡힌 미꾸라지 빠져 나가듯이 흔적도 없이 빠져 나가고 만다. 청춘이라면 빠져나간들 두려울 것도 아쉬울 것도 없지만 육순의 고개를 훌쩍 넘어서고 보니 놓치면 다시 잡을 힘도 없다. 하지만 포기만은 절대로 하지 않았다. 놓쳐버린 내 인생의 '절대 타이밍'을 꼭 잡아야겠다는 생각에 몸부림쳤다.

어릴 때는 어려서 못했다. 자라면서는 내 인생이 아닌 타인의 인생을 살아서 못했다. 성년이 되어서는 여건이 안 돼서 못했다. 결혼하여서는 자식과 가정을 꾸려나가느라고 못했다. 장년이 되어서는 너무 늦어서 하지 못했다고 핑계거리가 많다.

유명한 화가인 빈센트 반 고흐는 이렇게 말했다. "아무리 힘든 일이 있어도 나는 다시 일어날 것이다. 깊은 절망 속에서 던져둔 연필을 다시 쥐고 계속 그림을 그릴 것이다."라고 하였다. 나도 늦었지만 굴러가는 펜을 다시 잡았다. 나이는 숫자에 불과한 것이다. 내 나이가 어때서, 지금의 내 나이가 글쓰기에는 완성 맞춤이라고 내 자신에게 용기를 불어 넣었다. 이제는 주어진 시간을 마음껏 주무르고 흔들어 봐야겠다. 꿈을 잊어버리고 잠자는 나를 흔들어야겠다. '늦다고 생각할 때가 가장 빠른 것이다'라고 한다. 오솔길도 한 걸음이라도 뚜벅 뚜벅 걸어야 길이 된다. 한 걸음도 걷지 않으면 잡초가 무성한 숲이 되고 만다. 하루아침에 이루어지는 것은 없을 것이다. 내가 이토록 글쓰기와 책을 좋아하게 된 것은 초등학교4학년으로 기억이 된다. 학교 교과서만 가지고는 양이 차지 않았다. 국어책은 달달 외울 정도였다. 어린이 동화책으로도 양이 차지 않았다. 무언가 새로운 책을 보고 싶어 안달이었다. 어느 봄날 중학생인 오빠의 방을 탐문하던 중에 표지가 다 낡은 책 한권을 발견하게 되었다. 이름도 생소한 '바람과 함께 사라지다'라는 책이었다. 열심히 보고 있는데 중학생인 오빠에게 당장에 압수당하고 말았다. 그런데 보지 말라고 하니 더 보고 싶었다. 4남 2녀에 막내로 자란 덕분에 내가 무엇이든지 원하면 금은보화는 얻지 못할지라도 어지간한 것은 얻을 수 있었다. 오빠의 방문 고리를 잡고 이틀을 매달려서 '바람과 함께 사라지다'라는 소설책을 보게 됨으로써 나도 그런 멋진 사랑의 글을 써야겠다는 소설가의 꿈을 갖게 되었다. 마음은 항상 글쓰기에 꽂혀 있었다. 하지만 생계를 위해서 다른 일을 할지라도 문학에 대한 꿈은 포기하게 되었다. 그러던 어느 날 텔레비전을 보는데 mbc 문화방송국에서 자신의 살아온 '생활수기'를 모집 한다는 광고를 보게 되었다. 무식하면서도 할 것은 다 하고 싶었던지 시골에서 살면서 큰 오빠와의 잘못된 일들을 글로 써서 원고지 일 천매의 글을 써서 응모를 하였다.

보내고 잊고 있었는데 원고가 반송이 왔다. 맨 끝장에다 빨간 볼펜으로 소감을 썼는데 "응모해 주셔서 감사합니다. 글은 잘 쓰셨습니다만 이 글로는 극본으로 하기에는 어려운 점이 있습니다. 응모한 원고는 반환을 하지 않지만 다시 한 번의 기회를 드리고자 돌려보냅니다."라는 글을 받고서 문학의 꿈을 놓지 않았다. 그리고 그 원고를 잘 관리한다고 하였지만, 여러 번의 이사와 아이들 키우며 엄마로 아줌마로 살다가 보니 원고는 정리하다가 내가 무슨 문학을 하느냐며 휴지통에 넣고 말았다.

그러면서도 펜을 놓지 않고, 큰 아들이 미국 유학할 때도 날마다 편지를 보냈는데 그것으로 아들이 장학금을 받는 행운을 얻기도 하였었다. 아무리 바빠도 하루에 글을 쓰지 않으면 견딜 수가 없었다. 글을 잘 써서가 아니고 그렇게 쓰고 싶었다. 신문을 보다가도 좋은 글이 있으면 옮겨 썼다. 마음에 드는 책이 있으면 필사도 했다. 하루에 한 꼭지의 글을 쓰지 않으면 잠을 잘 수 없을 정도로 글쓰기에 미쳤었다. 아무리 써도 무언가가 부족하여 기필코 대학 공부를 하고 싶었다. 한국 통신대학 국문과에 지망하여 공부를 하게 되었다. 그걸 본 지인이 '그렇게 글을 쓰고 싶으면 국문과 보다는 문예창작학과가 더 나을 것이라며 요즈음에는 온라인으로도 얼마든지 할 수 있는 학교들이 많다'고 알려 주었다. 그 말을 들으니 왈칵, 눈물이 쏟아졌다. 학교를 다녀야 된다면 꿈엔들 잊을 수가 있겠는가마는 노트북만 있으면 된다는 말에 귀를 기울였다. 누구라도 공부할 수 있다고만 하면 그 말을 흘러 버리지 않고 경청했다. 우리나라 삼성그룹 이건희 회장은 신입사원들에게 '경청'이란 책을 무조건 나누어 준다고 하였다. 그것은 '경청'만 잘해도 인생이 실패하지 않는다는 것이었다.

흔히들 상급학교를 못가서 배우지 못한 것을 부모에게 돌린다. 이것은 가장 못난 바보가 하는 것이다. 교회85세가 된 권사님은 어린 나이에 어머니를 여의고 올케 밑에서 자랐다.

그 덕분에 학교 근처를 가지 않았지만 베를 짜면서도 조카들의 책을 갔다 베틀 위에 올려놓고 구구단을 외우고 한글을 터득하였다고 했다.

지금 생각해도 아찔하다. 공부하기 힘들다고 검정고시에 도전하지 않았다면 지금 온라인이지만 대학공부를 할 수 있을까! 문학소녀의 타이밍은 놓쳤지만 주야로 공부한 덕분에 칠순을 바라보는 지금이라도 이루고자 한 발 한 발 다가서고 있다.

공부가 가장 재미있고 쉬운 것이라고 생각한다. 하루 종일 공부만 한다면야 얼마나 좋을까마는 새벽부터 오후3시까지 학교 미화원으로 일을 하고, 그럼에도 불구하고 저녁에 공부하고 알바 하는 생각으로 하루에 두 시간씩을 글쓰기에 투자한다. 이러

한 것들도 투자라고 생각한다. 하지만 이렇게 하기까지는 내려
놓은 것도 있어야 한다는 것을 이제야 알게 됐다.

자식들의 보호에서 과감히 벗어나야 했다. 이제는 내 인생은
내가 하고 싶은 것을 하며 살고 싶었다. 인생은 숙제라는 생각
이다. 이제 남은 인생에 대한 숙제를 잘 감당해야겠다.

왜가리, 백로나 모든 새들도 먹이를 사냥할 때의 타이밍과
촉감이 필요하다고 한다. 이 세상 숨을 쉬고 살아있는 것이라면
타이밍에 민감하지 않고는 살아남지를 못할 것이다.

인생은 너무 뜸들이지 말자. 그렇다고 너무 서두르지도 말
자. 내일로 미루지도 말자. 오늘 내게 주어진 '지금'에 감사하며
최선을 다 해 보자. 이 캄캄한 터널을 빠져나가면 밝은 빛이 나
를 꼭 반겨 줄 것이다. 라는 믿음으로 살고자 한다. 비록 반짝
반짝 빛나는 왕관이 아닐지라도 들에 흐드러지게 피어난 들꽃
화관이라도 쓰려면 글 쓰는 알바를 열심히 하여야겠다. 지금은
서툴러도 괜찮으니까.

2
지붕이
날아갔다.

임은 52세의 젊다면 젊은 나이에 다시는 올 수 없는 강을 뒤
도 돌아보지 않고 두 아들과 철물점을 남겨놓고, 병원에 입원한
지 15일 만에 돌아올 수 없는 강을 건너갔다.

평상시 건강하였는데 갑자기 어지럽다고 하였다. 어지러운
것이 그렇게 무서운 병인 줄은 몰랐다. 어떤 병이라도 유능한
병원에만 가면 치료가 될 것으로 생각하고 목사님과 함께 서울
S병원으로 진찰을 하러 갔다. 그날로 병원에 입원을 하고 말았
다. 검사가 시작 되었다. 일주일이 걸렸다. 검사결과는 급성 백
혈병이라고 하였다. 그길로 병원에 입원을 하였다. 백혈구를 이
식 하여야 한다며 형제 중에 할 수 있는 사람을 알리라고 하였
다. 형제들도 쉽게 해주려 하지를 않았다. 어느 형제는 부인이

반대해서 안 되고, 어느 형제는 건강이 좋지 않아서 안 되었다. 하지만 거래처 직원이 기꺼이 하겠다며 제일 먼저 검사에 응했다. 그때가 추석명절이 코앞인지라 예약만 하고 추석명절을 지내고 바로 하기로 하였는데, 그 추석을 넘기지 못하고 떠나가고 말았다. 정신이 없었다. 그냥 먹먹했다. 꼭 남의 일처럼 덤덤했다. 서러워서 운다는 것은 그래도 제정신이 있을 때 하는 말이다. 영정사진이 있는 곳에 꽃 한 송이도 꽂아 놓지 않고 서성대기만 하였다. 입관예배를 드린다며 목사님께서 오셨다. 내가 남의 입관예배에 참석한 것처럼 덤덤하였는데 마지막으로 남편의 모습을 보여주는 시간이라며 유리문 안으로 들어오라고 하여 들어갔다. 남편의 마지막 모습을 보라고 하였다. 말 한마디만 해 보라고 하여도 말이 없었다. 그리고 관 뚜껑이 닫혔다. 내 정신이 아니었다. 다리가 후들거리고 머리가 혼돈스러워서 견딜 수가 없었다. 아무생각이 없었다. 옆에서 무어라고는 하는데 그 말이 무엇을 말하는지를 귀가 막힌 사람처럼 아련하게 여치울음 소리처럼 들렸다. 내 몸속에 있는 물이 한 방울도 없이 다 말라버린 느낌이었다. 그런데 화장을 하지 않고 고향 선산으로 가서야 남편의 죽음을 더욱 실감을 하게 되었다.

임이 묻힐 고향에는 허리가 굽고 귀도 눈도 어둡고 머리가 파뿌리가 되신 팔순의 어머니가 살아온 아들을 기다린 것이 아니고 죽어서 고향땅에 묻히려온 아들을 기다리고 계셨기 때문이었다. 아버님을 먼저 보내시고 고향집을 간신히 지키고 계시는 어머님께 가슴에 구들장 같은 무거운 짐을 안겨 드리는 꼴이 되었던 그날! 나는 죄인 중에도 상 죄인이 되고 말았다. 상상한 대로 어머님은 마을 앞에 도착한 영구차를 가로 막고 대성통곡을 하셨다.

"내 아들이 왜 이 명절에 살아서 오지 않고 죽어서 내 집에 오느냐며 내 아들이 죽어갈 때 어미 너는 어디서 무얼 하고 있었느냐고, 죽은 자도 살리는 의술 좋은 이 세상에 왜 살리지 못했느냐고, 소나무 껍질처럼 말라버린 손바닥으로 길바닥을 치며 통곡하시던 어머님의 울부짖음에 꼭 도둑질 하다 들킨 사람처럼 떨었다. 아무리 서럽다고 하여도 소리 내어 울지도 못하는 죄인이었다. 그 모습을 지켜본 동네 사람들에게 너무 죄송해서 고개를 들 수도 없었다. 무슨 변명의 말도 할 수가 없었다. 어머님 말씀처럼 살아서 명절에 고향을 찾아 가야 하는데, 죽어서 묻히려 가는 아들을 맞이하는 어머님의 비통함을 생각하면 차라리 내가 죽어서 가는 것이라면 오히려 낫겠다는 생각을 하였다.

모두가 선물 보따리를 바리바리 싸들고 고향을 찾아가는 추석명절에, 서러움의 보따리만 안겨드린 불효막심한 며느리가 되어버렸다.

어머니에게 '아들을 살리지 못하고 먼저 보내고 며느리가 살아와서 죄송하다.'는 말한 마디도 하지 못하고 영구차에 오르는데 심장이 터질 것 같은 느낌이었다. 숨을 제대로 쉴 수가

없었다. 흔히들 쉽게 말들을 한다. '죽은 사람만 불쌍하고 산 사람은 잘 산다.'고 지붕이 날아간 집이 잘 살면 얼마나 잘 살겠는가? 보지 않아도 알 수 있는 일이지만 남의 일인지라 쉽게들 말을 한다. 그 후로는 시집식구들 모이는 곳은 될 수 있으면 가지를 않았다. 사형제가 모여야 하는데 그 속에 남편만 보이지 않으니 마음이 편하지가 않았다. 누구하나 나의 어려움을 이해하려는 형제는 없었다. 그저 보험금을 많이 타서 사는데 어려움 없이 잘 먹고 잘 사는 줄로 오해들을 하고 있었다. 나는 이것이 가장 서러웠다. 여자 혼자서 가정을 지켜나가는데 누구하나 손 내밀면 도움의 요청이라도 할까봐서인지 침묵으로 일괄했다. 그럴수록 악착스럽게 자식들을 가르치며 살려고 발버둥을 쳤다. 그것은 내가 감당해야할 사명이었다.

지금도 복숭아꽃이 피어나는 봄이 오면 눈물 나게 보고 싶다. 핑크빛 복숭아꽃이 떨어져 꽃나비가 되어 훨훨 나는 것을 보면 임이 나와서 반기는 것처럼 느껴져 내 설음에 울기도 한다. 우

리의 첫 만남이 우연의 일치였을까! 첫 만남도 추석이었고 마지막 가는 길도 추석이었다. 그래서인지 이 추석 명절만 되면 심한 가슴앓이를 한다. 글쓰기를 좋아하는 덕분에 '선데이 서울'이라는 주간지를 통하여 펜팔로 만났다. 시골에서 과수원을 한다는 내용을 보고 시작한 펜팔이 이년의 세월동안 편지에는 봄이면 핑크빛 복숭아꽃, 살구꽃이, 하얀 배꽃이 피어났고, 계절마다 달달하게 익어가는 과일들이 탐스럽게 주렁주렁 편지에 담아서 보내왔었다. 아무리 추운 겨울이라도 편지만 읽으면 향긋하고 달달한 복숭아와 살구가 쏟아져 나왔다. 물이 줄줄 흐르는 아삭아삭한 하얀 배 맛이 입에서 떠나지 않았었다. 첫 만남은 추석명절이었다. 내가 서울에서 직장 생활을 하였기에 추석 명절 휴가를 통해서 만났다. 완행열차를 타고 나비가 먼저가 아닌, 꽃이 먼저 만나러 임실이라는 곳으로 하얀 배 맛을 보려고 내려간 것이다. 관촌역에서 만났다. 만나자 마자 집으로 가는 것이 아니고 야트막한 산길을 가자기에 그곳에 과수원이 있는 줄로 알고 뒤를 따랐다. 이곳은 생각도 못한 별천지가 펼쳐졌다. 골짝 골짝마다 주황색으로 익어가는 대봉감이 주렁주렁 달려서 나도 모르게 처음 만난 총각 앞에서 정신없이 감탄에 감탄을 해댔다. 길가에는 구절초 꽃과 이름 모를 야생화 꽃이 만발하였다. 임에 취하고, 향기에 취하고, 대봉감에 취해서 정신없이 산길을 걸었다. 명절임에도 어디서 준비를 해왔는지 김밥을 준비해 와서 고픈 배를 채우고 나니 모든 것을 다 얻은 것처럼 마음까지 풍성했다. 만나려 갈 때는 과수원을 구경하고 배 맛이라도 보고 오려고 하였으나 가을 풍경이 풍성하다 보니 과수원 '과'자도 꺼내지 못하고, 가을풍경에 취해서 결혼을 약속하고 열차시간에 쫓겨 돌아오고 말았다. 편지는 무르익을 대로 익어서 대봉감이 홍시가 되어갈 무렵 결혼하기에 이르렀다. 드넓은 과수원의 꿈을 안고 결혼한 그날은 솜털 같은 하얀 눈이 우리를 축복이라도 해주는 것처럼 하얀 배꽃처럼 초겨울의 햇빛을 가르며 훨훨 날아올랐다.

　주변의 반대에도 철없이 선택한 시골의 시집살이는 맵기도 하고 짜기도 하고 심심하기도 하였다. 누가 뭐래도 오로지 나는 과수원의 복숭아꽃이었다. 그 꽃 속에서라면 어떤 고단함도 행복하게 살 수 있으리라는 생각뿐이었다. 텔레비전을 통해서 본 그 예쁜 복숭아꽃 살구꽃을 직접 볼 수 있다니, 이 얼마나 행복한가! 하면서 나는 속으로 웃으면서 하루를 맞이하고 보냈다. 아무리 손이 쩍쩍 달라붙어 눈물이 질금질금 나오는 겨울일지라도 봄은 곧 오리라는 봄꽃의 향연은 가슴을 설레게 하였다.

　그런데 날마다 산과 밭을 다녀도 과수원에는 가지를 않았다. 편지 내용을 보면 과수원은 사계절이 모두 다 바쁘다고 하였다.

그 넓은 과수원은 가지를 않고 날마다 내일로 미루고 봄이 다 가고 복사꽃, 살구꽃이 피었다가 시들어질 때 까지도, 봄이 간 다는 뻐꾹새가 울다간 초여름이 올 무렵에 밭일을 마치고 집을 가기위해 강을 건너려는데 내 손을 잡았다.

"미안 하구만 잠깐 내 말 좀 들어 주소"

"갑자기 무슨 말인데요."

"내가 과수원 있다고 한 것은 거짓말 이었네요. 장가는 가야 겠고 시골로는 시집올 처녀는 없고 해서 과수원이 있다며 거짓 말을 하였는데, 그것을 진즉에 말을 했어야 했는데 밝히지 못했 으니 어쩌면 좋을까요, 정말 미안하네요."

하며 무릎을 꿇고 두 손을 모아 비는 모습이 처량했다. 서쪽으 로 기우는 붉은 해도 부끄러운지 강물 속으로 숨어들고 있었다.

조금만 더 일찍 말을 하였으면 좋았을 것을 타이밍을 놓쳐도 너무 놓쳐버린 것이다. 어이가 없었지만 이미 그 너른 과수원이 없다는 것을 짐작하고 있었다. 당사자의 입을 통해서 듣게 되니 만감이 교차되는 순간이었다. 어느 낯선 사람 같았다. 갑자기 벙어리가 되었고 시각장애자가 되어버린 것처럼 허공만을 바라 보았다. 그대로 일어서서 오던 길로 다시 되 돌아가고 싶었다. 하지만 그때는 이미 내 뱃속에는 생명이 꿈틀거리고 있었다.

갑자기 이런 생각이 스쳤다. '내가 사람을 보고 결혼한 것이 아니고 흐드러지게 피어난 복사꽃, 살구꽃, 배꽃을 보고 결혼한 것이 아닌가!' 하는 생각을 하니 얼굴이 화끈거리기 시작

했다. 내 잘못이다 그 누구의 잘못도 아니다. 내가 과욕을 부린 것이다. 허영심이었다.

애시 당초 잘못한 것이다. 사람과 결혼해야지 과수원과 결혼한 사람도 있을 라고. 헛헛한 웃음이 나왔다. 내가 오히려 미안했다. 이미 해는 지고 하늘에는 하얀 조각달이 우리의모든 것을 내려다보고 있는 것만 같았다. 임이 내민 화해의 손은 조금 늦었을지라도 그 손을 놓지 않고 붙잡고 일어섰다. 다행히 그곳이 섬진강유역에 수몰지구가 되어서 그곳을 떠나게 되었다. 임은 살면서 편지에 썼던 것처럼 복사꽃 살구꽃이 피어나는 과수원을 만들어 보겠노라고 서울에서 살다가 개발지역인 경기도 하남으로 이사를 했다. 처음에는 소를 키우겠다고 하다가 사우디 바람으로 해외에 가서 몇 년 만 고생해서 돈을 벌어 와서 소를 키우든지 과수원을 하든지 해야겠다고 시간만 있으면 주변에 소 키우는 곳과 과수원을 다니며 일을 도와주기도 하고 때로는 복숭아를 짝으로 얻어 오기도 하였다. 덕분에 달달한 복숭아는 실컷 먹었다. 과수원을 다녀오면 우리도 곧 원하는 과수원을 할 수 있다며 봄만 되면 쉬는 날에는 과수원에 가서 가지치기와 과일을 싸 주며 하나하나 배우기도 하였다.

사우디에 가서 5년만 있으면 충분히 할 수 있다고 자신에 차 있었다. 땅은 사지 않아도 된다고 하였다. 지금 도와준 과수원에서 어느 정도의 땅과 과실주를 주기로 하였다며 꿈에 차 있었다. 무슨 일을 대충대충 하지 않고 계획을 빈틈없이 세우기도 하였다. 사우디 바람은 사기를 당해 비행기는 타보지도 않고 물거품이 되어버렸다. 사람이 성실하니 좋은 친구들을 만났다. 지인의 도움으로 건축업과 신문지국을 하여 돈을 좀 벌었다. 그때 바로 과수원을 하였어야 했다.　조금만 더 벌어서 한다며 미루다 보니 그토록 성실했던 사람이 변해버렸다. 술과 춤에 빠지다 보니 사람이 걷 잡 을 수없이 달라졌다. 달달한 복숭아도 내 사전에는 없었다. 내가 언제 과수원을 한다고 하였던가! 내가 언제 소를 키운다고 하였던가! 절대로 그런 일은 할 수 없다는 식으로 막무가내였다. 완전히 과수원 타이밍을 놓쳐버렸다.

Timer
You have Your Own Timer

3
2억의 어음은
종잇장

　장사의 '장'자도 모르던 우리는 하나님의 은혜로 철물장사를 하게 되었다. 부자는 아니었지만 건축 붐이 한창일 때에 현금보다는 어음유통이 더 활발하였다. 어음에 대한 위험성을 모르고 살았었다. 철물장사를 하는데도 어음과 가게 수표가 대중을 이루어 거래가 이루어 졌다. 처음에는 현금으로 거래를 하다가 어느 정도 안면이 있게 되면 가게수표나 어음으로 결제가 되었다. 그러다가 가끔씩은 엉뚱한 어음을 가져와서 반은 물건으로 가져가고 반은 현찰로 주되 이자를 가하게 떼고 주는 식으로 말하자면 어음 깡을 하였던 것이다. 처음에는 개월이 짧은 것을 가져오더니 차차로 개월이 늘어났다. 건축업을 할 때처럼 잘 될 줄로만 알고 의심하지 않고 어음을 발행한 곳도 보지 않

고 깡을 해주었다. 이자를 비싸게 받고 하니 처음에는 장사보
다는 어음 깡이 훨씬 낫다는 생각을 하기도 하였다. 남편은 어
음 깡을 만류했다. '잘하면 좋지만 잘못하면 우리 있는 것 까지
도 다 털어 낼 수가 있다'며 만류했다. 마약과도 같은 어음 깡
을 멈추지를 못했다. 물건 대금만 어음으로 받았으면 다행이지
만 그 남은 차액을 현찰로 내주는 미련한 짓은 하지 말았어야
했다.

  지금 생각하면 웃음이 나오지만 그때는 모두가 돈으로만 보
였고 제정신이 아니었다. 받으면 다행이지만 못 받으면 고스란
히 손해다. 외상으로 준 물건 값은 얼마가 되던 간에 내 것이
아니다. 받아야 내 것이다. 돈이란 '앉아서 주고 서서 받는다.'
는 말이 있듯이 외상도 이와 똑같다. 진상들의 거래처를 만나
면, 물건을 봉고차로 한가득 납품을 해주고도 그 대금을 받으
려면 신발 몇 켤레가 닳도록, 입이 바짝바짝 마르도록 찾아가
서 사정을 해야만 한다.

  하는 말이 '장사치 똥은 개도 먹지 않는다.'는 말도 있다. 회
사 부도도 아무나 내는 것이 아니었다. 나 부도내겠다고 소문
내고 부도내는 사람은 없다. 부도내는 것도 철두철미한 타이
밍이 필요하다. 일 년 전부터든지 적어도 6개월 전부터는 부도
의 타이밍 작업에 들어간다고 한다. 이런 사람들의 수법은 처

음에는 현금거래로 신뢰를 쌓아서 어느 정도 믿음을 심어주고 작업에 들어가면 어음 결제가 시작된다. 처음에는 기간이 짧게 하지만 갈수록 길어지게 된다. 자기가 계획한 타이밍이 되면 인정사정 볼 것 없이 밤사이에 부도내고 만다. 담당 경리도 모른다고는 하지만 믿거나 말거나 다. 한 솥에 밥을 먹는 사람이 더구나 돈을 만지는 경리가 모른다고 하면 지나간 개가 웃을 일이다.

너도나도 어렵다고 하는 찰나에 우리나라에 IMF라는 금융위기의 힘은 쓰나 미처럼 밀려왔다. '설마'가 사람 잡는다고 하였다. 정말 사람을 잡고 말았다. 연일 자살한 뉴스였고 모두가 죽겠고 살 사람은 하나도 없을 것만 같았다. 나도 그 중의 한 사람이었다.

그러나 위기가 기회라고 이때에 돈을 번 사람도 많았다. 땅을 사고 공장도 사고 호재를 만난 사람도 많았다. 이럴 때 하는 말이 '호랑이 굴속에 들어가도 정신만 차리면 산다.'라는 말을 실감했다. 그런데 이상한 것은 차라리 갚지 못하겠다고 하면 좋겠는데 곧 죽어도 갚겠다고 큰 소리를 치는 통에 이러지도 저러지도 못하고 억대의 부도를 막아내느라고 장사의 '장' 자도 모르면서 시작했던 교육비 치고는 너무 과한 금액이었다. 하지만 그 일을 겪으면서 인생도 한층 성숙해 지고 거래처를 선정할 때도 많은 도움이 되었다. 이때에 남편을 땅에 묻고 2억의 부도가 어쩌면 나를 살게 하였을 것이다. 죽고 싶어도 두 아들을 생각하면 죽을 수가 없었다. 죽어도 2억의 부도를 정리하고 죽어야 두 아들이 살 수 있다고 생각을 하였으니까. 가게를 팔아 치우고 싶은 마음도 있었다. 장사를 그만 두면 무엇을 해야 두 아들을 교육시킬 수가 있을까!. 자존심이 강한 나로서는 그래도 과부의 아들이라서 자식들을 교육시키지 못했노라고 수고로운 변명은 하고 싶지도 않았다. 듣고 싶지도 않았다. 덕분에 어음거래는 자진해서 하지 않게 되었다. 거의가 현금으로 결제방법을 변경해 주어서 부도 위기에서도 가게를 정리하지 않고 살아남을 수가 있었다. 이렇게 할 수 있었던 것은 목사님의 도움이 컸다. 날마다 돌아오는 휴지에 불과한 어음을 처리하느라고 전세인 집도 빼야했다 갈 때가 없었다. 목사님의 서재 실을 내놓았다. 염치없이 서재 실을 사용하면서 어려운 IMF를 헤쳐 나갔다. 배달이 문제였다. 배달마저도 목사님이 나선 것이다. 돈을 만져야 하기에 아무나 채용할 수가 없었다. 오전에는 교회 일을 하시고 오후에는 주문 받아놓은 물건들을 납품을 해 주셨다. 물 불을 가리지 않고 성도의 어려움을 함께 해주셨다. 가게에 오는 손님들도 좋은 손님들이 많았다. 그때는 까만 가죽 가방이 유행이었다. 폼으로 들고 다닌 것이 아니었다. 그 안에는 어마어마한 현찰을 가지고 다녔다. 우리 보다 큰 가게도 있었지만 우리가게로 와서 없는 물건은 사다가 납품하라며 현금으로 물건 값을 지불해 주는 손님들이 대부분이었다. 서로가 어려울 때 도와야 한다면서 의심 없이 물건도 가기 전에 결재해준 돈으로 없는 물건은 사다가 납품을 하는데 어려움이 없었다.

상상도 할 수 없는 2억이라는 현금이 얼마나 곰삭아야 해결이 될 것인가? 날마다 가슴조이며 풀어내야 했다. 천만 다행으로 3년 만에 부도를 정리할 수가 있었다. 날마다 돌아오는 휴지에 불과한 종이를 현금과 바꾸는데 나도 사람인지라 갈등이 많았다. 철물장사는 여자가 하기에는 여간 힘든 일이 아니었다. 하지만 좋은 사람들이 많았기에 견딜 수가 있었다.

그런데 갑자기 몸이 좋지 않았다. 아침에 나갈 때는 버스를 타고 출근을 하지만 퇴근을 할 때는 심장이 터질 것만 같아서 버스에 앉아서 올 수가 없었다. 택시를 타고 와야 했다. 2억을 갚아내는 아픔이 고스란히 몸으로 옮겨온 것이라고 하였다. 아픔의 독을 풀어내기에 많은 세월이 걸렸다. 믿을만한 직원을 구하기가 어려워 친구남편이 도와주었다. 이 아저씨는 놀음을 좋아해서 출근하는 날보다 결근하는 날아 더 많았다. 살기가 모두가 힘이 든다고는 하지만 놀음을 하지 않으면 일이 안된다고 하였다. 한심했다. 이 아저씨의 타이머는 사흘이 멀다 하고 멈추었다. 하루24시간을 온전히 화투판에서 보낸다는 것을 나는 용납할 수가 없었다. "인생이 별건가! 하고 싶은 것도 못하고 산다면 무슨 재미로 살 수가 있는가! 아니, 남편도 죽으니까 아무것도 아니지 않는데 뭐 그리도 난리치는가?"

도리어 나를 나무라고 하는 그 모습이 너무 불쌍했다. 이 사람하고는 일을 할 수가 없었다. 내게 주어진 오늘 만큼은 최선을 다해서 최고로 살아야 하는데 가장이면서도 가장의 자리를 지키지 않았다.

인생에 어찌 좋은 날만 있을까. 때로는 번쩍거리는 번개도, 비바람이 몰아치는 폭풍우도 만날 수도 있다. 그러나 이러한 것들이 나에게 뜨거운 햇살과 같이 필요한 요소들일 때도 있다. 내가 견뎌야 하는 고난이고 시련이라면 나는 즐기려고 했다.

내 앞에 주어진 고난들이 내가 싫다고 해서 비켜 가거나 남이 대신 해 줄 수는 없는 것이다. 옳은 일이라면 무엇을 하든지 포기 하지 말고 나아가라. 여호수아가 요단강물을 가를 때에 한 발자국을 요단강 물속에 떼어 놓을 때에 요단강물이 갈라졌던 것처럼 아무리 힘이 드는 인생이라도 놀아서 돈과 같은 시간을 낭비하지 말고 한걸음씩이라도 걸어 나가보자. 움직이지 않으면 석고가 되고 만다. 인생이 조급하다고 해서 조급하게

이루어지는 것은 아니다. 또한 욕심을 부린다고 얻어지는 것은
더욱 아니다. 힘쓰고 노력하자는 것이다.

시간은 돈으로 연결 되어 있다. 돈이 중요하다면 시간은 더
욱 중요한 것이다.

4
원상 복구와
카드깡?

　그토록 어렵다는 IMF를 하나님의 은혜로 거뜬히 이겨내고 농촌과 공단이 합류한 변두리로 확장을 하게 되었다. 열 평에서 백여 평이 되는 창고를 얻어서 겁도 없이 도, 소매를 하려고 확장을 감행하였다. 백 평의 공간에 물건을 채우려면 한두 푼의 돈이 든 것이 아니었다. 많은 돈을 투자한 덕분인지 2년 동안은 장사가 생각보다 잘 되었다. 우리 가게를 모르는 사람은 간첩이라고 할 정도로 잘 나갔다. 그것도 시기하는 무리가 있었다. 원래는 창고에서는 장사를 할 수가 없고 물건 납품만 해야 한다는 것을 나중에야 알았다. 그것을 안 우리와 같은 업종의 가게를 하는 사람이 민원을 재기한 것이다. 시내에서 2억이란 어음을 정리하고 변두리로 옮길 때는 큰 매장의 꿈을 안고 투자를 감행한 것이었다. 그런데 민원재기로 인하여 원상복구를 하던지, 벌금을 내든지 해야 한다는 공문은 내 심장을 먹게 하고 말았다. 나는 원상 복구를 하지 않고 돈으로 해결하려고 벌금을 얼마를 물어야 되느냐고 물었더니 그것은 그때 가봐야 안다며 민원이기에 원상복구를 하라는 명령이었다.

우리를 주시하고 있는 주변인물을 알고 있었다. 그곳에서 한 발자국도 떠나지 않으리라는 각오로 문을 내리고 원상복구를 감행했다. 납품은 가능하기에 아침이면 거래처 공장을 돌고 주문을 받아와서 납품을 해주는 방법으로 쉬지 않았다. 문을 내리고 하는 장사가 말처럼 쉽지는 않았다. 무슨 정신으로 그토록 끔찍한 일을 견디며 살아왔는지 탐 복할 일이었다. 복구를 하려면 글린 시설로 건축물 내용 변경부터 해야 했다. 변경을 하려면 돈이 한두 푼이 드는 것이 아니었기에 주인이 해 주어야 가능한 일이었다. 내가 떠나고 싶지 않는다고 떠나지 않은 것이 아니었다. 일단은 건물 주인에게 알려야했다. 다행히 주인이 나서서 모든 것을 일사천리로 해결을 하고 기존의 100평에서 50평으로 반을 줄여서 원상복구를 하는데 6개월이 걸렸다.

돈을 벌어서 어음 정리하는 것에만 몰두하고 운영에 대해서는 직원한테만 맡겼던 것도 내 불찰이었다. 그렇게 크게 확장을 하려면 직원부터 자리를 만들어서 채용해야했다. 한 사람의 직원으로 무리하게 확장을 하다 보니 직원이 나를 지도하는 격이 되었다.

이글을 쓰는 지금도 아쉬움이 남는다. 백 평의 창고에 물건을 들이는데도 정신이 없었지만 직원채용에 인색했다. 대통령도 혼자서 모든 것을 다 알아서 하는 것이 아니고 모든 분야의 지식인들을 채용하여 나라를 이끌어 가는데, 나는 그렇게 큰 사업가의 그릇이 못 되었다.

내가 컴퓨터를 하지 못하면 컴퓨터 직원에서부터 영업직원까지 채용하여야 했다. 모든 것을 주먹 구구 식으로 주물렀다. 그렇게 오년이 흘렀다. 직원 부인이 경리직원으로 있는 거래처 한곳만 어음이었다. 그 어음이 달마다 결제하는 날이 길어졌다. 이때부터 이 회사는 부도를 내기위한 타이밍을 계획한 것이었지만 미련한 나는 감도 잡지 못했다. 왜, 직원의 부인이 경리로 있으니 그보다 확실한 것이 더 있겠는가? 하는 생각에서였다. 그러나 항상 믿는 도끼에 발을 찍히게 되어 있다는 것을 기억하자. 거래를 그만 하려고 직원에게 말을 하면, "괜찮아요. 부인이 경리로 있으니 부도가 나도 3개월 전에는 알게 됩니다. 염려마세요"

안심을 시켰다. 그래도 함께하는 직원의 부인이 경리로 있는데 '설마'하며 퍼 주었다. 모든 사건도 잘 아는 사람들에게서 일어난다. 는 말을 실감하게 했다.

추운 겨울이 지나고 봄이 올 무렵이었다. 그날은 다른 때보다 일찍 나왔다. 불길했다.

"ㅇ과장! 오늘 왜 이리 일찍 나왔나?" 깜짝 놀라면서 물었다.

"죄송합니다. 와이프 회사가 어제 저녁에 부도가 났습니다."

내가 우려했던 거래처가 부도가 났다는 것이다. 어안이 벙벙했다. 날마다 초조하게 불미스런 일이 있지 않을까? 하며 걱정하였는데 현실로 나타났다. 자고로 마음에 꺼림이 있는 일들은 결국에는 일이 그릇되고 만다. 금액이 자그마치 일억이 다 되었다. 나는 사업가로서는 부족한 사람이었다. 어음을 거래하는 곳은 어음 결제일이 늦어지면 이미 부도의 감을 알아차려야 한다. 현금으로 결제를 하다가 어음으로 바뀌는데도 위험하다는 것쯤은 알고 있어야 했다. 또한 거래처 공장을 수시로 방문하여 돌아가는 현장을 보면 거래를 해야 할 것인지 말 것인지도 알게 되지만 나는 심장이 약하다는 이유로 꼭 필요한 운전면허증을 따지 못했다. 지금도 무면허다. 사업가는 맺고 끊는 데도 확실해야 한다. 2억의 어음도 부족하여 또 일억의 휴지를 현금과 바꾸는 일은 녹록하지가 않았다. 카드깡이 무엇인지도 몰랐는데 카드깡을 하게 되었다. 카드깡은 쉬웠다. 카드와 주민등록증을 퀵 서비스로 보내주면 물건으로 사서 다시 파는지는 알 수 없지만 육백만원 어치의 물건을 샀다며 명세표와 카드와 주민등록증이 도착했다.

내가 받은 돈은 오백만원도 되지 않았다. 그게 카드깡이었다. 그리고 다음날 h카드사에서 전화가 왔다. '이런 물건을 다 샀느냐?'고 물었다. 카드깡을 하는 곳에서 하라는 대로 나도 당당하게 말했다. 그러나 카드회사 담당자는 이미 카드깡이라는 것을 알고 있었다. 꼭 형사 같았다. 내일 당장에 회사에 오지 않으면 경찰서에 신고한다면서 찾아오는 길을 자가용으로 오는 길과 버스와 전철까지 자세하고 친절하게 알려주었다. 겁에 질려서 밤잠도 제대로 자지 못하고 카드회사에 찾아갔다. 불법을 저지른 고객일지라도 당황하지 않도록 최대한의 친절을 베풀었다. 하라는 대로 진술서에 썼다. 불법을 저질렀기에 돈을 한꺼번에 회수를 해야 하지만 오죽하면 깡을 하였겠느냐며 12개월의 분할로 납부하라고 하였다. 그리고 죄수가 감옥에서 풀려나온 것처럼 빠져 나왔다. 그 회사의 카드는 쓰지 못하게 되었지만 한 가지 확실하게 배웠다. 어찌 하였던 간에 회사의 고객이었다는 것으로 끝까지 친절함을 잃지 않고 대우 해주는 직원의 참 모습에서 감동했다. 나도 마음에 맞지 않아서 거래를 그만 두게 된 거래처에 대한 최소한의 친절을 잊지 말아야 한다는 것을 깨닫게 되었다. 당장에는 맞지 않아서 거래를 그만 두지만 불친절로 인하여 보기흉한 설레는 남기지 말아야 한다는 것을 배웠다. 그 일을 계기로 아무리 속이 상하는 일로 그만 두게 되더라도 친절하게 대하는 것을 원칙으로 정했다. 그리해야 우리 가게를 욕하지 않는다는 것도 깨달았다. 그것이 사업가로서 거래처를 대하는 기본자세라는 것을 알게 되었다.

이 어음을 정리 하면서 많이도 울었다. 남편이 세상에 없다는 것을 실감나게 한 순간이었다. 낮에는 장사를 하니까 정신없이 보내지만 가게 문을 닫고 나면 하늘에 별이 총총하니 설움이 밀려 왔다. 서러웠다. 그냥 울고 싶었다. 죽고 싶었다. 그래도 사람답게 살고 있다고 자부하며 살아 왔다. 과부라는 표를 죽어도 내고 싶지 않았다. 자식들에게도 아빠가 계시지 않아서 어렵다 힘들다는 말은 하지 않았다. 인생 살맛이 나지 않았다. 예수님을 믿는다고 하면서 겉만 예수쟁이였다. 복만 달라고 하는 무실론 자보다도 더 무지하게 믿어온 것이라고 그때 깨달았다.

직원에게 속은 것이 너무나 억울했다. 총각 때 만나서 결혼까지 하고 아이까지 낳아서 초등학교를 다닐 정도로 오랜 세월을 함께 하였다. 믿었다. 직원은 나를 이용하였다는 생각에 배신감에 치를 떨기도 하였다. 하지만 다행인 것은 거래처 빼서 자신의 장사를 하지 않는 것만으로 다행이라는 생각에 감사해야했다.

5
신용회복
위원회

사람들 대부분이 처음에는 작은 가게를 얻어서 잘 되면 더 큰 가게를 얻어서 확장을 한다. 이 확장이 때로는 잘 될 수도 있지만 그것이 잘못될 확률이 크다. 확장을 할 돈이 있으면 그 돈으로 차라리 땅을 사라고 말하고 싶다. 지금생각하면 〈김동현 작가의 말처럼 제3의 공간을 잘 만나야 한다.〉는 것을 실감한 순간이었다.

도저히 함께 일을 할 수가 없었다. 한번 당하고 나니 앞으로 또 어떤 일로 나를 속이게 될까? 하는 생각에 더 이상 함께 하고 싶지가 않았다. 우리 가게보다 더 좋은 일터를 찾아가라고 아쉽지만 헤어졌다.

한번 꼬인 물질의 문제는 해결의 기미가 없었다. 새벽별을 보고 나가서 저녁별을 보고 장사를 마쳤지만 밑 빠진 독에 물을 붓는 것과 같았다. 어쩔 수 없어서 제2금융권의 대출까지 받아서 입이 쩍쩍 벌어지는 억대의 부도어음을 정리하는데 피와 눈물 없이는 힘든 일이었다. 너무 힘이 들어서 모든 것을 포기하고 싶었다. 아니, 죽고 싶었다. 다른 것은 생각할 필요가 없었다. 한방에 가는 길, 소리 없이 사라지는 것만이 최선의 선택이라는 결론에 이르자 두려울 것이 없었다. 더 이상 지체하고 싶지 않았다. 추운 겨울이었다. 죽으려고 이 날은 돌아온 어음을 교환하지 않고 내일로 미루었다. 날짜가 되면 부도난 어음을 들고 오면 두말하지 않고 통장에서 이체를 시켜주곤 하였는데, 죽으려고 작정을 하니 마음이 더 간사해졌다. 그날 장사한 현금과 통장에 있는 돈을 몽땅 현찰로 찾아왔다. 현금을 손에 쥐니 '나도 가난하지 않고 부자였구나!' 이 많은 돈을 왜 남에게 몽땅 주어야 할까? 남편 이름을 부르면서 하소연을 했다. '나도 오늘밤에는 당신 곁으로 갈란다. 부도를 막아도, 막아도 끝이 보이지 않는다. 못살겠다. 당신 없이 사는 세상에 돈이라도 만지는 재미라도 있어야지 세상 무슨 재미로 살겠는가 말이다. 나도 오늘 간다. 기다리소.' 가게 정리 정돈을 해 놓고 가게 셔터 문을 내리는 순간, 양어깨에 짊어진 그 무거운 짐을 내려놓은 것처럼 홀가분했다. 나도 모르게 눈물이 주르르 흘렸다.

마지막이라는 생각으로 버스를 타고 오는데 꼭 죄인처럼 느껴졌다. 아무것도 모르고 미국에 있는 아들이 가슴에 쿵! 하고 엎혀졌다.

두 아들에게 돈을 벌어서 재산을 물러주려고 하지 않았다. '고기를 잡아서 주는 것이 아니고 고기 잡는 방법을 가르쳐 주라'고 하였듯이 나는 배우려고만 하면 어렵다고 공부할 시기를 놓치고 싶지는 않았다. 돈이란 날개가 있어서 모아놓으면 날아갈 연구를 한다. 머리에 담으면 언제라도 배고프지 않게 풀어 쓸 수가 있다는 생각으로 부도어음을 정리하면서도 공부를 하고자 하는 아들을 막지 않았다. 그런 내가 잘한 것인지 잘못한 것인지, 여러 생각이 마음을 어지럽게 했다. 차창밖에 스쳐가는 마을들을 내다보니 집집마다 전기불이 다른 날 보다 켜져 있는 것이 유난히 밝아 보였다. '저 집에 불은 누가 켰을까? 엄마가 켰을 것이다. 엄마가 맛있는 음식을 해 놓고 남편과 자식들을 기다리겠지. 가족이 한자리에 모이면 얼마나 행복할까!' 라는 생각이 미치자 죽으려고만 생각하고 내 자신이 '엄마'라는 것을 잊고 있었던 나를 발견하게 되었다. 죽으면 모든 것이 해결 될 줄로 알았다. 나도 '엄마'라는 것을 깨닫자, 내 심장이 늑골을 박차고 튀어나올 것 같은 아픔을 느꼈다. 죽는 것도 아무나 택하는 것이 아니었다. 언제라도 죽으려고 수면제를 싸서 가방깊이 넣고 다녔다. 혼자가 아니었다. 두 아들의 '어머니'라는 생각에 미치자 깊이 넣었던 수면제를 꺼내서 차창 밖으로 휙! 던져버렸다. 생각보다는 속이 사이다를 먹은 것처럼 화~하니 시원했다. 잠깐이었지만 천국이 아닌 지옥을 수없이 다녀온 기분이었다.

안 되는 줄 알면서도 목사님께 돈을 부탁했다. 두말없이 이천만원을 무이자로 빌려주었다. 그 돈은 숨통을 트이게 하는 거금이었다. 나중에 알고 보니 그 돈은 사모님이 알바를 해서 모아놓은 비상금이었다. 사모님의 땀과 눈물과 피로 모아진 거금이었다. 쓰지 말아야할 돈이었지만 제2금융권의 몸서리치는 재촉에서 벗어나고자 이것저것 따지고 할 때가 아니었다. 내 정신이 아닌 혼돈의 나날이었다. 장사는 해도 돈의 기갈에서 벗어날 수가 없었다.

무더운 7월이었다. 공문 한통이 왔다. 집배원 아저씨만 봐도 가슴이 쿵쾅거렸다. 바로 개봉하지 않았다. 공문은 두려움의 대상이었기 때문에 일을 마치고 셔터 문을 내리고 개봉했다.

생소한 '신용회복 위원회'에서 온 공문이었다. 금융권의 부채를 탕감해 준다는 내용이었다. 안경을 고쳐 쓰며 혹시, 내가 잘못 읽었나, 처음부터 다시 손으로 짚어가며 읽었다. 두 번을 읽어도 부채를 탕감해 준다는 내용이었다. 나도 해당이 되었다.

캄캄하고 막막했던 동굴이 갑자기 터널로 변한 느낌이었다. 가게 문을 열어놓고 거래은행으로 달렸다. 공문을 보여주며 물었더니 자세하게 가르쳐 주었다. 서류를 작성하여 신청을 하였다. 그것도 될지 안 될지는 접수를 하고 기다려 봐야 한다고 하였다. 일단 접수를 하고 돌아서는데 날아갈 것처럼 마음이 가벼웠다. 춤이라도 덩실덩실 추고 싶었다. 날마다 독촉전화로 심장을 쥐어짰는데, 생 머리털 한 올 한 올을 뽑아내는 것처럼 머리를 쑤셨던 전화가 끊기니 살 것 같았다.

그때부터 제 정신이 돌아왔다. 음식을 먹으니 제대로 씹혔다. 사람이 죽으라는 법은 없구나! 살다보면 이렇게 살 수 있는 길이 열리는 군아! 확정은 나지 않았지만 확정이 되었다는 기분으로 한 달을 편하게 밥도 잘 먹고 근심걱정에서 벗어나 살았다.

그리고 '신용회복 위원회'에서 기다리는 공문이 왔다. 공문이라면 숨이 막혔는데 이날은 기다림의 공문이었다. 그러나 혹시나! 하고 장사를 마치고 일단 저녁을 먹고 개봉을 했다. 내용은 그중에 '신용보증 대출' 것만 빼고 모두가 합의가 이루어졌다는 통보였다. 나도 모르게 두 무릎을 꿇고 주님께 감사기도를 드렸다. 그리고 밤이지만 밖으로 나가서 밤하늘을 힘껏 올려다봤다. 암흑의 세상에서 이제야 빛이 비추는 것을 느꼈다. 밤하늘

에 반짝이는 별들이 나를 위해 축하라도 하는 것처럼 반짝거렸
다. 그 반짝거리는 빛이 죽지 않고 살아서 참 잘했노라고 박수
를 치는 것만 같았다. 나도 박수를 치면서 감사를 연발해댔다.

그날부터 단잠을 잘 수가 있었다. 사람이 살아있다는 것을
느끼며 일을 할 수가 있었다.

우리나라에 이런 제도가 있다는 것에 감동이었다. 삶을 수
백 번 포기하고 싶었던 사람들이 거미줄처럼 얽혀버린 빚 속에
서 허우적거리다가 잘못될 수도 있을 텐데 이런 제도로 인하여
다시금 살 수 있는 희망의 길로 인도해준 나라에 큰 빚을 지게
되었지만 내게 정해진 금액을 정해진 기간을 통하여 갚는 것이
보답하는 것이다. 생각해 보면 이 모든 일들은 내가 욕심이 많
은 탓이라는 것을 깨닫는 순간이었다.

"욕심이 잉태한즉 죄를 낳고 죄가 장성한 즉 사망을 낳느니
라."〈야고보서 1장 15절 말씀〉

6
카드기계를
위조?

가을이었다. 신용회복 위원회를 통하여 모든 빚을 탕감 받고 한숨 돌리고 있을 때, 국세청에서 공문이 왔다. 2억의 부도 때부터 집배원 아저씨만 보면 반갑기 보다는 가슴이 철렁! 하였다. 오는 것이 내용증명서이고 아니면 독촉장이 전부였다. 특히 공문에 도장을 요구하는 공문은 내 인생을 한심하게 할 정도로 보지 않아도 몸서리가 처질 정도였다. 이것은 다른 곳도 아니고 국세청이었다. 억대부도의 수난기를 한 번도 아니고 두 번을 겪고 나니 공문은 내게 두려움의 대상이었다. 특별히 국세청이라 쉽게 개봉할 수가 없었다. 우리가게 세무담당을 하는 곳으로 갔다.

내용은 가게에서 카드기를 조작하여 세금을 포탈하였다는 내용이라고 하였다. 어느 해인가는 기억이 뚜렷하지는 않지만, 전화기인데 카드기계로도 사용하고, 전화로도 사용하고, 거기에 은행이체도 할 수 있는 기계가 나와서 나 같은 사람은 이체를 하려면 은행을 가야하는 번거로움이 여간 괴롭지 않았다. 지금처럼 폰으로 모바일 이체를 할 수 없을 때의 일이다. 기계 하나로 이렇게도 다양하게 사용할 수가 있다는 것이 너무 편리하기에 무조건 사용을 하였다. 한참을 잘 사용하였다. 그런데 이기계가 잘못 사용되어서 회수를 해야 한다며 다른 기계로 교체해주고 거두어 갔었다. 그것이 잘못된 만남이 되고 말았다.

이것이 아니라고 증명을 하려면 2년 동안 사용한 거래은행의 거래내역을 첨부해서 해명을 하라는 것이었다. 갈수록 산이었다. 하루도 편할 날이 없었다. 괴로웠다. 남편의 부재를 실감, 또 실감하는 나날이었다. 내가 무슨 기술이 있어서 카드기계를 조작을 한다는 것인지 알가가도 모를 일이었다. 나는 기계치여서 모른다고 하지만 우리나라 사람들 기술이 좋은 것은 사실이다. 기술 좋기로는 우리나라 사람들 뿐은 아니겠지만 어디에서든지 기계를 조작하여 잘못된 것이 있기에, 그 기계를 사용했던 사업장은 모두가 조작 범으로 걸리게 되었을 것이다. 이 기계로 인하여 나처럼 억울하게 걸린 사람들도 많았을 것이다. 다른 것은 몰라도 은행 일을 볼 수 있다는 것에서 많이들 사용

하였을 것이다.

날벼락은 이미 떨어져 있었다. 거래은행에서 거래내역을 뽑아보니 자그마치 한 보따리였다. 그것을 들고 국세청을 찾아 갔다. 거래내역만 제출을 하면 되는 줄 알았다. 그러나 그 내역에 하나하나 토를 달아서 확인을 해야 했다. 현금이 입금이 되었으면 어째서 현금이 입금이 되었고, 지출이 되었으면 어째서 지출이 되었고, 카드입금이면 표시가 되어 있어도 설명이 필요했다. 우리 세무를 담당한 사무실도 아니고 국세청 사건 담당자 앞에서 설명을 해야 했다. 한 시간도 아니고 두 세 시간을 가게 문을 닫고 가야했다. 아무리 생각을 해봐도 이건 있을 수가 없는 일이라고 하였지만 꼭 세금을 포탈한 범죄자와 같았다. 똑 같은 기계를 사용하였더라도 그 기계로 자동이체를 하지 않은 곳은 지적이 되지 않았겠지만 나는 하루에 몇 건씩을 자동이체를 하다 보니 표적이 되지 않았을까 하는 생각도 해 본다.

아무리 악을 쓴다고 하여서 해결 될 일이 아니었고, 악을 쓸 곳도 아닌, 나라의 세금을 관리하는 국세청이 아니었던가? 그 많은 것을 설명하려면 기억력도 좋아야 했다. 때로는 심장이 빨래를 쥐어짜는 것처럼 아파서 엉엉 울기도 하였다. 줄줄이 설명을 하다가 멈추기라도 하면 내가 거짓으로 말하려다가 잘못하는 것처럼 다그쳤다. 억울하고 분했다. 장사해서 세금 내는 죄밖에는 없는데 이런 일은 또 어째서 겪어야 하는지를 답답할 노릇이었다. 세상천지 밝은 대 낮에 이런 억울한 일이 어디에 있느냐고 도로에 나와서 외치고 싶었다.

카드기계도 내가 골라서 놓았던 것도 아니고 나라에서 허가를 해주어서 판매를 하였을 것인데 사용한 나에게 이런 수난을 겪게 하는 것은 무언가가 잘못되었던 것이다.

잠자던 벌통을 건드려 놓은 것처럼 어수선 하였지만 다행히 일은 수습이 잘 되었다.

그러나 기계를 사용한 곳이 어디 한 두 곳이 아니기에 이런 사람도 있고 저런 사람도 있겠지만 영문도 모르고 당하는 당사자는 억울함을 누구에게 하소연 할 곳도 없고 가슴만 칠 일이었다. 내일 일은 모른다고 하였다. 정말로 내가 살아온 삶이 내일 일은 모르는 삶이었다. 한 건이 해결되면 또 한 건이 여기저기서 툭툭 불거져 나오는 것이기에 잠잠하고 평온하면 오히려 불안하였다. 무슨 일이라도 있어서 고통당하는 것이 오히려 편했다. 오죽하면 이런 생각을 하겠는가?. 나는 이러한 일들로 인하여 죽지 않고 살았는지도 모른다. 평탄한 삶이었다면 엉뚱한 샛길로 빠지지 않았을까?.

무슨 일을 당할 때 급하게 처리하려고 서두르게 되면 실수를 할 수가 있다. 처음에는 나도 정신없이 서두르기도 하였다. 그런데 서두르면 나도 모르게 실수를 하게 된다. 한번 실수를 하면 뒤바꿀 수가 없게 될 때도 있다. 종교도 무시하지 말아야 한다. 내가 생각지도 못한 큰일을 당하면서도 죽음의 길목에서도 죽지 않고 살 수 있었던 것도 예수님을 믿어 기도의 힘이었다. 공문을 받을 때마다 문제가 생길 때마다 먼저 무릎 꿇고 간절히 기도드리는 것이었다. 남편이 있다면 서로 상의를 할 수 있지만 그 누구에게도 상의할 사람은 내가 믿는 예수님뿐이었다. 나는 항상 남편이 살아 있다고 생각을 하고 살았다. 기도가 남편과 상의하는 식으로 조곤조곤 말을 하면 또 조곤조곤 나에게 방법을 알려주는 식이었다. 고난을 만나면 도저히 해결이 안 될 것처럼 보여도 기도하게 되면 두려움이 없어지게 된다. 아무리 큰일이라도 사람이 살아 있는 한 해결은 된다. 찢어졌으면 꿰매면 되고, 깨진 것이면 흉터는 있을지라도 붙이면 된다. 단 미리서 겁내고 포기하지만 않으면 해결 못할 일은 전혀 없는 것이다. 인생의 고비, 고비 때마다 얼마나 무릎 꿇고 기도하였을까! 천지 분간을 모르고 주님만 의지하며 살아온 삶, 고비 때 마다 주님도 내 손 놓지 않고 캄캄한 동굴을 빛을 만날 수 있는 터널로 바꾸어 주시는 역할을 톡톡히 해 주셨다.

Timer

You have Your Own Timer

Timer

You have Your Own Timer

제3장

그랬더라면
어땠을까?

1
후회하는
사람들의 공통점

후회하는 사람들의 공통점은 처음 마음을 잊어버리기 때문이라고 생각한다. 처음에 가게를 시작할 때는 그저 비바람만 가려도 된다고 하지만 옛말에도 '말을 사면 종을 부리고 싶다'고 한다. 가게가 좀 되면 가게를 넓힌다. 공장도 마찬가지다. 또 처음에는 두 부부가 시작한다. 그러나 조금만 규모가 커지면 직원을 채용한다. 직원을 채용하면 남편은 사장님이라는 이유로 밖으로 나가게 된다. 그렇게 해서 여유가 생기면 공장이든 가게든 확장에 열을 올린다. 아는 지인도 처음에는 조그마한 곳에서 부부가 고물고물 제조를 하며 잘 지냈다. 언젠가는 공장을 짓게 되었다. 내 돈이 있으면 얼마든지 할 수 있겠지만 은행돈 80%를 대출 받아서 공장을 짓는다고 하였다. 편리한 대출에 녹아나는 것 같지만 그 당시 이자는 귀에나 눈에도 들어오지를 않는다. 아무리 옆에서 이자를 따져서 계산기를 두들겨 주어도 눈도 끔쩍하지 않는다. 대출이 너무 많아 안 될 것이 남의 눈에는 훤히 보이지만 본인의 눈에는 보이는 것이 없다. 그저 공장을 확장하면 매출만 계산하여 지출보다는 수입의 동그라미만 계산하기 때문이다. 바둑을 둘 때, 바둑을 두는 사람의 눈에는 보이지 않아도 옆에서 훈수 두는 사람의 눈에는 훤히 보이는 것과 마찬가지다. 그런데 그렇게 확장 을 한다고 하면 물건주문이 배 이상이 들어와야 하겠지만 그렇지가 않는다. 그러다 복잡해지면 어음을 발행한다. 부부가 가짜 이혼을 한다. 세상에 이혼이면 이혼이지 가짜 이혼도 있다. 말하자면 서류상만 이혼이고 생활은 함께하는 말로는 부부고 서류상은 부부가 아니기에 어떠한 불이익을 공동책임에서 벗어나자는 불법이나 마찬가지다. 하지만 이렇게 해서 또다시 바로 된 부부는 내가 지내오면서 한 가정도 보지 못했다. 결국에는 이혼하고 만다.

그리고 후회하는 말이 "욕심 부리지 말걸!" 한다.

또 한 지인은 우리나라에서 알아주는 H그룹상무이사까지 지냈고, 남부럽지 않게 가정도우미까지 두고 잘 살았다. 그런데 명예퇴직을 하면 기존퇴직금 보다 훨씬 더 많이 주기에 명예퇴직을 감행한 것이었다. 그렇게 돈을 받아서 활용할 방법도 모르면서 감행한 것이다.

여기에는 돈 냄새를 맡고 덤벼든 돈벌레들이 모여든 것이다. 사자가 먹이를 사냥할 때에 그냥 쿵쿵거리고 다니는 것이 아니고 짐승의 피 냄새를 맡고 달려드는 것처럼 그룹회사의 고위직 간부들의 퇴직하는 것을 냄새 맡고 다니는 하이에나가 있다고 하였다.

처음에는 조금만 투자하면 매달 이자를 지불하는 방식으로 꼬인다. 돈벌레들은 벌써 손에 가지고 있는 돈이 얼마인지를 알고 있기에 쉽게 놓지를 않는다. 그렇게 해서 있지도 않는 땅에 투자를 감행 한다. 또 건축에 투자를 하게 한다. 아무리 대그룹의 상무였더라도 돈에 꼬이면 제정신으로는 감당할 수가 없게 되는 것이다.

마지막에는 고대광실 아파트까지 맡기고 대출을 받아서 투자를 감행했다. 얼마돼지 않아서 집안에 빨간 딱지가 붙이게 되었다. 그때서야 사기꾼에게 걸려든 것을 알고 발을 빼려고 하니 발은 이미 진흙탕 속에서 빠져 나올 수가 없게 되었다. 그 충격으로 부인은 시각장애인이 되었고, 이 부부도 서류상 이혼을 하게 되었다.

돈이 세상의 잣대가 되는 세상인지라 내가 망하면 그토록 한가한 사람들도 매일 바쁘다.

그 정도의 위치에 있었기에 그런 일쯤이야 하며 이리 저리 연락을 해도 모두가 그렇게 바쁜 사람들뿐이었다며 웃었다. 부인이 참 딱했다. 메이커가 아니면 만지지도 않았는데, 지금은 시장에서 파는 노점 물건도 감사하다고 하였다. 그래도 우리나라에 복지가 잘 되어 있어서 나라에서 활동보호사를 하루에 세 시간씩 보내주고, 얼마만큼의 장애에 대한 기금을 주어서 어려움 없이 살아가고 있다며 감사하다고 하였다.

돈이라는 것은 소유하면 할수록 갈증이 나는 소금밭이라고 한다. 퇴직금만 연금으로 두었어도 기갈이 나지 않게 살아갈 수 있을 것인데, 그때는 꼭 무엇에 홀린 것처럼 돈이 얼마 필요하다고 하면 같이 은행에 다니면서 주었다고 했다. 모든 경제를 부인이 갖고 있었기에 남편은 모든 일을 부인에게 맡기고 꽁무니만 졸졸 따라 다녔다고 했다.

그 사람들이 돈 있는 것을 더 잘 알더라고 한다. 하나가 끝이 나면 또 다른 통장을 열게 하여서 돈을 가만히 두지 않고 날마다 새롭고 달달한 정보를 가지고 와서 무언가가 금방이라도 은 나와라 하면 은이 나오고, 금 나와라 하면 금이 나올 것처럼, 꿀 팁을 제공 하는데, 넘어가지 않을 사람이 없었을 것이라고 하였다. 성경말씀을 단번에 외웠었다.

"욕심이 잉태한즉 죄를 낳고 죄가 장성한즉 사망을 낳느니라.”(야고보서 1장15절) 이 말씀도 모든 것을 다 잃고 나서야 깨닫게 되었다고 하였다. 사람이 욕심을 빼면 시체가 되는 것처럼 자나 깨나 불조심이 아닌 자나 깨나 돈 조심이고 사람조심이다. 물이 움직이지 않으면 썩는다는 것을 알지만 사람이 배가 부르면 평안이 아닌 편안을 너무 좋아한다. 움직일 수 있으면 움직여야 하지만 꼼짝하지 않는 것만이 무한한 행복으로 착각을 하는 사람들이 많다. 돈만이 인생의 정답이 아닌 것을 모두가 안다. 욕심 덕분에 허덕이는 삶을 만들지 말자. 바다에서 나오는 낙지는 돈으로는 살 수 있다. 하지만 그 낙지 속에 들어 있는 어부들의 고달픔 까지는 살수가 없다. ‘지금’이 가장 중요한 것이다. 재물이란 미꾸라지처럼 잡으려고 하면 더 미끄럽고 빠르게 빠져나간다. 한번 깨진 그릇을 다시 맞춘다고 해서 깨끗하게 맞추어지는 것은 없다. 깨진 그릇은 상처가 남아 있다. 무언가 어긋남이 있어서 사리에 맞지 않는 것은 결국에는 탈이 나게 되어 있다.

　그 후유증은 쉽게 회복할 수가 없다. 로또 복권 일등에 당첨이 되면 만사가 해결 될 것 같지만, 분쟁은 그때부터 시작된다는 것이다. 돈은 요물단지다. 돈도 잘 써본 사람이 잘 쓰는 것이다. 돈을 십 원도 써보지 못한 사람에게 갑자기 많은 돈이 생기면 정신이 나가든지 몸에 병이 나든지 한다. 건강하게 오래 살려면 돈에 노예가 되지 말고 돈을 갖고 놀아야 한다. 내가 돈에 휘말리면 돈이 나를 갖고 놀게 된다.

나도 돈에 노예가 되었었다. 가게 하나에도 감사하지 않고 가게 하나를 더 하여서 온 지역 돈을 다 쓸어 보려고 하였던 때가 있었다. 현찰이 중요한 것이지 물건이 중요한 것이 아닌 것을 다 털고 난 후에야 깨닫게 되었다.

내 속도로 살아야 한다. 내 속도가 오십인데 백으로 걸으려고 하면 몇 발자국도 못가서 발병이 나고 만다. 나도 이때는 누군가에게 홀린 것처럼 정신없게 살았다. 욕심도 욕심이지만 교만도 함께 내 정신 줄을 쏘옥 빼버렸었다. 그래도 그 속에서 생명을 부지하고 살아있는 것만으로도 감사한다. 지금 생각하면 도대체 어떤 정신으로 살았을까? 지금 그렇게 살라고 하면 단 하루도 못 살 것만 같다. 후회한 사람들의 공통점은 '조금만 더'라는 말이 사람을 잡는다는 것이다. 욕심은 후회를 몰고 온다. 하지만 그 당시에는 모르기 때문에 버려야할 욕심을 보자기에 싸 담느라고 정신 줄을 놓아 버린다. 돈 밖에는 안 보인다. 돈 소리 밖에는 귀에 들리지 않는다. 철이 없어서 그땐 몰랐었다.

2
타이밍을
무시하지 마라

대장간에도 타이밍이 필요하다. 읍내에 아버지와 아들이 운영하는 '부자' 대장간이 있었다.

추운 겨울이 지나고 봄이 올 무렵이면 몽당연필처럼 된 농기구들을 가지고 가면 두 부자의 손에서 뾰쪽한 호미와 낫등의 새로운 농기구들이 만들어져서 나왔다. 그것들이 쉽게 만들어진 것이 아니었다. 이것이야말로 타이밍이 제대로 맞아야 했다. 모든 농기구가 온전히 불속으로 들어가서 온몸을 빨갛게 녹인다. 그렇게 빨갛게 달구어진 농기구 하나하나를 꺼내서 본래의 모습으로 만들어 내려면 빨간 쇠가 식기 전에 망치로 두들겨야 한다. 그 과정에서는 한 치의 오차도 없이 때리고 나서 물속에 넣었다가 다시 불속으로 넣는 과정에서는 타이밍을 잘못 맞추면 쇠가 물러서 물건을 사용 할 수가 없게 된다. 이 과정을 망치의 힘과 속도가 잘 맞아야 제대로 된 농기구로 탄생될 수가 있는 것이다. 또한 농기구 형체가 없는 것은 빨간 쇳물로 녹아질 때 까지 녹인다. 녹여서 빨간 쇳물을 미리 만들어 놓은 틀 속에 부으면 원하는 농기구로 만들어진다. 그 쇳물이 굳으면 또 하나의 농기구가 만들어 지는 과정에서도 타이밍이 필요하다. 조금 더 빨리, 조금 더 늦게 물속에 넣으면 이것도 물러서 쓸모가 없게 된다는 것이다. 쇠가 강하고 물러지는 것은 순전히 타이밍에 달려 있다.

땀을 뻘뻘 흘리면서 만든 물건이 자신들의 실수로 해서 잘못되면 서로가 옹색해지기 때문이다. 아버지가 거리가 멀어도 '부자 대장간'에서는 그런 일이 없이 물건을 만들면 다 닳아 질 때까지 사용을 하기 때문에 그곳까지 가는 것이었다.

또 무뎌진 작은 기구들은 아들의 손에서 많이 만들어서 나왔다. 매질을 할 때도 대충 하는 것이 아니고 음정이 있었다. 한 번은 쿵! 하면 두 번째는 조금 약하게 두들겼다.

사람도 이렇게 불속에 들어가면 나쁜 것은 다 녹아 없어지고 좋은 것만을 가지고 다시 탄생 할 수만 있다면 어찌 열 번인들 마다할 사람들이 있겠는가, 아마 한 사람도 없을 것이다. 망치질 하는 것도 그냥 대충 하는 것이 아니었다. 물건의 크기에 따라서 두께에 따라서 만지는 것도 다양했다. 낫은 낫대로의 모양을 이리저리 살펴가며 만들어 냈지만 낫도 두께가 있다. 얇으면서도 튼튼해야 하는 것이 있고, 두껍게 만들어야 하는 낫도 있다. 풀만 베는 낫은 얇으면서도 강하고 잘 들어야 하기에 그 낫은 두꺼운 낫을 만들 때 보다 정성이 몇 배가 더 필요한 제품이라는 생각이었다.

호미는 호미대로 칼은 칼 나름으로 만들어 냈는데 작은 칼이 아닌 부엌에서 쓰는 칼이지만 제일 큰 칼을 만들어 내는 것을 보노라면 가슴이 시리기도 하였다. 쇠스랑이나 쇠로 만들어 내는 것은 불속에서 빨갛게 달구어 지기만 하면 여러 가지를 다 만들어 냈다. 아버지와 아들은 마음속에다 똑딱거리는 시계를 담아놓고 시간을 맞추는 것만 같았다. 벌겋게 된 쇠를 꼭 아이들이 장난감을 가지고 노는 것처럼 얼 시구, 절 시구, 하면서 망치로 내려 칠 때도 장단이 맞아야 했다. 시간과 예술의 혼이 요동을 해야만 할 수 있는 일이었다.

작은 물건은 아들이 만들지만 굵은 농기구는 아버지와 아들이 함께 했다. 이것은 정말 타이밍이 잘 맞아야 했다. 타이밍이 맞지 않으면 제대로 된 물건이 탄생되지 않는다고 하였다. 빨갛게 타들어가는 풀무 불 앞에서 목에 두른 수건을 짜낼 정도로 땀을 흘리면서도 잠시도 망치질을 쉬지 않았다. 쉬엄쉬엄

하게 되면 풀무 불 속에 달구어진 연장들을 제대로 만들 수가 없기 때문인 듯하였다. 지금이야 손으로 만들기 보다는 컴퓨터에 입력만 해 놓으면 수만 가지가 만들어져서 나오지만 그때는 사람의 손으로 어르고 만지며 만들었다.

그 시절에는 오로지 타이밍 잘 맞추어서 좋은 제품을 만드는 데, 자신의 혼과 땀을 다 쏟아 부었다. 그렇게 해서라도 원하는 물건이 나오지 않을 때는 가차 없이 다시금 불 속으로 내 던지고 말았다. 다시 풀무 불에 빨갛게 달구졌다. 새로운 기구를 만들어 내는 대장간의 아버지와 아들은 요술쟁이와도 같았다. 세상에서 가장 힘센 장수 같았다.

하지만 옛말에 '굽은 나무가 선산을 지킨다.'는 말처럼 아들도 몸이 허약해서 병치레만 하였다. 어찌어찌 하여 함께 일을 하게 되었다. 다행히 대장간 일을 하면서 몸이 건강해졌다고 하였다. 아마도 호흡을 하여도 타이밍을 맞추어서 하고 땀을 많이 흘려서 나쁜 분비물을 내 몰아내고 그 빈자리에 새로운 에너지를 채웠기에 건강한 육체와 건강한 정신으로 그 힘든 일을 해낼 수 있지 않을까. 한다며 아버지의 자신감 넘치는 웃는 모습이 봄날의 햇살이 더욱더 화사하게 대장간 마당을 가득 채웠었다.

잘 만들어진 농기구들을 망태에 짊어지고 집에 오면, 한 단계의 작업이 남아 있다. 이것은 온전히 아버지의 몫이었다. 다른 것은 그대로 두어도 되지만 낫과 칼만은 숫돌에 잘 갈아 두어야 했다. 이것도 타이밍에 민감하다. 조금만 넘쳐도 안 되고 모자라도 안 된다. 너무 넘쳐도 낫을 쓸 수가 없이 버리게 된다. 조금 모자라도 사용할 수가 없다. 대장간에서는 잘못 만들어지면 냉큼 풀무 불 속에 던져 넣으면 다시 만들 수도 있지만, 낫을 갈다가 넘치거나 모자라면 돈을 들여서 만들어 온 물건을 사용하지 못하게 된다. 일 년을 써야 하는 물건이기에 낫을 처음 갈 때 날이 확실히 잘 서게 정성을 들여서 갈아야 한다. 이 때의 타이밍을 무시하면 낭패가 되고 만다. 때론 보기에 아무 것도 아닌 것 같지만 우리가 살아가는 데는 '절대 타이밍'이 중요하다는 것을 매 순간마다 느끼게 된다.

낚시를 하는 사람들에게는 타이밍이란 더 없이 중요하다. 어릴 적에 고향 바닷가에서 아버지와 바다로 낚시를 가서 보면 고기가 미끼를 물었다 하면 잽싸게 낚시 줄을 올려야 고기를 잡을 수가 있다. 조금만 늦어도 놓치고 만다. 하지만 모든 것이 빨리 잡아 올린다고 다 좋은 것만은 아니다. 내게 맞는 타이밍이 있게 마련이다. 잘못 걸리게 되면 사기를 당하게 되기도 한다. 낚시를 할 때는 빨라야 하지만 사람을 통하여 오는 타이밍은 서두르면 무언가 의심을 해봐야 한다. 좋은 것은 그렇게 빨리 내게로 오지 않으니까. 사기는 항상 서두른다.

당신이 아니라도 할 사람이 줄 서 있다는 식으로 당장에 해야 한다고 오늘 아니면 내일은 없다는 식으로 정신을 혼란스럽게 할 때는 잠시 생각할 여유를 가져야 하지만 그만한 여유를 주지 않는다. 조금만 더 생각할 걸, 하며 후회하게 된다.

나도 카드깡을 할 때에 한 번 요 주의 인물로 점을 찍으면 어떤 수당과 방법을 총동원해서라도 잡아내고 만다. 아무리 빠져나오려고 해도 걸리게 된다. 수없이 전화를 하여 할 때까지 붙잡아서 결국에는 사람을 망가지게 하였다.

사기꾼은 외모에도 나타난다고 남편은 항상 입버릇처럼 말을 하였다. 사우디 보내준다는 사기를 당하고 나서 깨달은 것이 많았다며 사람을 볼 때 외모를 눈여겨봐야 한다며 하는 말은 세 가지를 잘 보고 주의해야 한다고 하였다.

첫째, 사람을 볼 때에 눈을 똑바로 보지 않고 이유 없이 눈을 껌벅거리는 사람, 둘째, 목소리가 탁 트이지 않고 톤이 낮고 말을 해도 밖으로 나오지 않고 입안에서만 옹알거리는 사람, 셋째, 무슨 일이든지 주막에 주모가 치맛자락을 질질 끌듯이 끊고 맺지를 못하는 사람이라고 하였다. 이런 사람을 잘 분별하면 사기는 당하지 않고 살 수 있다고 입버릇처럼 말을 하곤 하였다. 이것은 믿거나 말거나 이지만 살면서 체득한 사람에 대한 자신에게만이 정해진 규칙이었을 것이다.

3
준비하는 삶
(이별 준비를 잘 합시다.)

 칠순을 바라보는 나이에 무엇을 준비해야 할까? 생각하다가 산전수전 공중전의 뜻을 '네이버'에 물었다. 네이버 왈 "그만큼 당사자가 살면서 엄청 고생했다는 것을 하는 말이라"고 하는 답변이었다. 나는 이보다 좀 더 확실한 답을 알고 싶었다. 인생엔 '절대 타이밍'이 있다. 조금만 더 빨랐어도, 조금만 더 늦었어도 하면서 후회의 연속 일 때가 있다. 내일은 내 것이 아니기에 타이밍만 잘 맞추어도 때문에 보다는 덕분에가 되는 삶을 살 수가 있었을 텐데, 하며 소중한 인생을 쉼표나 마침표가 있어야할 자리에 물음표만 남기게 되어서 아쉽다. 말하기 쉽게 '인생은 육십부터'라고 한다. 말이라도 참 기분 좋은 말이다. 육십이 되기 전에는 그 말의 참 뜻을 잘 몰랐다.

이제 나는 물음표에 부끄럽지 않게 이별 준비를 해야겠다. 적어도 내 자신에게 만큼은 미안하지 않게 말이다. 무엇하나라도 내 자신을 위해 하려고 하면 밝은 대낮에는 미안해서 할 수 없었다. 아무것도 보이지 않은 캄캄한 오밤중에 올빼미처럼 잠을 아껴가며 아무리 서러워도 올 시간조차 나에게는 사치처럼 느껴질 정도로 밤을 낮 삼아서 내 자신이 하고 싶은 공부와 글쓰기에 인색하게 살아온 얼룩이 너무 보기가 흉하다.

내게 주어진 '절대 타이밍'을 나는 잡지 못한 것이 아니고 몇 번이나 나에게 덤벼들었지만 미련하고 교만하였기에 내 앞에서 알 짱 거려도 나는 코웃음만 치고 말았다.

나는 너보다 더 똑똑하고 복이 있는 여신이나 되는 것처럼, 아무도 나에게 범접하지 말라는 식으로 널뛰다 넘어지면 코가 깨진다는 것을 전혀 모르는 미련한 바보 천치였다.

그렇게 엎드려 살다보니 육순이 훌쩍 넘어버렸다. 그렇다고 지난날에 잘못했던 일들을 모두 다 되돌리거나 수정할 수는 없다. 그러나 과거는 되돌릴 수는 없지만 남은 내 삶은 바꿀 수는 있다. 소중한 하루를 시작하는 삶의 태도에서 바꿀 수 있다. 인생의 소중한 것은 거창한 것이 아니다. 일상에서 소소한 것들과 날마다 찾아주는 새로운 아침에서 뽀송뽀송한 햇볕이 나에게 주어진 일상들로 채워지는 순간이 소중한 삶으로 하루를, 1년을 만들어낸다.

이제 삶의 우선순위를 내 자신을 위해서 살아야겠다. 또다시 후회하지 않기 위해서다. 이제 후회할 시간도 없다. 뒤 돌아볼 시간도 없다.

내게 주어진 시간들이 얼마나 남았을지는 모르지만 더 잘살기 위해서 더 부자 되기 위해서가 아닌 세상과의 이별 준비만큼은 후회 없이 해봐야겠다는 생각에 나를 바쁘게 몰아세운다. 하지만 삶에서 느끼는 정서는 그리 단순하지만은 않은 것 같다. 분노인 줄 알았는데 슬픔일일 때도 있고, 고통인줄 알았는데, 아름다운 성장통일 때도 있다.

아마도 그것이 인생이라고 하겠지. 인생은 가장 소중한 것인데도 별거 아닌 것으로 착각하며 살아간다. 어떻게 보면 지금, 내가 살아 있다는 것만으로도 기쁘고 감사하며 살아야 한다. 짧다면 짧은 인생, 사랑만 하고 살아도 짧은 인생이다. 미워하고 원망 하는데 소비할 시간이 없다. 아까운 삶을 미움과 버무리지 말자. 이제 구겨진 삶이라고 우격다짐으로 대충 살지 말자. 설령, 고통의 절규가 내 가슴 속을 후벼 판다고 하더라도 주저하지 말자.

추근추근히 구겨진 삶을 하나하나 따끈한 다리미로 펴면서 달래가며 칭찬하며 살아보자.

내게는 아직은 일할 수 있는 건강이 있지 않는가!. 삶의 우선 순위를 어떻게 하면 이별 연습에 맞는 일을 할 수 있는가의 기준을 정해보자.

오늘 하지 않아도 되는 일과 하지 말아야 하는 일을 선택하고, 이제는 급한 일보다 중요한 일을 더 소중히 하는 습관을 길들여 보자. 이제는 연습이 될 수 없다. 종종 지인들의 누군가가 세상을 떠나고 나면 유품을 정리 할 때에 쌈지에 넣어 둔 돈뭉치가 나온다고들 한다.

또한 장판 밑에서 돈뭉치가 나온다고도 한다. 그런 돈뭉치는 나오지 않더라도 서로보고 입을 삐쭉이며 이맛살 찡그리는 일은 없어야겠다. 쇼핑에는 취미가 없기에 주위에서 주는 옷과 이불이 대부분이다. 그 속에서 금과 은을 골라내야겠다고 하나 하나 펼쳐보니 감회가 새롭다. 금과 은을 골라내려고 하니 도저히 자신이 없다. 옷이면 옷, 목도리와 장갑 등 심지어 속옷까지도 따뜻하고 예쁜 마음과 손길들이 담겨 있다. 교회 팔순이 넘은 권사님들의 나눔은 유별하다. 얌전히 김 권사님은 나보다 체격이 조금 작다. 자식들이 옷 선물을 하면 치수가 큰 것은 교환하지 않고 포장그대로 내게 건넨다. 내가 입으면 나를 주려고 산 것처럼 잘도 맞는다. 옷 뿐 만이 아니고 심지어 이불까지도 보따리채로 나눔을 한다.

어느 봄날이었다. 핑크색 밍크 이불을 가져왔다. 보자기를 펼치니 내가 좋아하는 향기가 코를 찔렀다. 감동이었다. 나는 깜작 놀라서 물었다.

"권사님, 이 좋은 이불을 어쩌자고 나에게 안겨 주세요. 이 일을 어찌해요."

"내가 앞으로 살날이 얼마나 남았겠나, 살아있을 때 나누어 주어야 받은 사람도 기분이 좋지 죽은 후에는 가져가라고 해도 안 가져가지 또 줄 수도 없고"

또 한 권사님도 솜을 타서 만든 이불과 옷을 싸와서 준다. 이제 칠순이 조금 넘었지만 지금부터 비우는 준비를 한다고 하였다. 언제라도 주님이 부르는 타이밍에 '아멘' 하고 뒤도 돌아보지 않고 가겠다며 넉살좋게 웃는다. 그것도 그냥 주는 것이 아니고 모두들 세탁에 향기까지 가득 담아서 받는 사람 기분까지 배려하여 나눔을 한다. 나를 돌아본다. 너무 많이 온 느낌이지만 이제라도 아름다운 이별 준비를 해야겠다. 슬픈 이별이 아닌 아름다운 이별을 연습해야겠다. 나눔을 할 때는 아까운 마음을 내려놓아야 할 수 있다는 생각이다. 그래야 가장 좋은 것부터 할 수가 있을 것이다.

애플의 창립자인 스티브 잡스가 병상에서 자신의 과거를 회상하며 남긴 마지막 남긴 말이다. "이제야 깨닫는 것은 평생 배

굶지 않을 정도의 부만 축적되면 더 돈 버는 일과 상관없는 다른 일에 관심을 가져야 한다. 그건 돈 버는 일보다는 더 중요한 뭔가가 돼야 한다. 그건 인간관계가 될 수 있고, 예술일 수도 있으며 어린 시절부터 가졌던 꿈일 수도 있다. 하나님은 우리가 사랑을 느낄 수 있도록 감성이란 것을 모두의 마음속에 넣어 주셨다. 평생 내가 벌어들인 재산은 가져갈 도리가 없다. 내가 가져갈 수 있는 것이 있다면 오직 사랑으로 점철된 추억뿐이다. 가족을 위한 사랑과 부부간의 사랑 그리고 이웃을 향한 사랑을 귀히 여기고 자신을 잘 보아야 한다."고 하였다.

우리가 천만금을 벌어 놓았다고 한들 동전 한 닢도 손에 쥐고 갈 수는 없다. 천년만년이나 살 수 있을 것처럼 하늘한번 제대로 쳐다볼 여유도 없이 살아가고 있는 현실이다. 인생에 소중한 것이 그리 거창한 것이 아니다. 아픔 없이 건강하게 살아간다는 것이다.

시험문제에는 정답이 있을 수 있겠으나 인생이란 그 자체에는 정답이 있을 수는 없다. 각자의 마음의 문제이기 때문이리라. 내 인생의 준비된 삶이란 욕심을 버리는 것이다.

때론 남들이 가지 않았던 길을 가보고도 싶지만 그 용기는 내려놓아야 할 때다. 실타래를 풀어놔야 한다. 지금까지 등줄기에 땀이 베이도록 살아왔으면 이제는 내 안에 있는 것들을 내보내는 연습도 중요한 것이다. 그 빈 곳에 다른 것으로 채워 지지 않을까 한다. 이제부터라도 슬픔을 만들기 보다는 기쁨을 만들고 내일 보다는 '오늘'을 소중하게 만져야겠다. 이별할 때의 추한 모습을 보이지 않기 위해서 울고 웃던 사연일랑 툭툭 털어버리자.

Timer
You have Your Own Timer

4
시아버지의
사랑

싱그러운 오월이 오면 보고 싶은 시아버지의 얼굴이 떠오른다. 작달막한 키에 까무잡잡한 둥근 얼굴에 하얀 이를 드러내시며 웃으시던 인자한 모습이 가슴 시리게 그립다.

초여름이었다. 나는 그때 이름 모를 병을 앓고 있었다. 날씨는 초여름인데 나의 몸은 추운 한겨울이었다. 특별히 가슴과 무릎이 시렸다. 꼭 얼음이 무릎 속과 가슴속에 가득 차 있는 것 같았다. 뼈마디에 구멍이 송송 나서 그 속으로 얼음장 같은 바람이 들어오는 것처럼 견딜 수가 없었다. 병원에 가도 별다른 치료 방법도 없었고 병명도 알 수 없었다.

세월이 가면 낫겠거니 하며 초여름의 날씨에도 보일러를 틀어놓고도 실내온도가 35도가 되게 하여도 여전히 춥다고 웅크리고 있는 내 자신이 처량했고 그 열기 속에서도 참아주는 가족에게 미안하기도 하였다.

그러던 어느 날 시골에 사시는 시부모님이 올라 오셨다. 여름 날씨에 젊은 며느리가 춥다고 솜이불을 뒤집어쓰고 보일러까지 빵빵하게 틀어놓고 춥다고 웅크리고 있으니 놀랄 수밖에. 바쁜 농사철이지만 손자들이 보고 싶고 봄나물을 뜯어놓고 보니 우리가 생각이 나서 오셨다며, 이것저것 갖가지 나물들을 펼쳐놓았지만 내 몰골이 다 죽어가고 있으니 기분 좋은 방문이 아니었다. 딸도 아니고 새파란 며느리인데 한심 하였을 것이지만 몇 가지를 물었다.

"언제부터야?"

시아버지께서 물으셨다.

"전에도 봄만 되면 그러기는 했지마는 지금처럼 심하지 않았어요."

너무 죄송스러워서 기어들어가는 소리로 대답을 하였다.

"둘째는 봄이었으니 산후조리는 제대로 했겠고, 큰 아는 여름이었는데 어찌했나, 혹시? 찬물로 씻지 않았느냐?"

뜨끔했다. 대답을 못하고 머뭇거리는 나를 보시더니 웃으셨다.

"별 걱정 하지 말거라. 며칠 쉬려고 왔는데 내일 내려가야겠다. 내려가면 약 뿌리를 캐서 보내겠으니 깨끗이 씻어서 찜통에 물을 가득 부어서 푹 삶아서 물을 마셔라. 아마 씻은 듯이 나을 것이다."

아무병도 아니라는 듯이 아주 쉽게 병이 낫는다며 진찰하는 의사보다 더 쉽게 처방을 내리고 하룻밤을 주무시고 바로 내려 가셨다.

나는 말씀만 그러시겠지, 딸도 아닌데 무슨 약초를 얼마나 캐서 보내 주실까, 또 나이 드신 분이 안다고 하여도 약초에 대해서 얼마나 아실까? 기대를 하지 않았다. 한편으로는 어릴 때 시골에서 친정아버지도 약초를 캐서 뒤뜰에 메달아 놓고 동네 사람들에게 필요하게 사용하였던 것을 봐왔기에 또 은근히 기대를 하기도 하였다. 그런데 가신지 열흘도 되지 않았는데, 밖에서 쿵! 하는 소리가 났다. 나가보니 시아버님이셨다. 90키로나 되는 벼 마대에 약초를 가득 캐서 직접 짊어지고 오신 것이다. 남에게 맡기면 분실할 수가 있으니 직접 가져와서 며느리의 병을 치료해 주고 싶으셨던 것이다. 하루를 묵고 가십사 하여도 오시던 길로 바로 가셨다. 아픈 며느리에게 피해를 주고 싶지 않아서였을 것이다. 하찮은 나무뿌리가 무슨 약이 되겠느냐며 그냥 쌓아놓고 기회만 되면 버려야겠다는 불효막심한 생각이었다.

몸은 낫지를 않고 점점 더 심해갈 뿐이었다. 그런데 어느 날 나무뿌리가 생각이 났다. 여기까지 짊어지고 오신 모습이 오버

랩이 되면서 '어른들의 말만 잘 들어도 자다가도 떡이 생긴다' 고 하였는데 한번 끓여서 먹어나 보자는 마음으로 실천에 옮겼다. 나무뿌리를 깨끗이 씻어서 들통에 담았다. 연탄불 위에 올려놓고 한참 후에 부엌으로 나가보니 물안개가 자욱하게 부엌에 가득하였다. 나도 모르게 물안개 속에서 눈을 감고 김을 들이마시면 병이 나을 것만 같은 기분이었다. 행여! 김이 없어지기라도 할까봐서 숨을 힘껏 들이마셨다. 신기하게도 머리에서 발끝까지 물줄기가 걸레를 짜듯이 빠져 나가는 것처럼, 몸이 새털처럼 가벼워지는 것을 느꼈다. 뿌연 안개가 사그라질 때까지 미동도 하지 않고 숨을 들이마시면서 한참을 서 있었다. 땀이 머리에서 발끝까지 주르르 흘렀다. 그리고 그 물을 한 모금도 버리지 않고 알뜰히 다 먹었다. 효과가 없으면 버리려고 남겨놓은 나무뿌리를 모두 삶아먹었다.

거짓말처럼 내 몸에서 그토록 불어 대던 찬바람이 빠져 나가고 완전히 치유가 되었다. 나도 모르게 '아버님 감사합니다. 고치지 못할 병인 줄 알았는데, 말끔히 치료가 되었습니다. 아버님이 병든 며느리를 살리셨다'고 몇 번이고 나 혼자 중얼거렸다. 말로는 표현 할 수가 없었다. 나중에 안 일이지만 내려가셔서 '내가 며느리를 살려야겠다.' 며 농사일은 미루어놓고 도시락을 싸가지고 산을 다니시면서 약초를 캐서 가지고 오신 것이다. 말씀 그대로 병든 며느리를 완전히 살려내신 것이다. 나도 부모님이 혹시나, 병이 나신다면 최선을 다해서 치료해 드려야겠다고 마음으로 다짐을 하였다. 그런데 말이 씨가 된다고 했던가! 그 다음 해인 오월에 딱 일 년 만이었다.

시어머님이 눈과 발에 병이 나셔서 우리 집에 오셨다. 모습이 너무 흉한 모습이었다. 눈은 부어서 제대로 뜨지 못하셨다. 발은 붓고 노란 고름이 온 발을 뒤덮었다. 노란 고름이 줄줄 흐르고 딱딱한 딱지가 더덕더덕 붙어 있었다. 소름이 끼쳤다. 나병환자처럼 보였다. 말문이 막혔다. 하나님은 내 속으로 다짐한 것을 어찌 들으시고 이렇게도 타이밍을 잘도 맞추실까! 감동이었다. 하지만 '사람이 화장실 갈 때 마음 다르고 올 때 마음이 다르다'고 하더니 순간에 '아니 병이 나면 병원에 가실 것이지, 왜 우리 집으로 오실까?' 하는 마음이라도 아는 것처럼, 시어머님의 말씀이 가슴을 뜨끔하게 하였다.

"어미야! 이 몹쓸 꼴을 하고 와서 미안타, 병원에 가보지 않고 온 것이 아니고, 병원도 가봤다. 발을 자를 수도 있단다. 나는 죽으면 죽었지 발을 자르고는 못산다. 암, 못 살고말고,"

올라오실 때는 정신없이 오셨는데 와보니 그렇게도 미안함이 밀려오는지 몸들 바를 몰라 하셨다. 자식 집에 오셨는데도 며느리 눈치 보기에 바빴다. 내 자신도 어찌해야할 지를 모를 일이었다. 병원에서 발을 잘라야 한다고 했다니 앞이 캄캄했다. 의사도 아닌 내가 이렇다 저렇다는 말을 할 수 없는 노릇인지라 일단 병원에 가봐야 했다. 어머니를 안심시켰다.

"어머니, 치료는 내가 하는 것이 아니고요, 병원의사가 하는 것이니까요, 피부전문 병원에 한번 가봅시다. 거기는 나병환자들을 치료하는 곳인데요, 피부전문병원으로 알려졌어요. 걱정하지 마세요. 발을 자르기야 하겠어요."

내가 병이 나 있을 때 아버님이 나를 안심 시켰듯이 나도 어머니를 안심시켰다.

그때서야 얼굴을 들어 나와 마주했다. 어머니의 눈에 눈물이 그렁그렁 하는데, 퉁퉁 부은 눈은 더 이상 머뭇거릴 수가 없었다. 꼭 어린아이가 잃어버린 엄마를 찾아서 안도의 눈물을 흘리는 것처럼 느껴졌다. 흐느끼는 모습이 참으로 안타까웠다. 흘린 눈물을 닦을 수도 없었다. 내가 예수님을 믿지 않았다면 할 수 없다고 외면하지 않았을까?.

남편은 어머니의 그 모습을 보고 벌서부터 내 눈치를 살피기에 급급했다. 나는 그때 교회 초년생이었다. 내가 교회를 나가는 것을 반대를 하며 "예수를 믿으려면 내 주먹을 믿어라!"며 때로는 예배시간에도 찾아와서 나를 데리고 나갈 정도로 반대에 손을 들었다.

5
치유의
하나님!

　나는 '종교의 자유를 달라'며 죽은 듯이 교회를 다니던 때였
다. 묘한 타이밍이 내 앞에 요단강처럼 버티고 있었다. 어찌하
든지 나는 이 강을 건너야만 예수를 믿을 수 있다는 생각이 들
었다. 어머니는 신실한 불교신자였다. 사월초파일이 내일 모레
인데, 종잡을 수 없이 복잡했지만 이 좋은 타이밍을 놓치고 싶
지 않았다. 내가 할 수 없다고 물러서면 예수를 믿을 수가 없을
것만 같았다. 치료가 되면 남편의 반대에서도 벗어날 수 있었
고, 불신자인 어머니도 예수를 믿게 되는 것이었다. 이때를 놓
치면 다음 기회는 내게는 오지 않을 것만 같았다.

　기가 막힌 타이밍에 힘을 얻어서 당돌하게 시어머님께 말씀
을 드렸다.

"어머님, 치료는 내가 하는 것도 아니고요. 병원의사가 하는데요. 어머님이 나와 약속을 한 가지 하셔야 하는데요."

어머님의 불심은 남달랐다. 초하루와 보름날에는 절에 다니셨다. 초파일이 오기 전에 절에 가셔서 연등을 켜시는 불심에 정성을 다하셨다. 내가 예수를 믿어도 불만의 표시를 하지 않으셨다. 감히 새파란 며느리가 어른의 불심을 방해한다는 것이 죄송할 뿐이었다. 이 타이밍을 놓치면 나는 남편의 반대에서 벗어날 수가 없을 것만 같았다.

"어미와 약속을 해야 한다니 약속을 해야 한다면 해야 하고 말고."

대수롭지 않은 것일 줄 알고 바짝 다가앉으셨다.

"눈은 그렇다고 하더라도 발은 하루아침에 쉽게 치료가 될 것 같지가 않은데요. 시간이 걸릴 것 같아요. 내일 모레가 초파일이고, 초하루도 보름날에도 절에 가시려면 치료를 어떻게 할수가 있겠어요. 심하면 발을 잘라야 한다면서요."

내 말이 끝나기도 전에 대답이 시원했다.

"안 갈란다."

가슴이 철렁했다. 이렇게 쉽게 결정을 하실 리가 없는데 병이 나도 단단히 나신 것이었다.

"부처님이 노하실텐데요."

"자는 시어미를 놀리나, 부처님도 무심하시지, 이날 평생 우리는 쌀밥을 먹지 못해도 하얀 쌀만 공양을 했는디, 내 발은 잘라야 할 판이고, 눈은 봉사가 될 판인디, 초파일 초하루가 대수야. 어미가 나를 고쳐주면, 어미가 믿는 예수 나도 믿어야지 암, 믿고말고."

막혔던 귀가 뚫리는 것처럼 또렷하게 들렸다. 두려웠다. 이것도 저것도 아니면 어쩐다?.

"어머니, 참말이지요? 두 번 되돌리기는 없어요."

"야는, 내가 너하고 시방 말장난질이나 할 때인가!"

시어머니와 며느리였지만 때로는 딸처럼 어머니의 속마음을 터놓고 허물없이 지내기도 하였다. 그런 어머니의 마음이 이렇게 쉽게 돌아설 줄은 몰랐다. 어머님의 확답을 듣고 나니 이제 내가 떨렸다. 눈과 발이 아무 탈 없이 치료가 되어야 가능한 것이었다. 제발 우리 모두에게 부끄러운 일이 일어나지 않기를 기도드릴 뿐이었다.

눈은 동네 병원에서 일주일 정도 치료하니 많이 좋아졌다. 발은 수지에 있는 피부 전문병원으로 가기로 하였다. 발이 붓고 끈끈한 고름이 흐르고 곳곳에는 딱딱한 딱지가 더덕더덕 붙어 있어서 고무신을 신고 걸을 수가 없었다. 먼 길이지만 택시를 타고 발은 까만 비닐봉지로 싸서 병원으로 향했다. 어머님은 행여나 의사선생님이 발을 잘라야 한다는 말을 할까봐 의사의 입만 주시하며 겁에 질려 있었다. 의사선생님은 핀셋으로 이리저리 쿡쿡 찌르며 이리저리 보기만 하고 말을 하지 않았다. 한참을 뜸을 들인 후에야 마지못해 하시는 말씀.

"일단 약으로 치료해 봅시다."

신통치 않은지 고개를 좌우로 흔들면서 근심스런 얼굴이 영역했다. 어머니를 안심 시키려고 일단 약으로 처방을 하자고 한 것이다. 어머니는 기다렸다는 듯이 의사선생님의 손을 덥석 잡고 "선상님, 나는 죽으면 죽었지, 발을 잘라내고는 못 삽니다. 치료 잘 해주시기요~잉"

애원하다시피 하셨다. 의사선생님이 깜짝 놀라면서 안심을 시킨다.

"어머니, 발을 자르기는요. 우선 약으로 치료해 봅시다. 염려하지 마세요."

그때서야 근심으로 가득하던 얼굴에 묘한 미소가 피어났다. 나도 안심이 되었다.

병원에 매일 가서 치료하며 약을 바르고 먹었다. 나는 새벽 기도를 다녀오면 어머님의 발을 두 손으로 감싸고 호호 입으로 불면 입김으로라도 치료가 될 것 같은 간절함의 기도였다. 기왕에 어머님도 예수님을 믿기로 하였으니 흔적도 없이 깨끗하게 치유가 되기를 간절히 바라는 마음은 어머니나 나나 똑같은 심정이었을 것이다. 발을 자르지 않고 치유가 되어야 어머님까지 예수를 믿게 할 수 있는 기회를 놓치고 싶지 않았다.

때로는 눈물을 흘리면서 발을 어루만졌다. 할 수 있는 것은 기도와 병원을 가는 것이었다. 이때에는 온전히 내 마음을 비울 수밖에는 도리가 없었다. 남편도 선뜻 결정하지 못한 것을 내가 종교의 자유를 얻고자 선택한 것이기에 여기서 뒤로 물러설 수는 없었다. 사는 것이 풍족하면 무엇인들 어려울 것이 있을까마는 있어도 쓰지 않고 내놓지 않으면 없는 것과 마찬가지다. 하지만 불심으로 열성이신 어머님도 마음 평안하게 나와의 약속을 지키실 것이기에 내 나름대로는 최선을 다했다. 오전에는 병원으로 오후에는 알바를 하러 가야했기에 날마다 바쁘게 살았다.

'무식하면 용감하다'고 하듯이 간신히 예수 '예'자를 아는 초보자가 무얼 안다고 그렇게 담대하게 다가섰는지 지금 생각해도 아찔하다.

그러나 주님은 내가 선택한 모험을 외면하지 않고, 새벽기도를 다녀온 후에 집에서 그 험한 발을 붙잡고 드린 기도에 감복하여서인지 일주일이 될 무렵부터 노랗게 흐르던 고름이 멈추고 고슬고슬하게 딱지가 하나씩 떨어지더니 새살이 돋아나는

기적이 일어난 것이다. 일주일째부터는 비싼 택시를 타지 않아
도 될 정도로 치유가 되었다. 할렐루야!

의사선생님의 말씀은 특히 피부는 재발이 되기 때문에 치유
가 되었어도 장기간의 치료를 해야 한다고 하였다. 우리보다도
더 기뻐하셨다.

"이렇게 빨리 치료가 될 줄은 몰랐습니다. 낫지 않으면 발을
자를 수도 있었을 텐데요. 다행입니다."

그 말이 끝나기도 전에 어머님은 못난 며느리 자랑을 늘어놓
았다.

"선상님의 공도 크지만요, 우리 며느리가 새벽예배를 갔다
와서는 내 이 추접한 발을 붙잡고 얼마나 기도를 드렸는디요.
어디 발뿐인가요. 내 눈까지도 다 낫게 했지요."

감격의 눈물을 흘리셨다. 어머님의 눈과 발을 씻은 듯이 깨
끗하게 6개월의 치료기간을 통하여 치유하게 되었다. 신기한
체험을 하고서부터 나도 절실하게 믿게 되었다.

죽을 것만 같았던 나의 병을 치유해 주셨던 아버님의 은혜에
감복하여 나 혼자 내 마음속으로 하였던 약속을 하나님이 개입
하셔서 내 병이 치유한지 딱 일 년 만에 빚을 갚을 수 있었다.
누가 봐도 어머니의 발은 나병 같았다. 내가 손으로 만지면서
도 혹시나? 나에게 옮아지지나 않을까? 하는 의심이 들기도 하

였다. 생각해 보면 내게 그런 사랑이 있었던 것이 아니다 순전
히 예수님의 사랑으로 가능 하였던 것이었다. 인생이란 별다른
것이 아니다. 할 수 있다고 하면 할 수 있는 것이고 할 수 없다
고 하면 할 수 없는 것이다.

Timer

You have Your Own Timer

제4장

인생 역전의 타이밍

1, 포기하지 마세요.

2, 모 아니면 도

3, 어려울수록 인재가 필요하다.

4, 캄캄한 터널이 있다는 것은?

5, 세월을 아껴라.

1
포기하지 마세요.

장사가 하고 싶었다. 남편이 음주운전으로 모든 것을 다 잃어버리고 나니 직장에 들어가는 것도 변변한 기술이 없이는 서툰 일이었다. 더구나 1년간의 면허정지 상태여서 어찌할 도리가 없었다. 막막함으로 건설현장의 일을 다니는데 무척 힘들어했다. 내가 보기에도 개인 사업을 하며 어렵지 않게 살았는데 운전을 못하게 되니 한마디로 날개를 잃은 새와 같았다.

그런 와중에도 내 마음속에서는 자꾸만 장사가 하고 싶어서 안달이 날 지경이었다. 장사를 하려면 한두 푼이 드는 것도 아니겠지만 장사하고 싶은 마음이 뜨겁게 달아올라서 견딜 수가 없었다. 이런 마음을 갖게 된 것은 전주 중앙시장에서 건어물 장사를 하는 시누가 있었다. 갈 때마다 무심코 지나치지 않고 눈여겨보았다. 특히 시누의 가게 옆에는 기름집이 있었다.

그 기름집 아주머니의 장사하는 것이 눈과 귀를 즐겁게 하였다. 손님이 올 때마다 박카스를 한 병씩을 주면서 꼭 친척을 대하듯이 오는 손님마다 형님도 되고, 동생도 되고, 언니도 되고, 조카도 되었다. 사돈 팔촌까지 오고간 것처럼, 손님 모두가 남은 아니고 친척처럼 대했다. '나도 기회가 되면 저렇게 장사를 해야겠다.' 는 생각을 하게 되었다.

남편이 건설현장을 나가고 있어서 지푸라기라도 잡고 싶은 간절한 때에 실내포장마차를 하던 친구가 거금 30만원을 주면서 떡 볶기와 김밥장사를 해 보라며 세평짜리 가게를 소개해 주었다. 이까짓 김밥장사를 누군들 못하겠느냐며 의기양양하게 덤벼들었다.

그러나 장사는 아무나 하는 것이 아닌 것을 깨달았다. 단돈 십 원이라도 남의 호주머니에 들어 있는 돈은 쉽게 나올 수가 없다는 것을 깨달았다. 집에서 아이들 간식을 주려고 김밥이나 떡 볶기를 하면 맛이 있다고 없어서 못 먹을 정도였다. 장사로 나서서 김밥을 말면 터지기 일쑤였다. 그런데다가 동네 어른들은 술을 팔지 않는다고 호통을 쳤다. 술을 팔지 않으니 술을 다른 곳에서 사와서 안주를 내놓으라 하여 동네 노인정이 되고 말았다. 도저히 견딜 수가 없었다. 한 달도 하지 못하고 30만원을 고스란히 손해를 보고 그만 두고 말았다.

먹거리 장사는 하지 않기로 하고 다른 장사를 하였으면 하다가 기도를 하기로 하였다. 그냥 기도는 마음에 차지 않았다. 확실한 응답을 받고 싶어서 기도편지를 써서 기도원을 가기로 하였다. 하고 싶은 내용을 하나님과 대화 하는 식으로 편지지 두 장을 가득 채웠다. 날마다 쓰는 기도문이었지만 하고자 하는 기도가 끝이 없이 이어졌다. 가는 길은 그렇게 복잡하지 않았다. 버스로 30분 거리였다. 하루도 빠지지 않고 다녔다. 무엇이든지 공짜는 효력이 없다는 생각에 많은 헌금을 할 수가 없어서 하루에 일천 원의 헌금을 편지와 함께 했다.

그렇게 3년을 다니는 동안 남편의 취소된 면허증도 회복이 되었다. 그때부터 남편은 다마스차를 사서 카센타에 물건 납품을 하게 되었다. 일단 장사는 시작이 되었지만 '말을 사면 종을 부리고 싶다' 했다. 사람인지라 가게가 간절히 필요했다. 그러던 어느 날 우리에게 장갑을 납품해 주던 사장이 괜찮은 가게가 있다며 소개를 했다. 가진 돈은 없었지만 기도의 힘을 얻어 찾아갔다. 위치는 학교 옆이고 열 평 정도였다. 장갑장사는 어설프지만 기도의 응답이라 믿고 마음을 정했다. 장사를 시작하려면 3천 만 원의 돈이 필요했다.

병은 자랑을 해야 치료 방법이나 좋은 약을 알게 되듯이 가게를 해야겠다는 것과 돈이 얼마가 필요하다는 것을 집주인에게 자랑을 하였다. 그런데 돈이 없어서 못한다고 했다.

자신이 필요한 돈을 주겠으니 장사를 하라고 그 많은 돈을 종이 한 장 받지 않고 주었다.

꿈에도 그리던 가게에 입점하게 되었다. 나는 시누이의 가게에서 얻어진 아이디어를 총 동원하여 박카스는 비싸서 안 되겠고 가장 저렴하고 아무에게나 주어도 부담이 없고 받아도 부담이 없는 것을 생각하다가 야쿠르트를 취급하는 아주머니가 들렸다. 100원미만의 야쿠르트가 부담이 없다는 생각에 야쿠르트를 하루에 50개를 주문하였다.

오는 사람마다 물건을 사던 사지 않던 간에 하나씩을 안겼다. 그 때는 어느 가게에서도 야쿠르트나 음료수를 주는 가게는 없었고 우리 가게가 시발점이 되었다. 야쿠르트 아주머니가 귀 띔을 해 주었다. '이 동네에 이런 가게는 야쿠르트를 주는 가게는 한 곳도 없으니 손님들이 좋아할 것이라'고 하여서 정하게 되었다. 효과는 만점이었다. 야쿠르트는 아무데서나 팔지를 않았기에 가능한 것이었다. 지나다가 들려서 야쿠르트가 먹고 싶어서 왔다면서 그 값을 하고 간다며 물건을 사주는 예쁜 마음들을 모여들었다. 어느 날은 야쿠트를 100개를 주문 할 때도 있었다. 누구든지 가게에 오는 사람들에게는 아이 어른 할 것 없이 안겨 주었다. 그런데 기름집에서의 호칭은 맞지 않았다. 회사를 상대

하는 장사이기에 거기에 맞는 호칭을 불러야 했다. 호칭은 무조건 사장님, 사모님으로 불렀다. 잘 통했다. 지금 생각해 보면 어디서 그런 아이디어가 때에 따라서 나왔는지 지금까지 지내온 것은 내가 한 것은 하나도 없고 모두가 하나님의 은혜였다고 말하고 싶다. 하지만 딱 한 가지를 잘못한 것은 어음 깡이었다. 물론 나라에 금융위기가 오리라는 것을 꿈엔들 생각하였겠으며 또한 건강하고 젊은 남편이 그렇게 쉽게 세상을 떠날 줄이야 꿈엔들 알았겠는가!. 아무리 내일 일은 모른다고 하지만 그렇게 쉽게 나라가 망가지고 생명이 끊어질 줄은 몰랐다. 언제라도 내게 온 이 호황은 영원 할 줄로만 알았다.

그러나 기둥이던 남편이 재가 되어 날아가고, 슬퍼할 겨를이 없을지라도 포기하지 않았다.   내게 남은 것은 2억의 부도난 어음장이 전부였다. 뱀처럼 지혜롭지를 못했다. 어서 빨리 돈을 벌어서 복숭아꽃 살구꽃이 피어나는 과수원의 땅을 사서 달달한 복숭아를 따 먹으며 행복을 누리며 살고 싶었던 욕심이 나를 망가지게 하였다.

꿈에서 그리던 복숭아꽃 살구꽃이 떨어져 내리듯이 2억의 어음장도 휴지가 되어 날마다   버려졌다. 하루를 어떻게 버티었는지도 모를 정도로 캄캄한 나날이었다. 두 아들이 있었기에 살았을 것이다. 날마다 장사하면서 돌아오는 어음을 현금과 바꾸면서 '그래, 오늘만 바꾸어준다. 내일은 나는 죽는다.' 하는 생각뿐이었다.

　사람의 생명을 그렇게 쉽게 어긋나게 할 수는 없었다. 나중에는 살아야겠다는 생각이 더 간절했다. 자살은 살기보다 더 어려웠다. 죽을힘이 있으면 차라리 사는 것이 훨씬 편했다. 죽으려고 하면 해야 할 일들이 너무 많았고 복잡했다. 나는 살기 위해서 항상 내일의 즐거운 일을 생각했다. 낙심을 하거나 안 되는 것을 생각 한 것이 아닌, 된다는 생각, 할 수 있다는 생각을 하였다. 갚아야할 어음을 놓고 그 사람 이름이나 화사를 부르면서 실컷 분을 내면서 항상 하는 말이 나는 당신보다는 잘 될 거야! 암, 잘 되고말고 잘 된다는 말을 쉼 없이 하고 나면 꼭 그렇게 잘 될 것만 같았다. 행여, 안될지라도 포기는 하지 말아야 하지 않을까.

2
모 아니면 도
(쩐 의 전쟁)

　2억의 큰 홍역을 치르고 나니 오기가 생겼다. 여기서 뒤로
밀려날 곳도 없었다.

　그런대로 장사가 잘 되었기에 물건을 내 손으로 만들어서 파
는 것이 아니고 물건만 주문해서 매장에 진열하면 주문을 받아
서 납품을 해주면서 도매와 소매를 겸해서 하면 떼돈을 긁어모
을 줄 알았다. 열 평의 가게에서 일백평의 창고매장을 얻어서
담대하게 시작하였다.

　하던 가게는 물건을 납품해 주던 지인에게 그런대로 목돈을
받고 넘기고, 2억의 부도를 정리 하였다. 장사가 잘되어 자신
이 있었다. 이 지역은 시내에서 조금 떨어졌지만 농촌과 공장
들이 형성되어 있었다. 공구 철물 장사가 없었기에 그런대로

재미나게 장사가 잘 되었다. 이 정도면 충분히 떼돈을 긁어모을 것만 같았다. 그 누구도 부럽지 않았다. 부자가 망해도 삼년은 먹고 산다는 말이 있듯이 그 와중에도 아파트까지 살 정도였고 큰 아들을 미국유학까지 보낼 정도로 호경기를 이루었다. 교만이 철철 넘쳤었다.

항상 그렇게 잘 될 줄로만 알았다. 그렇게 잘 나간 우리를 시기하는 사람이 있을 것이라고는 생각도 못했다. 이년을 그렇게 재미나게 장사를 하던 어느 봄날이었다.

집배원 아저씨가 등기편지를 가져왔다. 아이엠에프 때 등기편지가 가슴을 놀라게 하였기에 빨간 가방을 짊어진 집배원 아저씨를 반가워하지 않고 지냈다. 정리할 것은 정리하였는데 무슨 등기일까? 하면서 대수롭지 않게 개봉해 보니 '장사를 할 수 없는 창고에서 장사를 한다며 원상 복구를 하던지, 벌금을 내던지 하라'는 공문이었다. 절망을 넘어 허탈에 빠졌다.

가슴 저 밑바닥에서부터 구정물 찌꺼기가 쉰 냄새와 함께 목을 타고 와서 확!, 토해내고 싶도록 가슴이 뒤숭숭 하기에 이르렀다. 나를 지탱해 주던 그 도도함의 자존심도 차츰 허물어 갔다. 이대로는 안 된다는 존심이 '모 아니면 도다'라는 생각으로 공문서에 있는 전화번호로 전화를 걸었다. 이럴 때는 남편이 있다면 직접 찾아가서 자초지종의 내용을 알 수가 있겠지만,

여자로써는 자신이 없었고, 솔직히 두려웠다.

전화를 걸 때는 '지가 벌금이 나오면 얼마가 나오겠어, 벌금이 나오면 벌금을 내면되지 겁낼 것 없어.' 하면서 당당했지만 막상 칼자루를 쥐고 있는 저쪽에서 전화를 받자 처음의 '모 아니면 도'라고 시작했지만 나도 모르게 목소리까지 잦아들고 말았다.

원상복구를 하지 않고 벌금을 내야 한다면 얼마를 내야 하느냐고 물으니 대답은 이랬다.

"벌금은 지금으로는 얼마가 나올지도 모르고요, 장사를 2.년을 넘게 하셨기에 계산을 해 봐야 알겠고, 이것은 민원이기 때문에 일단은 원상복구를 하셔야 됩니다."라고 하였다. 순간, 원상복구야, 벌금이냐를 놓고 저울질 하며 당당하게 대처하려고 하였던 맹렬하게 불타오르던 투지는 힘 빠진 낙지처럼 힘을 쓸 수가 없었다.

마음뿐이었다. 이게임은 이미 진 게임이었다. 잘된 나를 몰아내고 자신이 이곳에 와서 장사를 하려고 계획을 세우고 민원을 제기한 것이었으니까. 하지만 오기로 버텼다. 이곳저곳에 알만한 사람들에게 물어봐도 민원은 돈으로도 해결을 할 수가 없다고만 하였다.

일단은 가게 문을 내리고 주인한테 알렸다. 주인이 시설 변경을 한다면 다행이지만 하지 않겠다면 나는 두말하면 잔소리였다. 가게를 할 수가 없이 보따리 싸서 그곳을 떠나야 했다.

근린 시설을 하려면 돈이 한두 푼이 드는 것이 아니었다. 내가 아무리 초강력으로 버티려고 발버둥 친다고 하여도 무용지물이 되는 것이기에 주인의 의견이 중요했다. 주인은 의외로 두말 할 필요도 없이 사이다처럼 시원하게 근린 시설로 용도변경을 해 주었다.

3
어려울수록
인재가 필요하다.

어려울수록 인재가 필요하다. 주먹구구식으로 운영하다 보면 더 어려워진다. 반년을 가게 문을 닫았다. 뼈가 마르는 세월을 보내다 보니 말할 수 없이 어려웠다. 수입은 줄었고 지출은 그대로이다 보니 내 삶이 숨이 가쁘게 돌아갔다. 그렇게 어려워 보기는 처음이었다. 2억의 부도를 당했어도 그렇게 어렵지 않았는데 상상하기도 싫었다. 잠을 자도 편안하게 잠을 자지 못했다. 밤마다 나에게 물건 값을 달라며 소리소리 지르는 사람들과 부대끼는 꿈만 꾸다가 날이 새는 때가 한 두 번이 아니었다. 아, 차라리 진즉에 죽을 것을.

그도 그럴 것이 열 평에서 백 평을 넓혀 가게 되었으니 물건 값만 하여도 한두 푼이 아니었다. 그렇다고 무작정 갑자기 넓힌 것이 아니었다. 나름대로 정보도 알아보았고, 앞으로의 전망도 알아보고 부도를 정리하면서 조금씩 준비는 했었다.

그런데, 내가 가장 잘못 계산한 것은 돈이 아니고 사람을 잘못 채용한 것이라는 것을 뒤늦게 알게 되었다. 직원이 두 명이었다. 내 계산에는 한명을 더 채용하여 모든 것을 전산으로 시스템을 바꾸려고 거기에 합당한 사람을 물색해서 그래도 채용하기 전에 일단은 직원에게 의논을 하여야 했다. 그런데 내 생각과는 전혀 딴 생각들을 하고 있었다. 그 사람을 채용하면 얼마 못가서 우리 거래처를 빼서 다른 곳에서 새로운 가게를 차릴 것이라며 절대로 반대했다. 하기야 사람은 믿을 대상이 못된다는 말은 있기는 하지만, 밀고 나갔어야 했는데, 거기서 멈추고 말았다. '원상복구'라는 큰일을 당하고 나니 자신 있게 잘나가던 나도 한 순간에 자신감마저도 허물어져 가고 있음을 감지하지를 못했다.

경험 없이 시작한 장사였기에 처음엔 손님 오는 것이 두렵기도 했고 무섭기도 했다. 실수도 여러 번 했다. 손님이 주문한 물건과 똑같은 것을 주지 못했을 때 큰 소리가 오고 가기도 하였다. 방면에 보람도 있었다. 물건이 좋다고 또 찾아오고 우리 물건이 좋고, 사람도 좋다며 주위에 소개를 해줘서 새로운 거래처를 만나게 해 줄 때 행복했다. 덕분에 열 평에서 백 평으로 확장을 하면서 사기그릇이 깨지는 소리가 귀를 시끄럽게 했다.

우리 거래처 중에서도 가장 잘 나가는 에이급 거래처 직원이었다. 한해 두 해도 아니고 팔년을 함께 거래해온 사람이었다. 이친구가 자재를 담당하면서는 매출이 두 세배로 늘어났다. 장사를 하게 하려고 많은 것을 가르쳐 주기도 하였다. 그곳으로 확장을 강행 한 것도 그의 입김이 많이 작용을 하였다. 전산 시스템도 그의 생각에서 나온 것이나 마찬가지였다.

장소를 물색할 때도 그와 동행 하였다. 더욱 신뢰를 하였던 것은 남편이 병원에 입원해서 백혈구가 필요하다고 할 때도 두 말없이 자신이 해주겠다며 나선 사람이었다. 누구보다도 우리를 잘 아는 처지였다. 직원의 반대는 나를 한층 더 곤궁 속으로 밀어 넣었다.

잠시 내 계획에 실패의 예감이 천둥번개가 치는 것처럼 가슴이 먹먹하며 숨이 막혔다.

예수를 잘 믿는다고 자부했던 나였지만 이럴 때는 용한 점쟁이한테 물어보고 굿이라도 한판 넉살 좋게 해보고 싶었다. 말로는 표현 할 수없는 수많은 갈등을 어떤 방법으로 해결할 길이 보이지도 않았다. 그 어떤 생각도 섬광처럼 스치지도 않았다. 기도하는 사람은 영감이 있어야 하는데 세상의 염려를 다 내가 해결하려고 하니 무슨 영감이 떠오를 수가 있겠는가!

이쯤 되면 모든 것이 원점으로 돌아가야 하는데, 그럴 자신
도 없었다.

자신의 인생을 나와 함께 해 보겠다며 손잡고 막 일어설 때
에 문제에 부딪히게 되었다.

원상복구를 할 때도 이 친구가 많은 지도를 해 주었다. 난감
했다.

둘이서 머리를 맞대고 가장 좋은 타이밍을 맞추자며 의논을 거
듭 하였지만 방법이 달랐기에 반대에 부딪혀 무산되고 말았다.

하지만 결정적인 것은 이 친구가 예수님을 믿지 않는다는 데
에 있었다. 예수님을 믿었다면, 그 누가 반대의 깃발을 든다고
하더라도 두 사람을 내치는 한이 있더라도 강제적으로라도 채
용을 하였을 것이다. 미련했다. 믿던 믿지 않던 처음 먹었던 마
음을 밀고 나갔어야 했는데 기도한다는 믿음의 사람이 어느 것
하나도 주님께 제대로 맡기는 것이 없이 무조건 내가 앞서가면
서 예수님은 내 꽁무니만 졸졸 따라 오기를 바랐다. 입으로만
주님께 맡긴 척한 한심한 예수쟁이에 불과한 가짜나 다름이 없
었다. 얼마나 한탄을 하셨을까. 참으로 부끄럽다.

2억의 부도를 어려움 없이 짧은 시간에 해결을 하게 된 것
도, 규모가 있는 회사에서 자재를 담당하거나 공장장으로 있
던 사람들이 나와서 공장을 세우게 되면 어려운데 도와야지요.

하면서 우리와 거래를 해주는 덕분에 어려움 없이 짧은 기간에 해결할 수가 있었다. 나는 감사한 마음으로 그들을 대했지만, 그러한 것들을 무심코 지나치지 않았다는 것에 나를 놀라게 하였다. 거래하던 기존의 알찬 거래처들을 가지고 나와서 때로는 사장보다도 규모가 더 커지는 것을 왕왕 보아왔기에 의심하지 않을 수가 없었을 것이다.

직원은 자신보다 유능한 사람을 채용하는 것을 반대하는 그런 속셈이 나를 힘들게 하였다. 비굴한 그 마음까지 끄집어 낼 수는 없었다. 내가 어려워지면 모두가 떠날 줄 알았는데 그렇지가 않았다. 남편 없이 부도를 당하면서도 포기하지 않는 나를 불쌍히 여긴 것이다. 직원 채용에도 실패를 하게 되자 맥이 빠지면서 장사를 하고 싶지 않았다.

그렇지는 않겠지만, 아버지가 계시지 않기 때문에 하고 싶은 공부도 제대로 할 수가 없구나! 하면서 아버지의 부재를 실감하면 어쩌나. 하는 생각으로 아버지의 빈자리를 표를 내지 않으려고 숨이 차게 담담하게 무던히도 애를 썼다. 제대로 잠을 잘 수가 없었다. 내가 한 시간 잠을 더 자면 아들의 공부를 중단시킬 수밖에는 없을 것 같았다. 내 몸은 무쇠로 만들어 진 줄로 알았다. 그냥 일만 하면 되는 줄을 알았다. 미련했다. 바보였다.

그때 거래하던 거래처 사람들이 참 좋았다. 여자가 이런 일을 열심히 잘해낸다면서 자신들이 도울 수 있는데 까지는 돕겠다며 우리가 납품할 수 있는 물건이라면 무엇이든지 주문을 해주어서 매출을 늘려 주었다. 매출이 늘어나도 내가 마음에 두고 있는 직원을 채용하지 않았던 것이 두고두고 후회로 남게 되었다. 그 직원을 채용하여 함께 하였다면 1억의 부도는 맞지 않았을 것이고, 그렇게 어려운 고비를 당하지 않아도 되었을 것이라는 아쉬움이 지금도 가슴 깊은 곳에서 때때로 올라와서 목을 누를 때가 있다.

그때 나는 인생에 가장 어려운 시기였다. 무언가 붙잡아야 되는데 내 손에 잡히는 끈이 없었다. 밤이 그렇게 무섭고 두려울 수가 없었다. 혼자라는 것이 그렇게 힘든 생활이라는 것을 느끼지 못했다. 부도와 씨름하고, 원상복구와 씨름하고, 쩐의 전쟁의 소용돌이 속에서 허우적거리느라고 밤이 그렇게 무서운 줄은 몰랐었다. 그때 펜이 나를 살렸다. 잘 쓰던 못쓰던 글쓰기와 공부로 밤을 새웠다. 책읽기, 글쓰기는 내 생명줄이었다. 이것마저 하지 않으면 도저히 살 수가 없었다. 죽지 않으려면 글을 써야했고 공부를 해야만 했다. 덕분에 수박 겉핥기라도 이때에 통신으로 신학공부를 하였다. 상담코칭을 공부했다. 무조건 쓰고 읽고를 쉬지 않았다. 필요하던 필요하지 않던 간에 내 손에서 펜을 놓으면 죽음이 번개 같이 나를 집어삼킬 것만 같았다. 눈을 뜨고 가만히 있을 수가 없었다. 깊은 밤이든 새벽이든 나는 무조건 공부에 미쳤다. 남편의 빈자리를 공부와 글쓰기로 채웠다. 죽는 것보다 사는 것이 좋았다.

Timer

You have Your Own Timer

4
캄캄한 터널이
있다는 것은?

캄캄한 동굴이 아니고 터널이 있다는 것은 희망이 있다는 것이다. 사람을 움직이는 가장 큰 에너지는 희망이다. 어떠한 역경과 괴로운 일이 앞길을 가로 막아도 터널은 승리의 길로 보기 좋게 이끌어 준다. 장사할 때의 일이다. 거래처에 자매부부가 운영하는 마네킹을 만드는 회사가 있었다. 동생부부가 사장이고 언니부부는 공장장과 경리를 맡아서 운영을 하였다. 처음에는 돈을 좀 벌었다. 돈을 벌게 되니 동생부부가 무조건 돈은 땅에다 묻어야 뻥튀기를 할 수 있다고 하였다. 언니부부는 땅에다 묻는데 이의를 제기하지 않았다. 따지고 보면 돈은 땅에다 묻는 것이 옳은 일이라고 생각도 하였기에 동생부부가 하는대로 따랐다. 회사가 잘 운영되어 돈만 벌어들이면 된다는 생각에 쉬는 시간도 없이 열심히 일을 하였다. 외국인 근로자까지 채용해 가며 회사는 번창해 나갔다. 그러자 IMF가 터졌다. 돈을 버는 대로 땅에다 묻는 바람에 회사를 운영할 자금이 바닥이 났다. 땅을 팔아 자금을 마련하려고 하니 사놓았다는 땅을 몽땅 사기를 당하고 말았다. 살 때는 모두가 택지라고 샀는데 팔려고 보니 팔수가 없는 땅이었다고 하였다.

　IMF때는 어렵지 않은 사람이 몇이나 되었을까마는 앞이 캄캄한 동굴처럼 막막했다. 속담에 '엎친데 덮친격'이라고 했듯이 잘 운영되던 회사에 불이 났다. 공장 뼈대만 남고 모두가 타버렸지만 다행히 사람은 다치지 않았다. 제일로 힘들었던 것은 공장 안에 외국인의 숙소가 있었는데 그것이 가장 힘이 들었다고 했다. 외국인 모두가 기술자였고 부부들이었기에 각자의 방이 필요한 상태여서 자신들의 살던 방을 비워주고 언니와 동생부부 가족이 방 한 칸을 사용하였다고 하였다. 그래도 동생부부를 원망하지 않았다고 하였다.

　때로는 울분이 터질 때도 있었지만 그 울분을 낼 힘조차도 없었다고 하였다. 외국인들의 월급도 제대로 주지 못했지만 마음착한 외국인들이 까만 잿더미 속에서도 더 열심히 재건해가는데 협력을 아끼지 않았다고 했다. 사람은 죽으라는 법은 없다며 웃었다.

마치 절벽에서 한 발자국만 잘못 디디면 떨어져 죽을 것만 같아서 숨도 제대로 쉴 수가 없었고 분노도 제대로 표출할 수가 없었는데, 갑자기 물건 주문이 들어왔다. 백화점이었다. 그 많은 양의 물건 값의 결제는 어음도 아니고 현찰이었다. 까만 잿더미 속에서 금은보화가 반짝거렸다. 주문 물건은 모두 기존의 하청업체로 돌리고 들어온 현금으로 불탄 공장을 다시금 일으킬 수가 있었다. 그 후로는 무조건 현금을 땅에 묻어도 두들겨도 보고 밟아도 보고 서류도 떼어 보고 소문도 들어보고 하다가 동생남편이 공인중개사 자격증을 따서 돈을 땅에 묻게 되었다고 하였다. 사람이란 살아 있는 한 죽으라는 법은 결코 없는 것이라며 캄캄한 동굴이 아니고 터널은 얼마든지 이겨낼 수가 있는 것이라고 하였다. 힘내라며 많은 물건을 주문하고 자신도 좋은 일 좀 해야겠다며 현찰로 배추 잎이 가득담긴 비닐봉지를 놓고 바람처럼 사라졌다. 거금 삼백만원이었다. 한 달 사용할 자재 대금을 선불로 준 것이다. 그때 형제간보다도 좋은 사람들을 만났었다. 그 덕분에 캄캄한 긴 터널을 빠져 나올 수가 있었다.

나는 밤이 되면 꼭 정신 나간 사람처럼 나 혼자 내 자신에게 말했다. 혼자라도 말을 해야 숨통이 막히지 않을 것만 같았다. 밤에 울면 재수가 옴을 붙는다고 하였다. 울지 않으려고 나에게 말을 했다. 하다가 혼자 웃기도 했다.

혼자 사는 사람의 심각한 것은 고독의 늪에 빠지는 것과 그로 인하여 마음의 병을 얻기 쉽다. 그게 흔히 말하는 우울증이다. 이 우울증에 걸리지 않기 위해서라도 잠시도 가만히 있지 않고 글쓰기와 공부와 말하기로 시간을 보냈다. 밤이면 천국과 지옥을 수십 번을 왕래하기도 하였다. 혼자서 말을 하고 나면 가슴에 맺혔던 것들이 토해지는 것 같았다. 속으로 앓고 있는 것보다 속이 후련했다.

오밤중인데 막내 올케한테서 전화가 왔다. 요즈음 내 사정을 잘 알고 있기도 하지만 항상 믿음의 동반자요 기도의 동반자로서 함께 해주는 올케는 오밤중에라도 기도를 요청하면 이유 불문하고 달려와 주는 직장 선배인 둘도 없는 믿음의 동반자였다. 시누이가 혼자 살아가기에 더없이 관심과 사랑으로 나의 옆 지기 노릇을 서슴지 않는 올케였다. 만감이 교차하는 순간이었다. 폭포수와 같은 눈물이 쏟아지고 말았다.

전화는 말없이 끊어졌다. 우는 것도 맘대로 올 수도 없어서 참아왔는데, 봇물이 터진 것처럼 하염없이 내 설움에 못 견디어 울고 말았다. 한참을 울다가 기도하다가 찬양하다가 밤이라는 것도 잊어버리고 야곱이 얍 복강 나루에서 예수님과 시름하여 환도 뼈가 부러지는 아픔을 겪으면서도 기도하여 응답을 받앉던 것처럼, 목이 쉬도록 밤이 새도록 예수님을 부르짖었다. 아니 탄식의 기도였다. 그때였다. 내가 전화를 받자마자 울음을 터뜨리자 부랴부랴 올케가 택시를 타고 서울에서 온 것이다. 깜짝 놀랐다. 이 새벽에 그 먼 곳에서 못난 시누이의 울음에 득달같이 달려온 올케가 꼭 예수님이 나에게 씨름 그만 하라고 찾아와준 것만 같았다. 그 밤에 김밥, 이것저것을 보자기에 싸서 가져왔다. 울어도 먹으면서 울어야 한다며 웃을 수도 울 수도 없이 나를 위로해 주었다. 펼쳐진 음식들을 보니 더욱 설움이 창자를 뒤틀며 쉼 없이 올라왔다. 우는 나에게 올케는 나를 두 팔로 끌어안고 내 등을 토닥이며 힘을 실어주었다

"고모야! 앞이 캄캄한가! 막막한가! 이런 말도 있지 않는가, 캄캄한 터널이 있다는 것은 끝이 있다는 것이라고 하데, 그것은 희망이 있다는 것이지, 우리 믿음의 사람들은 벽도 무너뜨려야 한다. 그것도 몰라 고모는 공부도 하고 글도 쓰고 신문도 보고 책도 읽고, 해서 나보다 훨씬 똑똑한 줄 알았는데, 바보 같은 생각만 하고 있었네. 고모 소원 다 이루었는가? 아니, 나한테는 글을 써서 작가가 되는 것이 소원이라고 기도 부탁하지 않았어, 그럼 그 기도 말짱 도루 묵 되어 버렸네, 아까워라."

자신이 말을 해놓고도 어이가 없는지 웃었다. 이렇게 언제나 내 일처럼 함께 해주게 된 것은 초등학교를 졸업하고 시골에서

목포에 와서 행남자기 회사를 다닐 때, 객지에서 만났는데, 친언니처럼 사회초년생인 나에게 객지 생활을 잘 할 수 있도록 배려와 사랑으로 도와주었다. 그것이 계기가 되어 막내 오빠를 소개하여 결혼을 하게 된 것이다.

시집을 와서도 선하고 예쁜 마음이 변하지 않고 홀시어머니와 둘째 오라비와 나까지 불만이나 불평하지 않고, 어려운 살림을 꾸려가면서 우리를 결혼까지 시켰다. 맏이가 해야 하는 가정의 대소사를 잘 감당해 주면서도 짜증 한번 하지 않은 마음씨 고운 올케다.

특히 고마운 것은, 긴 병에 효자가 없다는 시어머니의 병간호도 요양원에도 보내지 않고 잘 감당 해주었다. 올케의 말을 듣고 보니 내가 지금 죽을 때가 아니었다. 갑자기 배가 고팠다. 밤을 새워 예수님을 원망하고 부인하며 씨름을 하여서인지 음식 냄새가 입에서 침이 솟구쳤다. 김밥 하나를 입에 넣어주면서 하는 말이 나를 더 감동케 했다.

"고모야! 우리 둘째가 그러는데, 정주영 회장 알지, 그 양반이 하는 말이 유명하다고 하데, 무슨 일을 직원들을 시키면, 무엇이 어째서 할 수 없다고 이유를 달면, '해보기나 했어?' 하면서 '길이 없으면 만들면 되고, 길이 막히면 뚫으면 된다.'고 했다 던데, 고모도 해보기나 했어, 길을 만들어 봤어, 뚫어나 봤어, 어느 것 하나도 해 보지 않고서 죽을 생각부터 하고 지랄이야! 옆에 사람 기분 나쁘게, 죽는 것이 억울하지 않아? 나는 아무리 힘들어도 죽는다는 것은 억울할 것 같거든, 이까진 일에 죽는다면 이 세상에 살 사람 한 사람도 없을 걸, 아니, 지금까지도 고모부 없이 잘 살아 왔으면서 갑자기 바보가 되었나봐, 힘내야 알았지." 나를 위로해 주고, 딸 손자들 밥 먹여 학교에 보내야 한다며 올라가더니 보태 쓰라며 거금을 보내 주었다. 나를 죽음에서 건져낸 예수님이었다.

밤잠을 자지 않고 싸온 김밥에 힘의 생명체가 있었는지 김밥을 먹고 일어설 용기가 생겼다. 그것은 김밥의 힘이라기보다 사랑으로 싸온 김밥이었기에 내게 새로운 힘을 솟아나게 하였다. 어려운 일을 당할 때는 가장 맛이 있는 음식을 먹으면 힘도 생기고 위로도 된다. 음식에도 힘을 솟아나게 하는 희망이 담겨 있다. 진수성찬이 아니더라도 캄캄한 암흑일지라도 분명 밝은 빛으로 인도해 낸다. 아무리 앞이 막막할지라도 벽이면 뚫고 길이 없으면 만들어서라도 할 수 있다는 희망적인 생각으로 나가다 보면 생각보다 더 좋은 길이 열리게 된다. 어려운 일이 있을 때는 손을 놓지 말아야 한다. 눕거나 앉아 있으면 안 된다. 걸어야 한다. 움직여야 힘도 생기고 길도 열린다. 막막함이 사이다 같이 시원하게 뚫린다.

삶을 살아갈 때 좋은 일만 있다면 얼마나 좋을까마는 때로는 숫돌에 목숨을 가는 것처럼 위태로운 때가 있다. 바스락거리는 나뭇잎도 철썩거리는 파도도 다 힘들어서 온몸을 뒤척이는 것이다. 나는 이 캄캄한 터널을 유별나게 벗어났다. 앉으면 글을 쓰고 책을 읽었다. 글은 무엇보다도 힘이 강했다. 가슴 저 깊은 곳에서 올라오는 울화통을 녹이기도 하였고 그리움도 녹일 수 있었다. 한 발자국도 보이지 않은 까만 밤을 글쓰기로 하얗게 새웠다.

이런 고난도 내 손안에 꽉 쥐고 있을 때 있는 것이지, 열 손가락을 짜~악 펴게 되니 꿈의 결정체인 열정만이 활활 타 올랐다. 이제 희망의 나라로 힘껏 노를 저어 가보자.

5
세월을
아껴라.

내가 십대 때에는 세월이 이렇게 빠르게 눈만 껌뻑이면 흘러간 줄을 몰랐다. 무조건 어른이 되고 싶어서 안달을 하며 배워야할 나이인데도 배움보다는 어서 돈을 벌어서 어른들처럼 사고 싶은 것도 마음대로 사고 먹고 싶은 것도 먹고 입고 싶은 옷도 마음대로 사서 입고 싶었다. 이때에는 꿈이 어른이 되는 것이 꿈이었다. 세월이 이렇게 빠르게 강물처럼 흘러갈 줄은 몰랐다. 그때에는 세월이 너무 더디게 제자리 걸음마를 하는 것 같았다. 한 살이라도 더 빨리 먹으면 되는 줄 알고 설날이면 떡국을 두 그릇을 먹으면 한 살을 더 먹게 되어 어른이 빨리 될 줄 알고 두 그릇을 먹기도 하였다. 무조건 어른만 되면 모든 것을 다 할 수 있는 줄만 알았다. 어른 되기에 안달이 난 나에게 엄마는 이런 말을 하였다.

"얘가 지금 철이 없네, 어른은 세월이 가면 어른이 되는 것이고, 어른이 되면 좋을 것 하나도 없어야! 이마에 땀을 흘려야 어른이 된단다."

어이가 없다는 얼굴로 웃었다.

땀을 흘려야 어른이 된다는 말에 억지로라도 학교에 갔다 오면 밭으로 산으로 다니며 어른이 되기에 바빴다. 엄마의 말대로 학교로 밭으로 산으로 다니며 땀을 많이 흘리게 되니 어느 사이에 이십대가 되었다. 독립을 할 나이가 된 것이다. 여기저기서 선을 보라는 중매가 들어왔다. 세 살 위인 언니가 먼저 서울로 시집을 갔다. 시집가는 것이 무서웠다. 돈을 번다는 면목으로 목포로 독립을 하게 되었다. 쓰디쓴 인생이 이때부터 시작이 되었다. 지나가는 길목에서 교복을 입고 가방을 들고 다니는 또래의 학생들을 보며 배움에 대한 열정이 꿈틀대기 시작하였다. 학교는 다닐 수 없는 형편이었다. 같은 동료가 검정고시공부를 하자며 강의록 책을 가져왔다. 이 동료는 나주에서 살았는데 오빠가 전남대학을 다니는 수제라고 하였다. 집에 가면 공부하는 책을 가져와서 꿈을 이야기 하곤 하였지만 세월이 흐르는 것은 실감하지 않고 꿈이란 언젠가는 꾸기만 하면 이루어지는 줄 알았다. 글을 쓰고 싶었다.

그러나 동료는 박사공부를 하여 교수가 되어야겠다는 꿈을 갖고 시간만 있으면 책과의 전쟁이었다. 시간이 아깝다. 가는 세월이 아깝다며 잠시도 시간을 헛되게 보내지 않았다. 동료는 그 꿈을 이루기 위해서 검정고시에 합격을 하고 야간 고등학교를 다니기 시작하였다.

나는 십대 때에 어른이 되어 선생님이 되고 싶었다. 그런데 동료는 박사에 교수가 되겠다는 하늘처럼 높은 꿈을 꾸면서 그 꿈을 이루기 위해 시간을 아끼고 세월 가는 것을 두려워했다. 동료는 수제자인 오빠가 있어서인지 집에만 갔다 오면 에너지가 넘쳤다. 나는 잠을 자면 그는 깨어 높고 넓은 하늘을 날개를 펴고 훨훨 날아다니는 것만 같았다. 어른이 되기에 급급한 나와는 급이 다른 꿈의 소유자였다. 그는 세월을 아꼈다. 하루하루의 일정표를 만들어서 그 일정표에 맞추어 생활을 하였다. 쉬는 날이어도 마음 놓고 쉴 수도 없었다. 그는 항상 나에게 하는 말이 '시간이 꿈을 이루게 한다.'며 명언처럼 내 귀가 아프도록 심어 주었다. 나는 영화를 좋아했다. 그러나 그는 영화 보는 시간이 아깝고 돈이 아깝다며 보지 않았다. 처음에는 나와 생각이 같았지만 넘겨다 볼 수 없는 그의 꿈을 가까이 갈 수가 없었다. 박사와 교수가 되기 위해 그는 야간 고등학교를 나와서 대학을 가야 한다며 오빠가 있는 곳으로 가고 나는 제자리에서 머물고 말았다. 세월이 흐름으로서 내 곁에서 항상 그가 나를 보면서 배움의 길로 인도해 주는 것만 같았다. 나도 그의 덕분에 박사는 될 수 없지만 공부의 끈을 놓지 않고 지금까지 내 삶의 동아줄처럼 붙잡고 살아왔다. 그 동료의 덕분에 검정고시를 알게 되었고, 공부하면 박사가 될 수도 있고 교수도 될 수 있다는 것을 알았다. 꿈이란 잠을 잘 때 꾸는 꿈이 아니라는 것도, 내가 꿈을 이루고자 배움의 끈을 놓지 않으면 꿈은 꼭 이룰 수가 있다는 것을 알게 되었다. 또한 시간의 중요성을 배울 수 있는 계기가 되었다. 그때부터 내 속에서는 꿈이 꿈틀거리기 시작하였다.

그러나 세월의 흐름은 붙잡을 수가 없어 삼십대가 되고 두 아들의 엄마가 되었다. 세월을 아껴야 한다는 것을 어렴풋이나마 알았지만 어째서 아껴야 하는지를 확실히 깨닫지를 못했다. 나이는 먹어도 젊음은 그대로 있고 늙지 않을 줄만 알았다. 가정주부로 누구의 엄마로 부인으로만 살면 되는 줄 알았다. 내 꿈을 이루기 위해서 땀을 흘리는 수고나 시간을 투자하지 않고, 그냥 세월만 먹고 살았다. 이제 와서 생각해 보니 그땐 철이 없었다. 파도가 때를 놓치면 바다는 고인물이 되어 썩어 간다고 한다. 썩은 물에는 생명체가 살 수가 없기에 폭풍을 일으켜서라도 물이 썩지 않도록 파도를 일으킨다고 하였다.

삶도 평안하기만 하면, 무의미하게 세월만 보내게 된다. 쿵쿵거리는 뇌성도 번쩍번쩍한 번개도 삶에는 묘약이 될 수가 있다. 그래서였을까! 평탄하다고 생각한 사십대의 나의 삶은 대지진을 만나고 말았다. 남편과 철물가게를 운영하면서 알뜰살뜰 사노라면 세상에 부러울 것이 없을 것이라는 생각으로 콧노래를 부를 정도로 안정된 삶이 시작되는 줄만 알았다.

　그러나 삶은 그렇게 호락호락하지 않았다. 사는 날까지 같이 하자던 남편이 1997년10월에 홀연히 세상을 떠나고 말았다. '까마귀 날자 배 떨어진다.'고 우리나라에 금융위기가 밀려왔다. 순식간에 2억의 부도와 양쪽어깨에 가장이란 수 천 톤의 무게는 내 꿈을 산산조각이 나게 하고 말았다. 나는 없었다. 두 아들을 남부럽지 않게 가르쳐야 했고 세 끼니를 굶지 않아야만 했다. 울음도 사치였다. 그리움도 사치였다. 파란 하늘을 제대로 올려다보지 못하고 일만하며 살았다. 그러던 어느 봄날에 공문 한통을 받았다. 〈귀하는 65세가 되었으니 노령연금을 받아야 하니 서류양식을 작성하여 행정센터에 접수를 하라〉는 노인이 되었다는 증명서를 받고서야 내 나이가 칠순을 바라보고 있다는 것을 알았다. 세월의 무쌍함을 절실하게 깨달았다. 먹먹했다. 그때서야 슬픔이 목울대로 하염없이 꾸역꾸역 올라와서 역겨운 냄새가 물씬 풍겼다. 꿈은 절대로 미루면 안 된다는 생각이다. 꿈을 이루려면 자투리 시간을 이용해서라도 커피한잔을 하는 시간을 이용해서라도 조금씩이라도 내 시간을 가질 수 있었으면 한다.

나도 그랬다. 결혼하여 잘 나갈 때는 대학을 갈 수도 있었지만 아이들 다 키워놓고 어느 정도 기반을 잡고서 해야겠다며 세월의 소중함을 모르고 미루어왔었다. 지금 아니어도 마음만 먹으면 할 수 있다고 생각했다. 꿈은 눈물과 땀과 피로서 이루어진다는 것을 몰랐다. 꿈은 마음으로 이루는 내 몸에 줄래줄래 달고 다니는 악세 사리인줄 알았다. 꿈을 이룰 수 있는 기회는 누구에게나 찾아온다. 그것이 어떤 모습으로 오는지를 모르기 때문에 세월 속에 묻히고 만다. 기회는 꼭 찾아온다. 어떤 모습으로 오느냐가 문제다. 때로는 작업복 차림으로 오기도 하고, 생각지 못한 폭풍우를 동반하기도 한다. 내 삶이 가장 팍팍하고, 천지 분간이 안 될 때에 뜬금없이 찾아올 때도 있다. 지금 꿈을 향해 넓은 바다에서 힘없는 돛대를 주인삼아 살얼음판을 걷는 심정으로 학교 청소를 하며 공부에 열중하고 있다. 꿈도 젊을 때 이루어야 한다. 그래야 내가 이룬 꿈으로 다른 사람에게 도움을 줄 수가 있는 것이다. 칠순을 바라보는 지금에라도 대학공부를 하겠다며 오프라인도 아닌 온라인 공부를 하겠다며 노트북 들고 다니며 배움의 동냥을 서슴지 않고 있다. 모르는 것은 부끄러운 것이 아니다. 오히려 더 많은 것을 배울 수 있는 기회다.

Timer

You have Your Own Timer

제5장

타이밍은 반드시
당신에게 온다.

1
감당하지 못할
시련은 없다.

"시련은 있어도 실패는 없다"고 현대그룹 (고)정주영 회장의 책을 읽고 많은 것을 마음에 담았다. 어떤 상황에서도 뒤로 물러서지 않고 안 된다는 생각 보다는 할 수 있다는 생각으로 밀고 나가는 추진력으로 구멍가게에서부터 대 그룹으로 일구어 내는 기적과 같은 성실성을 닮아 보려고 새벽을 깨웠다.

책을 읽고 가장 기억에 생생한 것은 500원짜리 동전에 새겨진 거북선 그림으로 해외에서 돈을 얻어 왔다는 내용을 읽고 눈물이 났다. 또 한 가지는 미군 장군 묘를 한 겨울에 이장 공사를 했다. 미국 높은 분이 그 묘를 시찰 오는데 미국은 기후가 우리나라와 다르기에 겨울이라고 황토로 덮인 흙 그대로 둘 수가 없었다.

회장님의 순발력을 발휘하여 주변에 있는 보리밭에서 아이디어를 얻어서 보리밭을 사서 보리로 묘를 잔디 대신 녹색으로 덮어 놓으니 시찰을 온 높은 분이 원 더플! 원 더플을 외쳤다는 내용에 더욱더 감동을 받았다. 이 세상에 머리가 좋으면 할 수 없는 것은 없다는 것.

부지런도 해야 하지만, 순발력도 있어야 하고, 머리도 좋아야 하고, 순간의 타이밍도 잘 맞아야 한다는 것이다. 이런 영특한 머리는 없지만 새벽에 일어나는 것이야 잠을 좀 덜 자면 되는 것이었다. 생각해 보니 새벽인간이 되는 것은 식은 죽 먹기라고 생각을 하고, 새벽에 가게 문을 열었던 것이다.

대 그룹 회장님의 그림자라도 닮아야겠다는 생각에서였다. 과연 새벽을 깨우니 달랐다.

새벽에 문을 열게 되니 건설현장에 일하러 가는 사람들이 몰려왔다. 건설현장이기에 장갑이 제일 많이 팔렸다. 처음에는 장갑 위주로 팔렸지만 공구철물을 보고 공구철물도 팔렸다.

현장에서 사용하는 기계 이름도 모르지만 그만한 자금도 없어서 모든 물건을 구비해 놓을 수가 없었다. 샘플을 가지고 와서 주문을 하고 갔다. 잠깐이지만 많은 매출을 올릴 수가 있었다.

여자였지만 그때는 두려울 것이 없었다. 꼭 섬 머슴처럼 일을 했다. 금방이라도 수 십층의 빌딩이 눈앞에 어른거렸다. 새벽인간이 되어 빌딩을 하루에도 몇 채를 짓기도 하고 무너뜨리기도 하다 보니 피곤을 모르고 장사를 했다. 꼭 장사에 목숨을 걸고 사는 사람 같았다. 그럴 수밖에 없었다. 모든 것은 내가 감당해야만 하는 것인데 살아 있다면 당연히 그렇게 해야 했다. 인생 중년을 바라보고 있는 상황에서 두 아들의 엄마로서 못 살겠다고 울 수만은 없었다. 한 발자국이라도 앞으로 나가야 했다. 뒤로 물러 설 수 없는 현실이었다.

때때로 이런 생각을 하기도 하였다. 차라리 엄마 뱃속으로 다시 들어 갈 수만 있다면 들어 가 버렸으면. 하는 말도 안 되는 생각을 할 때도 있었다.

우리의 뇌는 움직여야 잡생각이 들어오지 않는다. 건전한 생각은 쉼 속에서 만들어 지지만 잡생각은 쉬는 틈을 타서 모아지고 자란다. 누구나 한번밖에 살지 못하지만, 누구나 벌거벗고 태어났다지만, 사는 것은 다르기 때문이다.

농사를 짓는 콩밭에 주인의 손길이 자주 가서 풀을 뽑아주면 콩이 잘 자라서 열매도 튼실하게 열리게 되지만 주인의 손이 가지 않고, 풀을 뽑아 주지 않게 되면 아무짝에도 필요가 없는 풀만 무성하고 콩은 풀 속에 묻혀 자라지 못한다. 이와 마찬가지로 우리의 뇌도 똑같다. 나쁜 생각이 들어와서 자리하지 못하도록 손과 발을 움직이면 마음까지 예뻐진다.

마음이 고와지면 어떤 어려움도 이겨낼 수도 있다. 나쁜 생각은 악한 일을 도모하게 된다. 내가 어려움을 이겨낼 수 있었던 것은 외국인 근로자들도 한 몫을 톡톡히 해 주었다.

우리나라에 오는 외국인들은 내가 알기로는 거의가 배운 사람들이었다. 자신의 나라에서 교사를 한 사람도 있었고, 대학교를 다니다가 온 사람도 있었다. 그런 사람들은 무언가 달랐다. 점심시간에도 가만히 앉아 있지 않고, 나와서 이것저것 질문공세를 쉬지 않았다.

가을비가 부슬부슬 내리던 퇴근 시간이었다. 비도 오고하여 가게 문을 일찍 닫으려고 준비하는데, 베트남에서 왔다는 외국인이 헐레벌떡 들어왔다. 이전에도 몇 번 와서 가격만 물어보고 몹시 피곤하게 하였던 사람인지라 시큰둥하며 대충 대꾸하는데 물건을 고국에 보내야 한다면서 주문장을 내밀었다. 별거 아니겠거니 하고 보는데 눈을 부비고 안경을 벗었다. 썼다 반복해 가면서 보는데 양이 많았다. 그것을 매달 줄 수 있느냐며 물었다. 가격까지 적어왔다. 이럴 수가 가격을 점심때만 되면 놀지 않고, 나와서 알아보더니 드디어 나에게 주문을 한 것이다. 이 외국인은 베트남에서 온지가 오년이 되었는데, 일 년 벌어서는 우리나라에 오는 비용을 갚았고, 삼년은 벌어서 조그마한 가게를 개업했다고 하였다. 장사가 그런대로 잘 되어서 조금씩 확장을 하고 있다며 흐뭇한 표정이 인상적이었다. 여러 가지를 주문하는데, 이태리 목욕타월을 몇 백 개씩을 주문을 했다. 내가 깜짝 놀라며 물었다.

"아니 그곳에서는 어째서 목욕타월이 이렇게 많이 팔리나요. 이것 무슨 물건인줄은 아세요?."

"응, 알아, 와이프가 주문을 했어"

하얀 이를 드러내놓고 입이 찢어져라 하고 웃었다. 물건이 한번 가면 보통 몇 십에서 몇 백 단위까지 올랐다. 결재는 무조건 선불이었다. 이렇게 외국근로자들은 우리나라에 돈을 벌려 왔기 때문에 눈에 불을 켜고 돈과의 전쟁을 벌인다. 이들은 무조건 현찰 결재이기 때문에 대신에 값이 싸다 어쩔 때는 십 프로도 남기지 못하고 줄 때도 있었다. 많이 남기는 것 보다는 그렇게 해야 또 다른 친구들을 몰고 오기 때문이다. 외국인 근로자들은 팀이 있어서 일하는 회사에서 대접이 신통치 않고 월급이 잘 나오지 않으면 온데 간데도 없이 사라지기도 하여 사장들의 애를 먹이기도 하였다. 하지만 조금만 잘 해주면 그만큼 몰고 온다. 자기의 나라에 카 센 타를 차린 사람도 있었다.

그 사람들은 공구를 많이 사서 보내는데 중국산은 절대 사절이다. 가격이 싸다고 권하면,

"차이나! 노, 노 가격이 싸도 싫어!"

"가격이 싸면 좋지 왜 싫을까!"

"얼마 못쓰고 고장이 나, 영국제나 미제가 최고 좋아",

중국제는 두 손으로 엑스를 해 보이며 절대 팔지 말라는 당부까지 했다. 외국인 근로자들을 근로자로만 보면 안 된다는 생각이다. 나는 이 외국인 근로자들 덕분에 그 힘든 시련을 이겨냈기에 고마운 친구들이었다. 배울 점은 배워야 한다. 물론 나쁜 사람도 있겠지만 우리나라 사람도 좋고 나쁜 사람들이 있는 것과 마찬가지다. 사람하기 나름이다. 우리나라 사람들이 그들의 문화 차이를 무참하게 무시한다. 그들은 돈을 벌려고 왔지 봉사하려고 타국에 온 것이 아니었다. 돈을 벌려고 하는 것은 우리나라 사람들도 본받아야 한다. 그들은 야간을 더 좋아한다. 야간에는 주간보다는 급료가 비싸기 때문이다. 열심만은 본받아야 한다.

2
문제를
쪼개고 쪼개라

내 자신이 처절하게 망가지고 싶을 때가 있었다. 아무리 발버둥 쳐도 뾰족한 방법이 떠오르지 않아서 하루는 일을 마치고 집으로 향하는 길이었다.

주변을 보니 네온 싸인 불빛이 휘황찬란한 것을 그날따라 내 눈에 번쩍번쩍 들어왔다. 에랴? 세상 나도 모르겠다. 술도 한 잔 마셔보고, 노래도 불러보고, 처절하게 한번 부서져 보자. 하면서 일차로 노래방이 있는 지하로 내려갔다.

주인은 호들갑스럽게 맞이했다. 이런 곳에 들어와 본 것은 남편이 살아 있을 때 와보고 처음인지라 당황스러웠다.

"손님 혼자세요?"

"네, 혼자입니다."

주변을 둘러보는데 그토록 어렵다는 IMF를 겪었다고는 하여도 오락은 누구에게나 살아갈 활력소가 되는지 만원이었다. 방마다 손님이 차서 빈 방이 나올 때가지 기다려야 한다면서 주인의 야릇한 웃음이 나를 부끄럽게 하였다. 갑자기 내 자신이 한심 하다는 생각이 들었다. 그때였다. 주인이 오더니 웃으면서.

"여자 한분이시니 합석을 하면 어떨까요?"

내가 깜짝 놀랐다. 주인은 아무것도 아니라는 식으로 야릇한 웃음을 웃었다.

"혼자지만 룸은 혼자 사용 하고 싶습니다. 아직도 기다려야 되나요?"

"손님, 기왕에 즐기려 왔는데, 합석을 하셔서 즐겁게 놀다가 세요."

남자 손님들과 합석해서 즐겁게 놀아 보라는 말에 소름이 돋았다.

"사장님, 그러면 진즉에 그렇게 말씀을 하실 것이지 사람을 물로 보시나 가겠어요."

나오는데 머리도 복잡하고 마음도 뒤숭숭 하였다. 주인의 야릇한 웃음의 뜻을 알 것 같아서 몹시 불쾌했다. 내 자신이 잘못이라는 것을 깨닫는 순간이었다.

사람은 하던 짓을 하고 살아야지 다른 짓을 하게 되면 동티가 난다. 깨지고 부서지고 싶어도 내 맘대로 할 수가 없었다. 지붕은 이미 날아갔지만 대들보까지 흔들리면 주춧돌인들 온전하겠나! 기둥뿌리, 석가래 까지 삐걱거리게 되면 먼저 간 남편이 편히 잠들지 못할 것만 같았다. 내 모습 이대로 살다보면 좋은 날이 오리라는 생각을 하면서 새벽버스를 타려고 모란으로 나갔다. 이른 새벽이지만 주변이 요란했다. 봉고차들이 줄을 서서 자신들의 일터로 일꾼들을 싣고 가려고 아우성이었다. 서로 차를 타려고 하는 사람, 빨리 싣고 가려는 사람, 정신 없이 분주했다. 젊은 사람들도 있었지만 등이 활처럼 굽고 손 대면 바스라질 것만 같은 할머니도 있었다. 이곳에서 일할 곳은 주변에 있는 비닐하우스 농장으로 가기도 하고 봉고차로 실어간 곳은 이천이나 여주 같은 곳까지도 간다고 하였다. 농장에서 하는 일은 상추 따는 일이 대부분이었다. 아무리 힘든 일이라도 봉고차에 호명되어 오르는 것이 이들의 희망이었다. 그 새벽에 나와서 봉고차를 타지 못하면 하루는 공치는 것이기에 죽기 살기로 봉고차 앞에서 한 발자국도 밀려나지 않으려고 악을 쓰는 모습이 총칼만 들지 않았을 뿐 전쟁터를 방불케 했다. 그 일을 하루라도 쉬게 되면 생계를 걱정해야 하는 현실은 전쟁일 수밖에 도리가 없었다. 인력시장의 아우성치는 모습을 뒤로하고 버스에 올랐다. 잠시라도 전쟁터에서 살아나온 기분이었다. 하루 오만 원을 벌기 위해서 자신의 하루를 봉고차에 맡기는 사람들도 있는데 빚과 동행할지라도 마음 놓고 일할 터전이 있음에 감사했다.

차창 밖을 내다보니 울창하던 숲이 없어지고 민둥산이었다. 덤프트럭과 땅을 파는 기계들이 몰려와서 산을 허물기 시작하였다. 그것을 보면서 생각하기를 그래, 문제를 덩어리로만 보지 말고 쪼개고 쪼개보자.

숲을 배어내고 허물어서 평지를 만들어 건물을 짓듯이 문제 덩어리도 깨부수면 먼지가 되지 않겠나. 하는 생각이 스치자 웃음이 나왔다. 그렇게 간단하고 쉬운 방법이 있는데 내가 왜 그렇게 문제 덩어리를 안고 살려고 하지 않고 죽으려고까지 하였을까! 가게에 도착하자마자 문제를 부수기 시작하였다.

누구에게나 문제는 물질이 전부라고 해도 과언이 아니다. 나도 한 때는 그렇게 생각을 하면서 살아왔으니까. 무엇이 걸리면 돈이면 다 해결 된다는 교만한 생각으로 편하게 살았었다.

그러나 돈은 날개가 있어서 쌓일 시간이 없이 훨훨 날아간다. 주인이 싫다고 날아가는 데야 붙잡을 수가 없는 것이다.

부수고 쪼개는 데도 단계가 필요하다. 숲을 벌판으로 만드는 것이 단계가 있듯이 문제의 덩어리도 단계가 있게 쪼개야 효과가 있다. 가장 하기 쉬운 것부터 시작해야 한다. 문제를 쪼갠다고 단번에 먼지가 되어 훌훌 날아가지는 않지만 마음이 문제다. 일이 빨리 처리 되지 않는다고 포기하지 말고 추근추근히 해 나가야 한다. 문제 덩어리는 돈이다. 갚아야 할 돈이 줄줄이 사탕으로 걸리게 되어 그것이 발목을 휘어 감고 놓아주지 않기에 쉽게 포기하게 된다. 돈을 정리 할 때에 가장 작은 것부터 정리해야 한다. 우리는 흔히 작은 것을 쉽게 생각한다. '에잇, 이것쯤이야!' 라고 하지만 지푸라기 하나하나가 모여서 제비집을 짓는 것처럼 작은 것부터 정리하게 되면, 그에 대한 성취감을 느끼게 된다. 문제 속에서 성취감을 맛본다는 것은 천하를 얻은 것과도 같다.

석공이 돌을 조각조각 쪼아서 예술 작품을 만들어 내는 것처럼, 작은 것부터 쪼개고 다듬으면 예쁜 작품이 남게 된다. 그것이 내가 감당할 몫인 것이다.

물론 큰 것부터 갚을 수 있다면 더없이 좋은 일이다. 큰 것은 아무리 갚아도 목돈으로 갚지 않은 이상은 표가 나지 않는다. 지쳐서 그만 두게 되고 모든 것을 포기하게 된다. 하지만 가장 작은 것부터 정리하게 되면 죽고 싶다는 생각 보다는 살고 싶다는 생각을 하게 된다. 자잘한 것들이 정리되면, 가장 큰 것이 남게 된다. 살고 싶다는 생각이 들면 그것은 희망이 있다는 것이다. 그때에 큰 것을 가감하게 쪼개기 시작하면 태산이 평지가 된다. 그 평지에서 실 날 같은 자유 함을 맛보게 된다. 그것은 살 수 있다는 희망이다.

사람은 간사한 동물이기에, 내 앞에 먹이가 풍족하면 앞뒤를 돌아보지 않는다. '돈이 없으면 적막강산 돈이 있으면 만구강산'이라고 하듯이 사람은 이렇게 있을 때와 없을 때의 생각이 천차만별의 차이가 되는 것이 사람이다.

우리는 삶의 고갯길을 수없이 오르락내리락 하면서 살아가고 있다. 문제를 들고 보면 똑같은 문제일지라도 네 문제는 작아 보이고, 내 문제는 더 커 보이는 것이다.

그러나 따지고 보면 101동이나 102동이나 똑같다는 것이다. 생각의 차이다. 인생이 별거 아니다. 좋고 싫은 것이 쌓여서 인생이 되니까. 문제없는 인생은 없다.

이제는 문제없는 삶이 아닌 문제를 안고, 누군가에게 나도 호박처럼, 잎이며, 꽃이며, 줄기며, 열매며, 씨앗까지 나누며 둥글게, 둥글게 살아보고 싶다.

문제가 없는 인생은 살아 있는 것이 아니고 죽은 인생이기에 문제없기를 바라지 말아야 할 것 같다. 주어진 삶 속에서 크면 큰 대로 쪼개고 작으면 작은 대로 쪼개면서 그 문제까지도 감사하며 사랑 할 수만 있다면 아무리 큰 문제라도 이겨 낼 수가 있을 것이다.

　무슨 일이든지 겁부터 먹지 말자. 생일 선물 포장이 예쁘다고 뜯지 않을 것인가!. 그것은 살면서 이룰 수 있는 것도 포장지로 덮어두고 있는 셈이다. 껍데기를 깨뜨리면 놀라운 가능성을 발견 할 수가 있다. 무슨 문제든지 품고만 있지 말고 껍질을 벗기고 쪼개라. 쨍, 하고 해 뜰 날이 분명히 당신에게도 찾아 올 것이다. 인생은 구만리다. 단 한 번의 인생인데 어찌 쉬운 인생이겠는가! 그러나 어렵다! 힘들다! 죽겠다! 라는 수식어는 달고 살지 말자는 것이다. 말이 씨가 된다고 하지 않는가! 콩 심은 곳에서 콩이 나오고 시금치 씨앗뿌리는 곳에서는 시금치가 나오듯이 말도 씨앗과 같다. 복이 임하는 말을 해야 복이 나온다.

Timer

You have Your Own Timer

3
포기하려는 순간,
해야 하는 것들

인생에는 3요소가 있다. 그것은 땀과 눈물과 피다. 내가 포기하고 싶을 때 한 번쯤은 생각해 봤으면 한다. 내가 과연 진실한 땀을 흘려봤나? 누군가를 위해서 진실한 눈물을 흘려 보았는지, 피를 흘린 만큼 아픔을 겪어 보았는지, 한 번쯤은 생각해봐야 한다.

"천하에 제갈공명도 사람을 얻기 위해서는 상대방의 마음을 얻어야 한다는 것을 알고 인내심을 가지고 상대의 마음을 공략했다고 한다. 그가 내란을 평정하기 위해 반란군을 정벌하러 갔을 때의 일이다.

온갖 지략을 펼친 공명은 적을 쉽게 쳐부수고는 적장 '맹획'을 사로잡았다. 맹획을 사로잡은 공명은 오랑캐로부터 절대적인 신임을 받고 있는 그를 죽이는 것이 능사가 아니며 국가의 안정에도 도움이 되지 않는다고 판단하고 그의 마음을 얻기로 결심했다. 그리고는 곧 그를 풀어주었다. 맹획 또한 용감한 자라 또다시 군사를 이끌고 공명과 싸웠으나 또 사로잡히고 말았다. 그러자 공명은 또다시 그를 풀어주었다. 그렇게 풀어주고 잡히고를 일곱 번이나 반복했다. 마지막 일곱 번을 잡히고 나서야 맹획은 진심으로 공명에게 승복하고 부"화"가 되기를 자청했다. 이것이 그 유명한 칠종칠금이라는 고사성어의 유래라고 했다. 출처〈자기발전노트50〉 무엇인가 얻고자 한다면 인내심이 필요하다는 뜻이다. 이 세상에 모든 것이 인내심 없이는 이루어지는 것은 없다. 있다하더라도 그것은 물거품이 되고만다. 포기하려고 할 때 다시 한 번 해 보자. 스마트폰을 사용하다 보면 잘 되지 않을 때는 껐다가 다시 켜면 제자리로 오듯이 우리 인생도 한 번해서 안 된다고 포기하지 말고 열 번이라도 다시 해보자. 포기는 언제라도 할 수가 있는 것이니까. 서두를 것이 없다. 나도 만사가 뒤틀릴 때 포기하려고도 하였지만 그 고비를 생산적인 삶으로 움직이다 보니 희망이 생기고 꿈이 생겨서 포기하기가 더 어렵게 되었던 것이다. 포기를 넘어서니 희망이 보이고 소망이 보였다. 처음부터 되는 것은 없다.

변화를 위한 시간이 필요하다. 아무리 큰 생각도 아무리 큰 꿈도 모두가 처음은 보잘 것이 없이 시작된다. '시작'이 중요하다. '지금'이 중요하다. 첫 걸음이 중요하다. 움직여야 한다.

타이밍은 움직이지 않은 자에게는 찾아오지 않는다. 행동이 멈추면 타이밍도 멈춘다.

옛날에 시집살이에도 참고 기다림이 있었다. 귀머거리로 3년 벙어리로3년 시각장애로3년을 살아야 한다고 하였다. 듣고도 못 들은 척, 보고도 못 본 척, 말을 할 줄 알면서도 말을 하지 않고 살아야 한다는 것인데 이것도 보통 인내를 요하는 것이 아니다. 살아 있으나 죽은 것이나 마찬 가지로 살아야 한다는 것인데, 쉬운 일은 아니다. 내가 장사할 때의 일이다.

주물을 만드는 조그마한 공장을 운영하는 괴짜 사장이 있었다.

어느 날 아침에 술에 취해 가게에 와서 커피 한잔을 달라고 하면서 한숨을 푹푹 쉬었다.

"아니, 사장님! 아침에 웬 술?"

" 세상 살기가 싫어서요."

"돈을 조금 버니까 세상을 살기가 싫어요?"

이 사장은 항상 아침에 막걸리를 마시고 일을 시작하였다. 그렇게 해야 무거운 주물을 들

수 있는 힘이 생겨서 일을 한다는 것이었다.

"사모님이 나 일하는 것도 아시고 매출이 늘어나는 것도 아

시지요?."

"알지요! 모르면 간첩이지요."

"근데요, 그토록 힘들게 잠도 제대로 자지 않고 공장을 일구어 왔는데, 아들놈이 대학을 졸

업하고 와서 공장을 기계화를 해야 한다고 설치니 이러다가는 얼마 못가서 공장을 한 입에 톡! 털어 넣고 말 것 같거든요 어쩌지요?"

"사장님, 그렇게 속 태우지 말고요, 해외여행을 보내 보세요."

"해외여행이라고요?"

"그래요, 선진국이 아닌 후진국이요. 아프리카처럼 후진국을 한번 돌아보고 오라고 해 보세요. 거기에 가면 돈이 있어도 쓸 수가 없으니까요. 무조건 안 된다고 하면 말을 듣지 않아요. 자신이 직접 보고 느끼고, 생각할 시간을 주어야 해요. 무엇이라도 하려고 하니까요. 그러다 이것도 저것도 하지 않겠다고 포기하면 어쩌려고요."

지금까지 늘어진 낙지처럼 허물 거리던 사람이 동작을 똑바로 하면서 눈을 번쩍인다.

"좋은 생각입니다. 그런데 이 자식이 그런 후진국을 갈까요?"

"갈 수 있도록 사모님과 입을 맞춰봐야지요. 또 선진국을 가면 거기대로 배울 것이 있을 거예요. 요즘 중국을 안방 드나들

듯이 다닌다고 합디다. 중국으로 해서 한 번 돌고 오라고 해 보세요. 어디서라도 생각이 달라질 것입니다."

"그래요, 사모님 말씀대로 집 식구와 의논을 해 봐야겠네요."

후다닥 자리에서 일어나서 안전화를 질질 끌면서 나갔다. 사장은 헤어스타일부터가 남다르게 단발머리 소년처럼 하고 다녔다. 주물공장 사장인 표를 얼굴에서부터 발끝까지 숯가마에서 나온 사람처럼 까맣게 묻히고 다녔다. 휴일도 없었다. 명절에도 나와서 일을 했다. 일중독에 빠진 사람처럼 일만 알고 살았다. 대학을 졸업한 아들에게 사업을 물려주려고 하지만 요즈음 젊은이들이 몸이 부서지게 일을 하려고 하는 젊은이들이 어디에 있을까. 공장과 돈을 걸어 놓으면 돈만 가져가고 공장은 그대로 두고 돌아보지 않을 것이라는 생각도 해봤다.

그토록 포기하고 싶다고 횡설수설을 하던 사장의 아들이 해외를 다녀온 후에는 잠잠하였다.

힘든 일은 외국근로자를 채용해서 하고, 기계화는 당장에는 하지 않기로 하였다고 했다.

그 사장뿐만이 아니었다. 잘 나가는 사장이나 직원이나 만족함이 없었다. 직원들의 포기 하고 싶다며 하소연을 하는 것을 들어보면, 거의가 월급에서 불만들이 많았다. 욕심에서 포기라는 요물이 마음속에서 요동을 친다.

씀씀이는 많아지고 오르는 월급은 따라가지 못하기에 다니던 회사를 그만 두기도 한다. 하지만 그만 두면 당장에 그보다 더 좋은 직장이 문을 열어 놓고 기다리지는 않는다.

그 중에도 포기하기 보다는 주어진 삶에 감사하는 한 직원이 있었다. 점심시간이면 가게에 와서 주로 인생 상담을 하였다. 자신도 털실로 옷을 짜는 공장을 하였다. 잘 되어서 아파트 두 채씩이나 가지고 있었다. 하루저녁에 술값을 수 십 만원씩을 쓰기도 하고 옆에 여자 없이는 술을 마시지 않았다. IMF가 덮친 바람에 모든 재산을 다 날리고, 인생을 포기하려고 한강에도 가보고, 수면제도 사모아도 보고 하였다. 한쪽 다리가 불구인 아버지를 모시고 사는 덕분에 지금 이렇게 살아 있어서 감사하다고 하였다. 지금은 비록 적은 월급을 받고 있지만, 월급날이면 꼬박꼬박 나오니 계획 있는 생활을 할 수가 있다며 항상 희망 적인 말로서 자신의 삶에 만족하고 감사했다. 부인이 지금의 생활을 더 좋아한다고 하였다. 사람은 자신만 생각하면 안 된다고 하였다. 성실히 살다 보니까 지금은 반장이라는 직책까지 맡게 되었다며 무슨 일이든지 내 욕심만 챙기려 하면 안 된다는 말을 자주 하였다.

감사하며 사는 사람은 성실한 사람이라는 것도 배웠다. 그는 무슨 일이라도 포기 하려고 할 때는 한 번에 결정하는 것이 아니라고 하였다. 자신도 그 많은 재산을 다 날리고, 어느 날 수면제를 가지고 한강으로 가는데, 다리를 절룩거리며 박스를 주워서 리어카에 싣고 집으로 오는 아버지와 마주쳤다. 다리에 힘이 쭉 빠지며 제 정신이 아니었다고 했다. 그 길로 수면제를 던지고 한강에 가는 것이 아니고 단 월급이 적더라도 날짜 어기지 않은 공장을 찾다가 이곳에서 머물게 되었다며 웃는 모습이 참 보기 좋았었다. 오죽하면 죽으려고까지 할까마는 깊은 숨을 쉬어보자.

그는 항상 반장으로서 일만 시키는 것이 아니고 직원들의 못된 버릇도 자신의 경험을 토대로 하여 사람답게 사는 방법을 늘 말해주고 있다고 하였다. 나에게도 욕심 부리지 말라는 말을 올 때마다 하면서 매출에도 관심을 가져주었던 그의 목소리가 듣고 싶다.

인생은 우연으로 태어난 것도 아니고, 하나님이 창조한 선택된 예술 작품인데, 내가 살아보니 마음에 드는 세상이 아니라고 다시 바꿀 수는 없지 않는가. 특별한 사람은 되지 않더라도 삶을 포기하는 실수는 하지 말아야 하겠다.

산전수전을 겪다보니 포기하기 보다는 살기가 더 쉽다는 생각이다. 가장 잘 살 수 있는 것도, 가장 편안하게 사는 것도 욕심이다. 지금 내가 살고 있는 그 자리에서 최선을 다하며 최고로 만족하고 최고로 감사할 때, 복이 임할 것이다.

Timer
You have Your Own Timer

4
타이밍은
반드시 온다.

마른 나무에 불꽃이 피어나듯 열정을 만들어 봐야 한다. 타이밍은 반드시 온다.

'집만큼 위험한 곳이 없다'.(김동현 작가)는 책에 삶은 제3의 공간으로 열려야 한다.'라는 목차에 보면 "집은 제1의 공간이라 하고 직장을 제2의 공간이라고 하면 집과 직장과는 상관없이 스스로 가고 싶고 정서적으로 끌어당기는 제3의 공간이 있는 게 좋다. 고 했다.

제3의 공간이 여러 곳이든 한곳이든 상관없다. 오로지 제1의 공간과 제2의 공간만 왕래하는 삶이라면 그 삶은 쉬이 피로하고 그 쌓인 피로를 해소하지 못한 채 척박하고 무미건조해지기 쉽다. 생계를 위해서든 자기실현을 위해서든 돈을 벌기 위한 공간과 잠을 자고 쉬기 위한 공간인 집만 왔다 갔다 하는 단선적인 인생살이라면 자칫 너무 단조롭고 탄력을 잃기 쉽다. 그리고 항상 쫓기듯 살게 되거나 밀려 살게 된다. 일에 치여 산다는 느낌으로 살게 된다. 생활 속에서 어쩔 수 없이 발생하는 스트레스와 압박을 제대로 감당해내지 못할 위험성이 크다. 이렇듯 제3의 공간만 잘 선택하여도 자신에게 오는 타이밍을 제3의 공간에서 만날 수가 있다는 것이다. 제3의공간이라고 해서 대단하고 특별한 공간을 말하는 것이 아니다 책을 좋아하는 사람은 도서관이나 카페를 다니면서 책을 읽고 글을 써서 책을 출간하기도 하는 사람들도 있다"고 했다.

자신이 가장 하고 싶은 것을 찾아서 제3의 공간을 만들어야 한다. 타이밍은 여기서도 만들어 진다. 가만 앉아서 기다리기만 해서는 시간만 가고 세월만 흘러간다.

이 세상에는 그 어느 것 하나도 공짜는 없지 않은가!. 마트에서 '원 플러스 원' 이라고 하여 하나를 더 주는 것도 공짜가 아니다. 타이밍도 공짜로 마냥 앉아서 기다리는 사람에게는 반짝거리며 와주지 않는다. 시간을 갖고 주무르듯이 타이밍도 자신이 가장 바라는 것이 있다면 그 끈을 던지지 말고 제3의 공간을 잘 만들어서 끝없이 주무르고 어루만져야 한다.

물속의 잠수부가 산소통의 산소가 없어지면 다시 뭍으로 나와서 산소를 공급을 받아야 다시 물속으로 들어갈 수 있듯이 숨을 쉴 수 있는 공간이 있어야 한다는 것이다.

회사에서 일인자면 항상 일인자가 될 수가 없다. 막상 자리에서 밀려나게 되면 갈 곳이 없어서 허둥대게 된다. 장사하면서 그런 사람들을 많이 만나왔다. 평상시에는 아무리 말을 해도 한 귀로 듣고 한 귀로 흘러 버리다가 절제절명의 위기가 찾아왔을 때 후회를 한다.

그러나 그 때가되면 이미 늦은 것이다. 어디로 갈까!, 어떻게 할까? 하면, 어디선가 때 맞춰 다가온 그런 행운이 어디에 있겠는가!. 타이밍에도 탐욕을 위한 것이라면 자신감이 자만 감으로 표출되기도 한다. 날마다 찾아오는 것이 아니기에 이 타이밍을 내 것으로 만드는 데는 우선 자세가 중요하다.

사격할 때 자세가 불량하면 표적을 제대로 맞출 수가 없듯이 눈을 맞추고 귀를 여는 것만 잘 해도 좋은 타이밍을 만날 수가 있다. 이것은 타이밍과의 전쟁이다. 포탄만 튕기는 것이 전쟁이 아니다. 실바람에도 맞추고자 하는 초점이 빗나갈 수도 있기 때문이다. 0초의 차이에도 메달의 색상이 달라지는 순간이다. 누가 타이밍을 두려워하지 않겠는가!. 타이밍을 갖고 주물러야 한다. '흔들리지 않고 피는 꽃이 어디 있으랴'고 하였다. 타이밍도 마찬가지다.

하루24시간은 누구에게나 똑 같은 하루다 하지만 사람마다 다르게 사용하기에 삶이 다 다르게 살아간다.

암탉이 알을 이 십 일일을 품어야 병아리로 부화가 된다. 조금만 빨라도 조금만 늦어도 병아리로 부화되지 못하고 알 그대로 있듯이 타이밍도 이렇듯 기다릴 때는 기다려야 되지만, 마냥 기다리는 것이 아니다. 암탉도 마냥 알을 품고만 가만히 있는 것이 아니다. 알의 온도를 맞추기 위해서 이리저리 움직여 주어야 만이 많은 알이 병아리로 부화가 된다.

독수리가 늙으면 부리도 함께 늙어서 사용 할 수가 없게 되면 새로운 부리를 나오게 하기 위해서 부리를 뽑아내는 고통을 감수해야만 된다. 부리가 구부러지면 사냥을 할 수가 없어서 죽음에 이르기 때문이다. 이때 하늘높이 힘껏 날아서 땅으로 곤두박질을 친다. 맨땅이 아닌 바위위에다 부리를 힘껏 내리치는 아픔을 감수해야 한다. 낡은 부리를 뽑아내고 새로운 부리가 나와야 사냥을 할 수가 있고, 사냥을 해야 살 수가 있기 때문이다.

목사님도 어린 시절에 시골에서 초등학교를 졸업하고 중학교를 가려면 시험을 봐야 하는데, 아버지가 가정형편이 어렵다며 시험 보지 못하게 방안에다 가두어 두었다고 한다. 울고불고 하는 모습을 본 어머니가 아버지 몰래 뒷문을 열어 주어서 뒤도 돌아보지 않고, 신발을 벗어 손에 쥐고 시험장으로 달려 갔다. 연필도 지우개도 없이 시험을 보겠다고 앉아 있었다. 한심 했지만 시험장에 들어가는 것만이라도 감격하였다. 옆 학생에게 연필이 없다고 말 하자 준비해온 것을 한 자루를 주어서 시험을 무사히 치르고 집으로 오는데, 걱정이 태산이었다. 다행히 시험성적이 15등 안에 들었다. 어느 부자 집 아들보다 성적이 좋은 덕분에 아버지가 입학금을 마련하는데, 아직도 벼를 벨 때가 되지 않았지만 벼를 베서 산에서 말려 빻아서 입학금 마감일 하루 앞두고 내 주었다. 간신히 중학교를 다니게 되었다. 고 하셨다.

그토록 힘겹게 학교를 다니게 되어서 학교 갔다 집에 오면 품팔이 일도 마다하지 않고 더욱 열심히 일도하고 공부도 하여 아버지의 기대에 어긋나지 않게 열심히 살았다고 하셨다.

그래서인지 목사님의 목회는 부지런함이다. 항상 타이밍에 대해서 말씀을 하실 때는 때가 올 때까지 가만있으면 오던 타이밍도 도망간다며 게으르면 안 된다는 것이다. 그리고 절대로 포기는 하지 말아야 한다. 목사님도 아버지의 반대에 포기하고 말았다면 목사님이 될 수가 없었을 것이다. 한방의 타이밍은 인생에서 있을 수는 없다. 무엇을 얻든지 꾸준하게 내가 목표한 것에 필을 꽂아야 한다. 그리고 기회를 주물러서 만들어야 한다. 포기는 순간이지만 이루는 것은 평생이다.

때로는 머리가 온통 수세미 속처럼 엉 크러져 어질어질 할 때도 있다. 사람답게, 내가 가장 하고 싶은 일을 평생하면서 살 수 있다는 것은 쉬운 일이 아니겠지만 따지고 보면 어려운 일도 아니다. '아마존의 작은 나비 날개 짓이 미 서부의 토네이도가 될 수 있다.'고 하였다. 모두에게 자투리 시간은 얼마든지 있을 것이다. 이 자투리 시간만 잘 활용하여도 얼마든지 자신이 하고자 하는 일을 할 수가 있다. 타이밍이 내게 올 때까지 기다리지 말고 만들어보자.

5
중동바람

　한 때 우리나라에 중동바람이 불 때였다. 하남에서 살 때였
는데, 서울에서 이사 왔다는 젊은 부부가 있었다. 동네라고 해
봤자 이제 개발되는 곳이라서 논 가운데 주택 여덟 채로 이루
어진 곳이었다. 여덟 가구에 주인은 서울에서 살고, 모두가 나
그네들이 살았다. 조그마한 동네였지만 남편이 동네일을 맡아
보고 있었기에 친분을 쌓는 대는 어렵지가 않았다.

　젊은 부부는 사교성도 좋고 외모도 반듯하니 부하게 살아온
티가 잘잘 흐르는 듯하였다.

　무슨 일을 하는지도 알 수가 없었지만 성은 김 씨라고 하였
다. 부부가 서울로 직장을 다닌다며 바쁘게 살았다. 하지만 동
네 모임이 있는 날은 빠지지 않고 참석을 하였다.

　하남은 서울에서 살다가 밀려온 사람들이 대부분이었다. 우

리도 서울에서 사업을 한답시고 널뛰듯이 뛰다가 소나 키워 보겠다고 내려왔다. 소도 아무나 키우는 것이 아닌지라 당분간만 직장을 다니기로 하였었다. 마음이 직장에 두지 못하고 있을 때였다.

한 달에 한 번씩 모이는 동네 회의를 하는 날이었다. 이 젊은 부부를 통하여 사우디아라비아를 아주 쉽게 갈 수 있다는 말을 듣게 되었다.

동네 사람들이 모이니 각 가정에 숟가락이 몇 개, 젓가락이 몇 개인 것 까지 알게 되는 것은 시간 문제였다. 모인 사람들 모두가 눈을 둥그렇게 뜨고 이리저리 굴릴 뿐이었다.

모두가 깜짝 놀라면서도 이내 한숨으로 내려앉고 말았다. 비행기 타고 외국으로 돈을 벌려가는 것이 그렇게 쉬운 일이 아니었다. 가더라도 모두가 돈이 있어야 가는 것으로만 알고 있었다. 우리에게는 그림의 떡이라고 생각할 수밖에 없는 희소식 중의 희소식이었다.

하지만 그 젊은 부부는 외국 가는 것은 누워서 떡먹기 식이라고 말을 하니 갈잎이 마 바람에도 팔랑거리듯이 동네 사람들의 귀가 팔랑거릴 수밖에 없었다. 그 시절에는 초등학교 학부형들의 치맛바람처럼 유행하던 중동 바람이 세차게도 불었었다.

그러나 아무리 돈이 없어도 돈을 벌려면 돈을 써야 한다는 것은 누구나가 알고 있었다. 아무리 젊은 부부가 돈 한 푼 들이지 않고 외국을 갈 수 있다고는 하지만 얼마간의 돈은 있어야 한다는 것은 알고 있었다.

동네는 순식간에 중동바람으로 하늘에 떠가는 비행기만 봐도 가슴이 울렁거렸다. 동네 책임자가 남편인지라 날마다 일을 마치고 오면 우리 집으로 모였다. 돈은 필요 없다고는 하지만 각자 얼마라도 모아서 어서 중동으로 날아가고 싶어서 안달이 났었다.

그토록 안달이 난 사람들에게 젊은 부부는 휘발유를 뿌려 불을 붙이는 말을 하였다.

"아니 김 형!, 해외 인력개발회사에 아는 사람이라도 있나요?"

남편이 물었다. 젊은 부부가 피 시시 웃으며 하는 말이 하늘이 뻥 뚫렸다.

"뭐 인력개발까지 갈 필요도 없어요. 저희 매형이 대 법원장이에요. 매형이 보내는데 무슨 돈이 필요합니까요."

남편도 어느 정도는 세상의 이치를 알고 있기에 거기에서 의심의 여지를 갖지 않았다.

그래도 중동을 가려는 사람이 한 두 명도 아니고 다섯 명이나 되는데 공짜는 안 된다며 동네 사람들과 의논을 하기에 이르렀다. 한 사람당 못해도 이십 만원씩은 내야 한다며 젊은 부부가 돈은 필요 없다고는 하지만 이 일이 빨리 성사가 되어서 중동에 가는 비행기를 타야 하기에 마음이 바빴다. 이때는 하늘에 떠 오른 비행기만 봐도 모두가 중동을 생각하며 젊은 부부의 입을 주시하기에 이르렀다.

그렇게 어렵게 사는 사람들이 어디서 돈을 준비 하였는지 누가 먼저랄 것도 없이 돈을 준비해 와서 밀어 넣었다. 행여나 돈을 늦게라도 가져오면 자신을 재외 시키기라도 할 줄 알고 너도나도 선수를 쳤다. 더구나 이 일을 믿도록 부추기는 사람은 어느 법대를 나왔다는 젊은 사람이 있었다. 이 젊은이가 대법원장을 잘 안다면서 더 설쳤다.

젊은 부부는 가만히 있었다. 돈이 싫다고 하는 젊은 부부에게 꾸역꾸역 넣어 주면서 인생의 모든 것을 중동에 바치겠다는 식으로 단단히 부탁을 하곤 하였다.

우리는 이층 독채 전세를 살았는데, 방 한 칸으로 방을 줄였다. 우리 뿐 만이 아니고, 중동을 가고자 하는 사람들은 약속이나 하듯이 방을 줄여 나갔다. 돈을 손에 쥐고 있어야 한다는 생각들로 온통 머리에는 석유가 펌프질만 하면 콸콸 쏟아지는 중동으로 가득 차 있었다.

그렇게 더운 나라를 생각하여서인지 아무리 더운 여름날도 덥다는 말이 없었다.

돈을 받은 젊은 부부는 처음과는 다르게 돈을 요구했다. 이를테면 매형한테 주는 돈이 아니고 그 일을 봐 주는 사람들에게는 그냥 할 수가 없어서 어쩔 수없이 주어야 한다고 하였다. 매형 귀에 들어가면 일이 안될 수도 있으니 비밀을 지켜 주어야 한다며 당부를 하였다.

오늘 매형을 만나러 갔는데 타이밍이 맞지 않아서 그냥 왔다며 몹시 아쉬워하기도 하였다.

내일은 꼭 만나서 빨리 중동을 갈 수 있게 부탁을 해야겠다고 하였다. 막상 다음날이 되고 나면 또 다른 말을 하였다. 오늘은 매형을 만나기는 하였지만 차마 말을 하지 못했다는 말도 하였다. 매형은 이미 우리가 중동에 간 줄로 알고 있는데 가지 않고 있다고 하면 이 일을 담당한 사람이 매형한테 야단을 당할까봐서 말을 할 수가 없었노라고 하였다.

그렇게 해서 가져간 돈이 몇 백만을 넘었다. 무더운 여름도 지나고 가을이 오고 가고 추운 겨울이 와서 일 년이 다 되어 가도 비행기는 뜰 생각을 하지 않고 있었다. 남편이 의심을 하면서 법대를 나왔다는 사람한테 의논을 하였다.

"노형은 법대를 나왔으니 이럴 때는 어찌해야 하는지를 알지 않겠소?"

피 시시 웃으면서 하는 말이 더 없이 의심을 할 수 없게 만들었다.

"믿고 시작한 일이니 만큼 한 번 믿고 기다려 봅시다."

"아니 그래도 우리 인생이 걸린 일이지 않소, 대법원장 정도 된다면 이렇게 오래 걸리지는 않을 것인데......"

"잘못 서둘렀다가 다된 일이 잘못될 수도 있으니까 기다려 봅시다."

하지만 남편은 대법원장의 처남이라면 이렇게 오래 기다리지는 않을 것이라며 되든지 아니 되든지 찾아가서 대법원장을 만나봐야 한다며 나섰다.

대법원장의 말은 '그런 처남은 없노라고 하면서 요즈음에도 나를 팔고 중동을 보내 준다고 하는 사람들이 있다며 주소를 적어놓고 가라'고 하여 적어놓고 왔다며 비행기에 꿈을 싣고 날마다 날아다니는 꿈을 꾸었는데, 이렇게도 사기를 당하게 된다며 동네 사람들에게 꼭 남편이 사기꾼이 된 기분이다 며 허탈해 하였다. 대법원장의 위력은 대단했다. 그날 밤에 젊은 부부는 경찰에 체포되어 수갑을 차고 끌려갔다. 그 모습을 보면서 중동을 노래하던 사람들이 하는 말은 욕심 때문에 일어난 일이라며 있는 것에 감사하자고 한 잔의 술로 달랬다.

모든 사람들의 마음에 쉽게 아물지 않은 상처를 남기고 중동 바람은 멈추었다. 욕심이 죄를 만들어 내는 것이라는 생각을 하게 되었다.

Timer

You have Your Own Timer

제6장

지금은
서툴러도
괜찮아!

1
방향을
바꾼 사람들

장사를 하면서 많은 거래처 사람들을 만났다. 그 사람들 중에도 제3의 공간을 잘 활용 하는 사람들은 삶을 좋은 방향으로 바꾼 사람도 있지만 제3의 공간을 엉뚱하게 활용한 사람은 잘나가던 사업도 없애버리는 사람들도 있었다.

어른이나 아이나 제3의 공간을 잘못 활용하면 득이 되는 것이 아니고 독이 될 수가 있다.

노력 보다는 흔히들 그 좋다는 운을 만나기위해서 경마장을 다닌 사람이 있었다.

주 오일제가 되다보니 주말이면 오 일간 장사한 돈을 가지고 스트레스를 푼다는 면목으로 경마장을 찾았다. 처음에는 스트레스 푸는데 그만이었다고 했다. 말이 달리는 모습을 보면 그 어떤 것보다도 기분이 그렇게 좋을 수가 없었다. 한 번 가고 두 번을 가보니 금요일 장사만 끝나면 가지 않고는 견딜 수가 없었다. 잠을 자려고 누워 있으면 말이 뛰는 말발굽 소리가 귀를 울리는 데야 미칠 것만 같았다. 고스톱 판에 가던 사람이 고스톱 판에 가지 않으면 천장에서 화투장이 어른거린다고 하는 것과 마찬가지 인 듯하였다.

처음에는 일 백 만원부터 시작 하더니 오백 만원도 아깝지 않게 털어 넣기를 하였다. 그래도 그쯤해서 손을 놓겠다고 월요일이면 와서 이제부터는 다시는 가지 않겠다고 다짐을 한다. 그렇게 몇 번을 다짐을 하더니 어느 날은 와서 그동안은 경험 삼아서 하였으니 이제 정말로 그만 가겠다고 하더니 사나이답게 경마장을 가지 않았다.

그렇게 돈을 갖다가 쏟아 부으니 가정이 있는 사람이라면 부인이 가만히 보고 구경만 하지는 않는 것이었다. 부인이 같이 다닐 것을 요구하며 나서자 잘못 하다가는 가정을 잃을 것 같아서 그만 하게 되었다며 경마장이라며 쉰 냄새가 펄펄 난다며 고개를 흔들었다.

누구나 아무리 좋은 일이든 나쁜 일이든지 자신이 직접 그 속에 들어가서 경험을 해보지 않으면 아무리 말려도 그만 두는 것은 쉽지가 않는 것이다. 하지만 나쁜 것이라면 서툴 때 그만 두는 것이 지혜로운 사람이다.

이렇게 투기에 빠진 사람이 있는가 하면 자기 사업은 사업대로 잘 하면서 시간을 잘 관리하여 전혀 다른 삶을 살아가는 사람도 많았다. 학원도 다니지 않고 독학으로 공인 중개사 시험에 합격하여 이곳저곳을 여행 삼아 다닌다고 가끔 와서 자투리 땅에 대한 소개도 해 주었다. 땅 사랑에 여념이 없더니 어느 날은 와서 제주도에 펜션을 지었다고 놀러 오라는 여유 만만한 모습이 참 좋아 보였다.

또 어떤 이는 자신과는 전혀 관계가 없다고 생각을 하였는데, 어느 날에는 사회복지사가 되어서 자신보다 어려운 사람들을 돕는 일을 하겠다고 잘 나가는 사업을 접은 사람도 있었다.

내 생각에는 잘 나가는 사업을 하면서 복지사생활을 하면 훨씬 좋을 것 같은데, 사업까지 접으면서 복 지사를 선택할까? 남을 도우려면 그래도 돈이 있어야 하기가 훨씬 수월 할 것인데 좁은 소견에는 도저히 이해가 가지를 않았다. 어찌 '봉황의 생각을 참새가 알까'마는 적어도 내 생각이었다.

그런데 본인의 생각은 달랐다. 사업을 하면서 봉사를 하는 것과 사업장이 없이 하는 것은 마음 자체가 다르다고 하였다. 있어서 봉사하면 은연중에 교만한 행동을 할 수가 있고 말 한 마디에서도 없는 사람들을 무시하는 말을 하여 상처를 줄 수도 있다고 하였다

오로지 눈높이를 맞추어서 해야 잘 할 수 있다는 말이었다. 감동이었다. 남을 돕는 일을 돈이 있다고 하는 것이 아니고 천성이 타고나야 가능 하다는 것을 깨달았다.

처음에 시작한 것은 인터넷을 보다가 복 지사 공부를 하게 되었다. 경험 삼아서 실습을 나갔는데 그곳에서 많은 이들이 처음인데도 잘 한다는 칭찬을 받고 보니 칭찬은 고래도 춤을 춘다고 하는데 사람인지라 듣기에 좋았다. 자신이 살아오면서 사업을 그렇게 열심히 하였지만 그 누구도 잘 한다는 칭찬을 들어 보지 못했다.

그런데 이곳에서 참 잘 한다는 말을 들으니 인생을 다시 한 번 살고 싶었다고 했다.

실습 한 번으로 끝낼 것이 아니고 하는데 까지 해봐야겠다는 생각으로 온 것이 자격증 까지 받고 보니 자신에게는 제2의 인생을 살 수 있는 기회라고 생각한다는 것이었다. 사업을 정리 한다고 생활이 어려운 것이 아니기에 그동안 함께 애써준 직원에게 물려주고 부자가 되기보다는 사람이 되어야겠다는 생각에서 결정 한 것이라며 웃는 모습이 천사 같았다.

이렇듯 타이밍을 앉아서 기다리는 것이 아니고 몸과 마음으로 어루만져서 결국에는 자신의 삶을 변화 시키는 대담함을 가져 올 수 있는 것은 시간을 어떻게 관리 하느냐에 따라서 생각지도 않은 길을 선택하는 사람들이 많았다. 타이밍은 누가 손에다 쥐어주는 것이 아니라는 것을 실감하게 된다. 여러 가지 경험 속에서도 처음부터 잘 하는 사람은 없다. 모두가 지금은 서툴러도 괜찮다. 자신을 믿고 나아가자.

또 어떤 이는 나무를 가지고 여러 가지 모양을 만드는 손재주가 탁월한 사람이었다. 일은 그와는 관계가 없는 일을 하였다. 때때로 가게에 오면 나무로 만든 깜찍한 인형을 만들어 오곤 하였다. 일을 하면서 짬짬이 공예품을 만들어서 판다고도 하였다. 직장은 이천인데 자신의 작업실은 주 오 일 근무제가 되면서 다른 곳에 만들어 놓고 자신의 취미 공간으로 활용을 한다고 하였다. 이것이 바로 자신이 좋아하는 일을 하는 공간이라고 할 수가 있다.

공휴일이 긴 연휴는 해외에까지 나가서 목재를 구입하기도 한다고 했다. 그렇게 해외를 다니면서 목제에 대한 공부를 한 덕분에 숲속에 들어가서 바람 소리만 들어도 나무의 결을 알 정도로 목재에는 달관한 사람이 되었다고 하였다.

이 외에도 자신의 길을 개척 하고자 노력하는 사람은 무수히 많다. 그것을 그냥 어쩌다 그러겠지 하고 무심코 지나쳐 버리지 말고 왜? 라는 의문부호 하나만 붙여도 새로운 일을 만들 수가 있게 된다. 이것은 공짜로 얻어진 것이 아니다 자투리 시간을 잘 활용한 것이다.

좋은 타이밍을 만나기 위해서는 이렇듯 기다리는 것이 아니고 내 스스로 만들어 간다면 어느 날 갑자기 운이 좋아서 대박이 난 것이 아니고 손가락 하나하나의 정성이 모아져서 기적을 이루게 된 것이다. 기적은 아무것도 하지 않고 가만히 앉아 있는 사람에게 갑자기 주어지는 것이 아니다. 자기가 하고 싶은 것들을 찾아서 복 지사 공부를 하고, 공인 중개사 공부를 하며 자신의 인생 마디마디에 윤활유의 기름을 바르는 것에 게으르지 않고 온몸과 자투리 시간을 잘 사용한 것이다. 흔히 이런 사람들에게 하는 말들은 먹고 살기에도 바쁜데 언제 다른 일을 할 수가 있느냐고 할지는 모르지만 일을 하다 보면 자신이 하고 있는 일보다도 하고 싶은 것들이 있을 것이다. 방향을 바꾸려면 한 가지에 만족하지 말아야 하지 않을까 하는 생각이다. 자신이 하고 싶은 일이라면 그 일을 전적으로 사랑해야 한다. 하루라도 만나지 않으면 보고 싶어 견딜 수 없을 만큼 사랑하면 자연적으로 부지런하게 살게 된다. 그 사랑 속에서 3의 공간이 영글어 간다. 타이밍이 그렇게 거창하게 생각하지 말자. 자투리 시간만 잘 활용해도 된다. 시간을 다투는 사람은 부지런한 사람이다. 가만히 앉아서 고스톱 화투놀이를 할 수가 없다. 경마장에 가서 앉아 있을 수가 없다. 엉덩이가 가볍다.

방향을 바꾸려면 부지런해야 바꿀 수가 있다.

2
타이밍이
멈춘 사람들

　무더운 여름날이었다. 거래처 여사장이 음료수에 얼음을 동동 띄워서 큼직한 컵에 담아 와서 컵 한 개를 나에게 주면서 자신의 젊었을 때의 일이 생각이 난다면서 웃었다.

　"아니, 그 많은 것을 다 놔두고 음료수 한 잔에 젊음을 소환해?"

　"사장님, 내 이 인간을 그때 그만 두었어야 했는데, 별난 고생을 해 가면서까지 만난 것이 지금껏 고생이요. 사람 됨됨이는 떡잎부터 알아봐야 한다고 하지요. 내 인생도 마찬가지이지요."

　횡설 수설을 한다. 도둑질도 손발이 맞아야 할 수가 있듯이 돈 버는 것도 똑같다.

　여사장의 공장은 합판에다 자동으로 칠을 해주는 공장이다. 처음에는 30평의 공장을 얻어서 좁은 공간에서 수동으로 시작

하였다. 3년을 하다가 수동으로는 타산이 맞지 않았다. 자동으로 해야 일거리도 많고 수입도 좋을 것 같다며 억지로 대출의 힘을 빌려서 백 평의 공장을 얻어서 자동시설을 하였다. 원대로 몇 년은 돈을 좀 벌었다.

그런데 돈은 혼자서는 벌수가 없다. 외국인 직원들을 채용하고 여사장은 돌아다니며 물건도 납품하고 주문도 받아오며 정신없이 다니다가 답답한 일이 있으면 가게에 와서 커피 마시며 주체할 수 없는 화증을 털어놓곤 하였다. 문제는 남편이었다. 마누라가 모든 일을 다 처리하고 일은 외국인들이 다 해 주니 우리나라 사람 책임자 한 사람만 있으면 남편은 할 일이 없다. 시간이 남아도 너무 남았다. 돈을 벌었으니 고급 승용차를 사서 남편은 노는 사장이고 부인은 일하는 사장이었다. 차는 가만히 세워두라고 있는 것이 아니었기에 모든 일을 부인에게 맡기고 나가는 것이 일이었다.

월말만 되면 몇 백 만원이 적힌 카드대금 영수증이 날아온다며 카드대금 명세표를 가져와서 내밀며 결혼을 잘못했다며 갓 구워낸 센 베이 과자를 어금니로 아작아작 부수는 소리를 하면서 죽고 싶다! 살고 싶다! 를 연발해 댔다. 내 속으로 '저러다 얼마 못가서 먼 일이 나도 나겠다.' 는 생각을 하였다. 이날도 날씨는 덥고 물건을 납품하고 다른 곳에 물건 납품을 가야 하는데, 물건이 제대로 되어 있지 않았다. 거래처에서는 재촉을 하고 있으니 남편과는 타이밍이 젊었을 때부터 맞지 않았다. 지금도 이렇게 맞지 않아서 살 수가 없다며 결혼을 잘못하였노라고 하소연이었다.

"신랑하고는 어째 그런지 처음부터 타이밍이 거지같이 맞지 않았어요."

"타이밍도 거지같은 타이밍이 있나요"

"그렇지요. 우리는 만날 때부터 시간관념이 없었어요. 약속은 열나게 해놓고 시간이 되면 나오고 아니면 말고 식이었다니까요. 정말 무지한 사람이었는데, 지금까지 그러네요. 아무리 생각을 해도 이해가 가지를 않네요. 지금 공장에 들어오지 않은지가 3일이나 되었어요. 어찌해야 하나?"

답답해서 미치겠다며 고개를 설레설레 흔들며 땅이 꺼져라 한숨을 푹푹 쉬었다.

"전화를 해보지 그런가?"

"전화요? 이 인간이 전화를 받아주면 내가 이렇게 방방거리겠어요"

크고 작은 공장들이 모여 있는 공장지대에서 장사를 하다 보니 별 사람들을 다 만났다. 그렇게 3일간이나 들어오지 않을 때는 어디서 무엇을 하고 있는지 남의 일이지만 나도 궁금했다. 공장을 운영한다는 사장이라는 사람이 그렇게 시간관념이 없어서 사장은 무슨 사장?.

부인의 애타는 모습을 보고 있노라니 내가 짜증이 났다. 이 부부만 그런 것이 아니었다.

부인들은 한 푼이라도 더 벌어서 어서 빨리 내 공장을 사고 싶어서 야간도 서슴지 않고 발버둥치지만 정작 일꾼을 부리는 사장들은 그렇지 않았다. 하지만 또 사장들의 항변을 들어보면 남자들만의 잘못은 아닌 것도 같았다. 부인들이 숨을 쉴 수없이 몰아세운다는 것이다. 놀 때는 놀아야 힘이 생긴다고 했다. 놀아야 힘이 생긴다!. 사람에겐 휴식도 필요하다.

그러나 놀음에 힘을 빌려야 힘이 생긴다는 것은 핑계일 것이다. 이런 사람들은 타이밍이 멈춘 사람들이다. 하루도 아니고 며칠씩을 놀아야 힘을 얻는다고 하니 속이 탈 지경이다. 타이밍이 멈춘 사람들이 가는 곳은 경마장, 카지노, 등 여러 곳이 있겠지만 한 번 가면 하루가 아닌 보통 삼 사 일이었다. 이런 사람들에게 아무리 시간이 중요하고 세월이 아깝다고 해도 시간이 어째서 아까운지 세월이 아까운지를 젊을 때는 모른다. 노인증명서를 받아봐야 알게 된다. 그때는 이미 늦은 것이다. 장사를 하다 보면 놀음 돈을 빌리러 오는 사람도 있었다. 처참하게 망가진 모습이었다. 돈은 사람을 시간관념까지 분간할 수 없게 만든다. 불만불평으로 가득 차 있다.

전화를 받지 않은 것은 노는데 방해가 된다. 전화를 천만 번 해봐도 소용없는 일이다. 빤히 알면서도 속이 텅 빈 아녀자들은 전화기 붙잡고 요동을 친다. 받지 않을 줄을 알면서도 이 여사장도 한참을 전화기를 들고 몸살을 치더니 결국 포기하고 한이 서린 독을 품어 내면서 올라갔다. 다음날 아침이면 언제 그랬느냐며 웃으며 들어올 것이다. 잘못 만난 타이밍에 죽어라 욕을 해대며 그래도 웃을 것이다. 속이 텅 비었으니까.

술장사만 쓸개를 떼어놓고 장사하는 것이 아니다 어찌 보면 부부간에도 쓸개를 떼어놓고 살아야 할 것 같다. 쓸개를 날마다 떼어 놓고 살아도 좋으니 제발 타이밍을 멈춘 인생을 살지 않았으면 좋겠다. 살아있으니까. 지금은 서툴러도 괜찮으니까.

지금 사는 것이 살기가 좋아야 그때 만난 것이 잘 하였다고 할 것인데 지금 살기가 어려우니 후회를 하는 모습이 쓸쓸해 보였다. 모두에게 살아오면서 이런 경험 저런 경험을 다 하지만 부부간의 잘못된 경험은 평생을 두고 후회하는 것 같다. 부부란 잘 만나도 후회하고 잘못 만나도 후회를 하는 묘한 인연이라고 생각을 해본다. 이것을 잘못된 타이밍이라고 치부하기에는 서글프다. 괜찮다고 말할 수도 없고, 영 잘못 만났다고 말할 수도 없는 것이 부부의 관계다. 인생이 미완성이기 때문일까?. 사람은 평생 배우고 사는 것이니까. 오늘도 나는 배우고 또 배운다. 서툴러도 괜찮으니까.

"삶의 길을 걷다 보면 불쑥 돌부리를 만난다. 걸려 넘어지면 걸림돌이고, 딛고 일어서면 디딤돌이다. 그 돌의 의미는 나의 대처에 따라 달라진다. 그 지혜를 조선후기 학자 성대중이 〈청성잡기〉중(전화위복)에서 소개한다. 살아가다 넘기 힘든 걸림돌을 만난다면, 이를 디딤돌로 바꾼 옛사람의 삶을 살펴보았으면 좋겠다."

3
바둑이와 고양이를
만난 타이밍!

나는 개와 고양이를 유난히도 싫어했다. 비릿한 냄새도 싫었
지만 털은 더욱더 싫었다. 얼마나 싫었으면 개와 고양이가 있는
집에서는 밥도 먹지를 않았다. 특별히 먹어야 할 일이 있을 때
는 내 수저와 젓가락을 가지고 가서 먹을 정도로 유별했던 어린
시절이었다. 성장 하였다고는 하여도 달라지는 것은 없었다.

그런 나에게도 바둑이와 냥 이를 사랑 할 수 있는 놀라운 일
이 있었다. 천지가 개벽을 한다고 하더라도 내 사전에는 개와
고양이를 키울 것이라는 생각을 하지 않았다.

교회 권사님이 이십년이 넘게 농사를 지었는데, 그곳이 개
발이 되면서 농사를 지을 수가 없게 되었다. 농막에서 키우던
개를 이곳저곳으로 시집을 보내고 딱 한 마리가 남았는데 어찌

해야 하느냐며 울상이었다. 어찌어찌 하여 누런 바둑이가 우리 가게로 오게 되었다.

개와 고양이가 있는 집에서는 밥도 먹지 않던 내가 어찌 키울까? 몸서리를 쳤다. 하지만 권사님의 사정이 딱한지라 받기는 받았지만 편하지가 않았다. 혹시나 낯설어서 짖어대면 핑계 삼아 다시 돌려줄 마음으로 서툰 주인 노릇을 하게 되었다. 의외로 짖지도 않고 나만 보면 꼬리를 흔들며 어떻게 보면 나를 보고 꼭 웃는 것처럼 보였다.

처음목욕을 시킬 때는 고무장갑을 끼고 목욕을 시켰다. 그런데 목욕을 시켜주면 좋아서 폴짝폴짝 뛰면서 어쩔 줄을 몰라 하는 모습을 보니 꼭 어린 아이를 키우는 것처럼 신통하게 그 지독한 냄새도 나지 않고 그렇게 예쁠 수가 없었다.

맛있는 음식을 주면 입을 쩍쩍 다시며 고맙다고 웃는 모습의 얼굴이 신기했다. 그렇게 이년을 잘 키웠다. 목줄을 해서 묶어 놓고 키웠어야 했는데 묶어 놓은 것 보다는 사는 날 까지는 마음껏 뛰어 놀면서 살아 보라는 마음으로 목줄 없이 키우다 그만 차에 치워서 내 곁을 떠나고 말았다. 자식을 잃은 것처럼 가슴이 얼얼했다.

그런 내 마음을 알았는지, 가을비가 내리던 어느 날 점심때였다. 밥을 먹으려고 하는데, 고양이가 가게 문 앞에서 "야옹

야옹" 하며 유리문을 발로 힘껏 밀다가 꼼짝을 하지 않으니까 이빨이 부서져라 부득거리며 마구 긁었다. 어서 문을 열어 달라고 재촉하는 듯하였다. 비는 오는데 바로 문 앞에서 쪼그리고 앉아서 갈 생각을 하지 않고 혼자만 먹지 말고 저도 좀 달라는 식으로 구슬프게 울었다. 그때 그 얼굴 표정을 보니 이전에는 그런 생각을 하지 않았는데 묘한 감정이 마음을 움직였다. 그러나 도저히 가게 안으로는 들일 수가 없었다. 저러다 열어 주지 않으면 그냥 가겠지, 이제는 바둑이도 고양이도 산 짐승은 절대로 키우지 않을 것이다. 암만 울어봐라 내가 꿈쩍이나 하나. 밥을 먹으려고 하는데, 똥그란 눈을 더 크게 뜨고 고개를 내밀고 입맛을 쩝쩝 다시며 비를 맞아가면서도 한 발 자국도 물러서지를 않았다.

내가 움직이면 움직이는 바람 따라서 눈을 조금도 나에게서 떼지 않고, 아주 슬픈 얼굴로 나를 주시하면서 애원하는 듯 쉬지 않고 "야옹 야옹"하며 잠시도 가만히 있지를 않았다.

그때, 마치 손님이 문을 열고 들어오자 누가 오라고 한 것처럼 깡총하며 가게 안으로 뛰어 들어왔다. 내가 호들갑스럽게 놀랐다.

"사장님 고양이 아니에요?"

"아까부터 와서 문을 열어 달라고 한 것을 열어주지 않았는데 사장님이 오시니까 냉큼 들어오네요."

"이 자식!, 임신 했나 보네요. 임신하면 애기 낳기 좋은 집을 찾아서 이렇게 들어와요. 사장

님 집에서 새끼를 낳고 싶은가 봐요. 새끼 낳으면 복 받는 것입니다. 그냥 받아주세요 또 아세요. 고양이 새끼 낳게 해 주고 대박이 날지도 모르지요. 짐승들도 공짜는 없어요."

대박이라! 거기에 또 임신이라! 임신이라고 하면 멀미가 날 정도로 속이 편치 않았다. 대박은 그만 두고라도 임신이라고 하니 머리에 벌침을 맞은 것처럼 찌릿찌릿 하니 저려왔다. 며느리의 임신이 섬뜩하게 스친다. 애라, 모르겠다! 기왕에 들어왔으니 비나 그치면 내보자며 내가 먹으려던 밥을 주고 관심을 갖지 않았다. 고양이는 꼬리가 긴 것으로 알고 있었는데, 꼬리가 길지가 않고 짧았다. 스치는 생각에 우리 집에 오려고 보채는 것처럼 다른 집문 앞에서 서성이다가 꼬리를 잘리는 불상사를 당하지나 않았을까?. 사람이나 동물이나 타이밍을 잘 맞춰야 저런 불상사를 당하지 않겠다는 생각을 하였다.

밥을 잘 먹고 나니 비가 그쳤다. 나가라며 문을 열어 주었더니 나갈 생각도 하지 않고 내 의자에 덥석 드러누워서 내려올 생각도 하지 않고 연신 두 발로 얼굴을 씻으며 가릉, 가릉, 하며 내가 의자에 앉으면 등에 찰싹 붙어서 떠나지를 않았다. 무

어라고 하는지 흥얼거리는 모습이 볼수록 신기했다. 춥고 배고
픈 나를 이 편안한 처소로 들어오게 하고 맛있는 밥까지 주어
서 눈물 나게 고맙다는 말을 하는 것만 같았다. 그리 아니할지
라도. 더구나 아까 왔던 거래처 사장님의 말이 귀에서 떠나지
않고 웅성거렸다. 임신을 했다는 말에 고양이를 독하게 내치지
못했다. 칠 년 만에 임신한 며느리를 생각하니 임신만 하였다
고 다가 아니라는 생각이 들었다. 내가 이 고양이를 잘 거두어
주어야 며느리가 임신한 아이도 건강하게 출산을 할 수가 있겠
다는 생각에서였다.

　고양이가 내 집에 온 것은 하나님이 내 마음을 시험하려고
보내준 선물이라는 생각도 들었다. 며느리의 임신한 이때를 맞
춰서 내가 그토록 싫어하는 고양이를 비오는 날을 택하여 보내
주었다고 생각하니 고양이를 만져보고 싶었다. 도저히 맨손으
로는 만질 수가 없었다. 일회용 비닐장갑을 끼고 몸을 만졌다.
색상이 하얀색과 갈색이었는데, 땡땡이 무늬가 있어서 더 예뻤
다. 한 번 만지고 두 번 만지니 나중에는 비닐장갑을 끼지 않아
도 만질 수 있을 정도로 돌과 같이 단단한 내 마음이 찰흙처럼
흐물흐물하게 되었다. 목욕도 해주고 고양이 밥도 사다가 먹이
고 심지어 간식거리도 사다가 먹이며 이름도 복 순이라고 지어
주었다. 기왕에 내 집에 왔으니 너도 복 받고 나도 복 받아 잘

살아 보자는 마음에서였다. 꼭 손자 키우듯이 돌봤다. 낮에는 내 등 뒤에서 잠도 자고 간식도 먹고 있다가도 저녁밥만 먹고 나면 어디를 가는지 나갔다가 새벽에 들어왔다. 시간은 귀신같이 잘도 맞추었다. 내가 미처 가게 문을 열지 않았을 때는 가게 벽을 긁어 대기도 하고, 쿵쿵거리며 가게 문을 꼭 부숴버릴 것처럼 이리저리 다니면서 무어라고 하는지 종알거렸다.

겨울이었다. 아침에 가게 문을 여니 마당에 하얀 눈이 소복이 쌓여 있었다. 다른 때 같으면 벌써 왔을 것인데 오지 않았다. 눈이 와서 더 좋은 집에서 잘 지내나 보다고 생각을 하니 괜 시리 눈물이 났다. 좀 더 잘해줄 걸, 내가 너무 잘못해 주었는가, 복잡한 생각을 하면서 눈을 치우고 있는데 "야옹야옹~호오"하면서 폴짝폴짝 뛰며 나에게로 달려왔다. 나갔던 자식이 눈 속을 헤치고 돌아온 것처럼 반가웠다. 나도 모르게 왈칵? 끌어안고 온몸을 만지며 '우리 복 순 이가 이 눈 속에서 이 할미를 버리지 않고 찾아왔구나!' 눈물이 났다. 사람의 마음은 알다가도 모를 일이었다. 고양이 냄새와 털도 싫어한 내가 이렇게 달라질 수가 있을까? 비만 피해주겠다고 하였는데, 어느 날 새끼를 한 마리도 아니고 여섯 마리나 낳았다. 내 인생에 기적 같은 일이 일어난 것이다. 그토록 싫어한 고양이를 키워서 새끼까지 낳는 일이 내 사전에는 없을 줄 알았다. 바둑이와 고양이까지 사랑할 수 있다는 것을 무슨 말로표현 할 수가 있을까! 내 힘으로는 절대로 할 수 없는 일이었다.

주님은 나의 모난 성격을 보다 못해서 칠년 동안 나를 단련 하여 며느리에게 임신의 선물을 주시고, 그 타이밍을 놓칠세라 내가 가장 싫어하는 바둑이와 고양이까지 사랑할 수 있도록 이 절묘한 타이밍을 허락하신 주님의 예정하심에 감복하였다.

내가 예수님을 만나기 전에는 모난 성격이었다. 예수님을 만나고 나서 많이 변화되었다. 새끼를 낳기 며칠 전부터 가게 이층에서 이곳저곳의 빈 박스 속에 들어가는 연습을 하더니 어느 날부터는 아예 보이지가 않았다. 아침이면 찾지 않아도 와서 주인님 어서 일어나라고 "야옹야옹"하며 깨웠는데, 아무소식이 없으니 걱정이 되었다. 혹시나 박스 속에서 늦잠이라도 자는 줄 알고 복 순 이를 불렀다. 자신을 부르는 줄 알고 "잉잉 야옹 야옹" 하면서 발로 박박 박스를 긁으며 자신의 위치를 알렸다. 얼른 가서 박스를 젖히는데, 고물고물한 여섯 마리의 새끼들이 서로 얼굴을 보여주겠다고 용용 하며 입을 쩍쩍 벌리는데 기가 꽉 막혀버렸다. 순간 가슴에 뜨거움이 밀려왔다. 엄마라며 혹시라도 새끼를 어찌할 줄 알고 그러는지 두발로 나를 밀어 냈다. 고양이의 모성애는 대단했다. 혹시라도 적이 와서 새끼들에게 해를 줄까봐서인지 새끼의 대변과 죽은 시체까지도 먹어치웠다.

　사람이 새끼를 보면 그 즉시로 집을 옮겼다. 주인인 내가 보았는데도 집을 옮겼다. 옮길 때는 대충 옮기는 것이 아니고 새끼를 낳으려고 자리를 찾아　다니듯이 이곳저곳을 찾아다니며 들어가 보기도 하고 적당한 자리가 있으면 새끼 한 마리씩을 입으로 물어서 옮기는 수고를 마다하지 않고 몇 번이라도 옮기는 것을 서슴지 않았다. 젊었을 때 두 아이들을 데리고 이집 저집으로 이사를 다녔던 생각이 나서 웃음이 나왔다. 한번은 새끼를 물어서 옮기다가 구석진 곳으로 떨어뜨렸다. 안절부절, 발을 동동 구르며　울었다. 새끼도 하염없이 잉아, 잉아~하며 울었다. 꼭 갓난아기 울음소리 같이 들렸다. 어찌하나 보려고 모른 척 하고 있었다. 이층에서 폴짝 뛰어 내려오더니 나를 향해 양양하며 달려왔다. 내 발을 자신의 발로 긁으며 "야옹야옹" 하는 것이 아니고 이전에는 들을 수 없는 소리로 내 얼굴을 쳐다보면서 앙앙 거렸다. 얼굴까지도 슬픈 얼굴이었다.

　내가 추근추근히 가는 척을 하자 앞으로 달려가다가 뒤를 돌아보고 또 가다가 뒤를 돌아보다가　따라가지 못하면 다시 되돌아와서 나를 재촉 하였다. 떨어진 새끼도 쉬지 않고 엄마를 찾았다. 새끼를 두 손으로 붙들고 어디 다친 곳이 없나　보는데, 발로 내 발을 차면서 빨리 내놓으라고 하였다. 동물의 자식 사랑이 더 뜨겁다는 것을 느끼게 했었다. 새끼를 내려놓으니 머리부터 발끝까지 핥아주기에 바빴다. 핥으면서도 옹알거렸다. 어려움을 겪으면서도 몇 번이나 자리를 옮겼다. 얼마동안은 어미가 먹이를 밖에 나가서 개구리나 쥐를 물고 와서 새끼들을 부른다. 아주 의기양양하게 먹이며 좋아한다. 어느 정도 그 타이밍이 지나면 또 다른 타이밍으로 행동을 옮긴다. 밖으로 데리고 나가서 직접 먹이를 잡는 방법을 가르친다. 동물도 자식에게 고기를 잡아만 주는 것이 아니었다. 독립할 때를 위해서 잡는 방법을 가르쳐주었다.

그런데, 여섯 마리가 크다 보니 가게에 손님보다 새끼가 더 많았다. 도저히 새끼 모두를 키울 수가 없어서 분양을 결심하고 거래처 사람들에게 고양이 새끼를 분양해 가라고 하였더니 모두가 대 환영이었다. 공장마다 쥐가 없는 곳은 없으니까 너도나도 줄을 섰다. 새끼를 분양을 하려면 박스에 담아 보내야 했다. 어미가 보는 앞에서는 그럴 수가 없었다. 어미가 밖으로 나가는 시간에 한 마리만 남기고 모두를 분양했다. 낙엽을 물고 와서 새끼들을 부르는데 한 마리만 나오니 어미가 사방을 둘러보며 새끼들을 불렀다. 미안했다. 하지만 새끼 분양도 아무 때나 하는 것이 아니었기에, 고양이에게는 미안 했지만 어쩔 수가 없었다.

Timer

You have Your Own Timer

4
배려는
사랑에서 나온다.

배려는 사랑에서 나온다. 아파트 청소를 하면서 느낀 것이다. 이곳은 쓰레기만 버리는 곳도 있고, 재활용품을 모아놓은 곳도 있었다. 아파트단지에서 이렇게 재활용품을 알뜰하게 정리 하는 줄 몰랐다. 신발함이 있고 가방 넣는 곳, 옷을 넣는 곳이 있었다. 심지어 장난감을 놓은 곳도 있었다. 그런데 어느 때는 비닐봉지에 담아 있는 옷이나 신발이나 골프 체나 골프가방까지 밖에 나와 있었다. 의아해서 팀 언니에게 물었다.

"언니, 왜 이런 물건들은 밖에 봉지에 담아 놓지요?"

"응, 이런 것은 아무나 가져가고 싶은 사람이 가져가도 되는 것이여, 자네도 이 신발이 맞으면 가져가서 신어도 돼, 옷도 그렇고. 여기에 내 놓은 것은 모두가 세탁해서 내 놓은 것들이 더 많거든, 장난감도 다 씻어서 내 놓은 것이여 가져가"

나는 잠시 멍했다. 모두가 바쁘다고들 하는데 재활용품까지 세탁을 해서 내 놓는 배려를 베풀 줄은 몰랐다. 흔히들 있는 사람들이 더 무섭다고들 하는데 그것은 귀를 흔드는 말 뿐이었다. 물론 모두가 그렇지는 않겠지만 그래도 배려를 베푸는 사람들이 더 많다는 생각이다.

날마다 아침이면 음식쓰레기통을 청소하려 가면 그곳까지 정리를 하면서 내놓은 물건은 살펴보곤 하였다. 운동화와 가방을 가져와서 잘 사용하면서 내 자신을 돌아봤다. 나도 저런 배려를 베풀고 살았었나! 장사해서 바쁘다는 핑계로 내 놓은 것은 그저 쓰레기로만 생각을 하였지 다음 사람을 생각해 보지 않았다. 3개월의 아파트 청소를 하면서 가장 귀한 배려와 사랑에 대한 소중한 것을 배웠다. 그 일을 거울삼아 지금은 나도 배워가고 있다. 사람은 여든까지 배운다고 하였는데 그 말이 틀리지 않는다.

요즘 청소를 하다 보니 묶어진 끈도 무심코 지나치지 않는다. 저것을 풀려면 시간이 많이 걸리겠다는 생각이 들기도 하고 끈이 묶어진 것을 보면서 그 사람의 성품까지도 어렴풋이 짐작이 가기도 한다. 고를 내서 묶어진 것을 보면 저 사람의 성품은 까다롭겠다. 후한 성품이겠다는 것까지 시시콜콜 알고 싶어진다. 또한 저렇게 잡아 묶은 사람은 배려심이 있겠다. 없겠다. 라며 내 머릿속에서 오만가지를 다 생각을 하게 된다.

고급 선물보자기를 묶어 놓은 것이라도 모양이 천차만별이다. 젊었을 때는 그런 것들을 대수롭지 않게 지나쳤다. 칠순을 바라보는 나이에 모든 것을 내려놓고 미화 일을 하면서 많은 것을 배우고 있다. 조금만 배려해도 상대방을 기분 나쁘게 하지 않았을 것인데, 그렇지 못한 것은 배려와 사랑을 조화롭게 사용하지 못한 것이었다는 생각에 후회를 하게 된다.

특별히 요즘에는 택배 보따리들이 많다. 이전에는 무엇이든지 끈으로 묶어진 것은 무조건 가위든 칼로 싹둑 잘라냈다. 지금은 그렇지 않고 먼저 묶어진 고리를 보면서 상대의 심성을 가늠해 본다. 농산물이건 해산물이건 끈 묶음에 따라서 또다시 그 상품을 애용할 것인지를 정하기도 한다. 묶어진 고리를 보면 그 물건이 정성을 들여서 만든 것인지를 가늠 할 수가 있다. 덕분에 나도 그런 것을 생각하며 포장 끈에도 마음을 세심하게 쓰게 되었다.

소금이 녹아져야 제 맛을 내듯이 과일도 마찬가지일 것이다. 그냥 익는 것만 보고 따 담는 것과 나무자체에서 숙성을 해서 따는 것과는 맛이 다르다고 한다.

2020년에는 유난히 장마도 길었고 태풍도 심했다. 아로 이아 농사를 하는 블 로그 이웃의 경우를 보면 아로 이아가 많이 열리고 잘 익었지만 바로 따면 떫은맛이 많이 나기에 나무에서 숙성을 시키면 떫은맛이 달달한 맛으로 변한다는 것이다. 그 덕분에 단골 고객이 많아서 판로에는 지장이 없을 정도로 많은 고객을 확보하고 있었다고 한다.

그런데 따야하는 타이밍을 놓치고 달달한 맛이 들었을 때 따려고 하였다. 그만 태풍으로 숙성된 열매가 다 떨어져서 수확을 하지 못하는 불상사를 겪고 말았다고 하였다. 내가 이 농장을 믿고 기다리는 것도 맨 처음 받았던 포장덕분이었다. 아이스박스에 테이프만 붙여서 보내도 되는 것이었다. 하지만 예쁜 색상의 끈으로 묶어서 받은 고객이 푸는데 불편하지 않도록 세심한 배려를 한 주인의 마음이 그리도 예쁜데 그 속에 들어있는 과일은 먹어 보지 않아도 달달한 맛이라는 그 기분은 지금도 잊을 수가 없다. 물론 이렇게 하려면 시간과 비용이 많이 들겠지만 농장 주인은 고객을 위한 배려와 사랑과 타이밍을 함께 투자한 것이다. 결국 그 투자는 농장 주인에게로 돌아가는 것이다.

어떻게 생각하면 순전히 겉모양으로 상대를 판단 한다고 할지도 모르겠지만 지금은 자기 피알 시대이다. 겉모양이야 어찌하든 알맹이만 좋으면 된다고 할지는 모르지만 겉모양을 보기 좋게 하자는 것이 아니다. 얼마나 상대방을 배려했는가를 말하고 싶은 것이다.

끈 묶음 하나에 상대를 배려하는 사람은 그 안에 들어 있는 상품은 말할 것도 없이 최고의 상품일 것이다. 그만큼 그 사람의 마음에는 아무리 바빠도 소비자의 타이밍까지도 헤아려 주는 배려야 말로 최고의 성품의 소유자가 아닐까 한다.

배려나 사랑은 내게 차고 넘쳐야 남에게 줄 수 있다고 한다. 단지 배려와 사랑뿐이겠는가!. 무엇이든지 내게서 차고 넘쳐야 남을 생각하게 되겠지만 이 세상 시간이 남아도는 사람은 한 사람도 없을 것이다. 너도나도 바쁜데 그 속에서 하찮은 박스 묶음쯤이야. 하고 무심코 넘어가지 말았으면 한다.

당장에 내가 원하는 것을 얻을 수 없는 것이라고 지나치지 말자. 내가 외면한 배려와 사랑은 언젠가는 동아줄이 되어 내 앞에 섬광처럼 나타날 것이다.

새벽에 버스를 타보면 그날 그 차를 운전할 기사분의 마음을 알 수가 있다. 배려와 사랑을 생각한 사람의 차는 훈훈하다. 이 운전기사 분은 자신의 번거로움 보다는 추운 아침에 차를 타는 승객을 먼저 생각하고 출발시간 몇 분이라도 먼저 나와서 차를 따습게 하는 배려와 사랑을 투자하였을 것이다. 승객 모두의 마음을 이른 시간에 따뜻하게 해주는 그 운전 기사분의 하루는 행복이 넘칠 것이다. 자신만이 행복한 것이 아니고 승객 모두에게 행복한 하루를 선물하는 것과도 같다. 이런 기사분의 운전은 부드럽다. 아무리 신호가 걸려도 투덜대지 않고 배려와 사랑을 최대한 베풀어 승객이 불안하지 않도록 콧노래를 부른다.

또 어떤 차는 냉랭하게 차다. 이 운전 기사분의 마음은 보지 않아도 배려라고는 찾아 볼 수 없을 것이다. 오늘 하루만 사고 없이 운행하면 그만이지 않겠나. 하는 마음으로 운전을 할 것이다. 이런 차의 기사 분들에게 인사를 해도 건성이다. 대충 고개만 끄덕하고 만다. 또한 운전도 난폭하게 한다. 신호등이 자주 걸리면 투덜댄다. 멈춤에서도 승객을 생각하여 멈춤을 하는 것이 아니다. 승객 대부분이 노인이라 목 운동을 힘차게 해야 한다. 우선 신호가 걸린 것이 짜증이기 때문에 승객을 배려할 마음은 없다. 목적지만 가면 된다. 이런 차를 만나면 새벽부터 불안한 하루를 시작하게 된다. 똑 같은 오늘을 살면서 넘쳐서만이 아닌, 있는 것으로 조금만 타인을 배려하는 습관을 가진다면 내일이 아닌. 오늘이 행복할 것이다.

행복은 누가 가져다주는 것은 아니다. 배려와 사랑을 잘 활용 한다면 얼마든지 행복은 줄줄이 사탕으로 달려올 것이다. 타인을 배려하는 사람은 자연과 소통하는 사람이라고 하였다. 아름다운 자연과 소통하는 사람은 세상에서 가장 행복한 사람이다.

5
그리 아니할지라도

그리 아니할지라도, 돈에 대한욕심이 목까지 가득 차고 넘쳤다. 억대의 부도를 두 번이나 당하고 나니 만정이 떨어져서 장사를 그만 두고 싶었다. 새벽부터 문을 열고 내 나름대로는 열심히 산다고 살았다. 그럼에도 불구하고 돈의 기갈이 나를 지치게 하였다. 이것저것 정리할 것들을 계산하면 쉽지가 않았다.

하지만 한번 밖에 없는 내 인생을 돈과 바꾼다는 것은 너무 억울했다. 돈과 바꿀 수 있다면 수십억의 돈을 주무를 수만 있다면 그 맛에 내 인생과 바꿀 수도 있겠지만 별보고 문을 열고, 별보고 문을 닫아도 돈이란 요물단지는 칡넝쿨처럼 얽혀서 좀처럼 풀리지가 않았다. 엎어도 보고 뒤집혀 봐도 그 자리가 그 자리였다. 정답을 찾지 못하고 있을 때였다.

막내올케 한태서 전화가 왔다. 나에게는 더없는 친구이자 믿음의 선배이기도 하였다. 아무리 친한 친구일지라도 속마음을 털어 놓을 수가 없지만 올케에게는 그 어떤 일이라도 탈 탈 털어 놓으면 항상 내 편에서 해결의 실마리를 찾아주곤 하였다. 팔까 말까로 흔들리고 있는 바로 그때 전화가 온 것이다.

옳다구나! 내 마음을 털어 놓았다. 두말하면 잔소리였다.

"고모, 참 잘 생각했다. 그렇지 않아도 나 지금 그런 말 하려고 전화했는데, 타이밍이 딱 맞았네, 교차로나 벼룩시장 같은 데다 내놓으면 매매가 잘 된다고 하던데, 욕심 부리지 말고 적당한 가격에 내놔봐, 그리고 고모는 공부하니까 요양 자격증 딸 수 있을 거야 그것만 갖고도 고모 혼자는 실컷 살 수 있어. 그랬으면 내 속이 시원하겠다."

두 손 들고 환영하였다. 내 사는 것이 올케가 보기에 얼마나 답답하였으면 저렇게 쌍술을 들고 환영을 할까! 환영을 하는데도 기분이 묘했다.

믿음의 선배이니 기도해 주는 것은 기본일 것이고 어디 내속은 뜨겁지만 선배의 속이 시원하다고 하니 남의 속이라도 시원하게 하자는 갸륵한 효심으로 당장실행에 옮겼다.

벼룩시장과 교차로 신문에 내놓고 전화를 막 끊고 나니 올케한테서 확인 전화가 왔다.

"고모, 내놨어?."

"응~금방 전화로 광고 신청했어."

"잘 했어, 그러면 내가 두 번째 토요일에 내려갈게, 우리 합심해서 기도드리자."

"그렇게까지?."

"야! 시작을 했으면 끝을 봐야지 흐물흐물 하면 될 일도 안 되는 법이여 알간."

이렇게 해서 내가 나서서 보다는 올케의 등살에 떠밀리듯이 가게를 내놓고 매주 두 번째 주일은 서울 개봉동에서 장장 두 시간의 거리를 전철과 버스와 택시를 갈아타고 미운 시누이를 건져내겠다는 일념으로 기도에 돌입했다.

나는 올케가 오는 토요일은 어느 부흥 강사님이 부흥회라도 오는 것처럼 만찬을 준비하며 기다렸다. 처음에는 기쁨 마음 보다는 찜찜한 마음이었다. 잘했던 잘못했던 이십년이나 넘게 한 장사를 내려놓는다는 것이 그렇게 기쁜 일은 아니었지만 올 때 마다 새로운 말씀과 기도로 준비해온 그 정성에 나도 모르게 감동이 되었다. 통신이지만 밤을 새워 신학 공부한 나보다도 더 열성적으로 말씀과 기도로 준비를 해왔다. 신학공부는 올케가 했어야 한다며 웃었다.

그러던 어느 날 아침에 올케한태서 전화가 왔다.

"고모, 좋은 소식 없어?"

"무슨 좋은 소식? 무슨 일이 그렇게 빨리 이루어지겠는가?"

"고모는, 우리가 뜻을 모아 기도한지가 벌써 이년이 넘었는데."

"아무 때나 세월만 간다고 되나요, 하나님의 타이밍에 맞추어져야지."

"그 타이밍이 지금이랑께"

올케와의 전화를 끊고 돌아서려는데 전화가 왔다. 가게 위치를 묻는 전화였다. 깜작 놀랐다. 올케한테 무슨 영감이 왔었나! 하면서 가게 위치를 자세하게 알려주고 올케한테 전화를 하면서도 믿어지지가 않았지만 그런 말을 섣불리 하는 사람이 아니기에 놀라웠다.

"언니, 전화가 왔다. 지금 온다고 하였는데 기다려 봐야지 잘해 볼게"

"고모, 하여튼 너무 욕심 부리지 말고 꼭 받을 금액만 말해서 성사시켜."

가게를 팔아 주십사 하면서 작정하고 대 부흥사까지 모셔서 기도를 해 놓고도 '설마?'하고 있는 내 자신이 한심하였다. 전화를 끊고 얼마 있지 않았는데 정말 중년의 두 남자가 두리번거리며 오고 있었다. 여기저기서 전화는 왔지만은 그렇게 찾아오리라는 생각은 하지 않았다. 올케의 영감에 놀라지 않을 수가 없었다. 아무리 작정하고 기도를 한다고 하지만 이런 응답을 받을 줄도 몰랐다. 가게는 내놓았지만 올케 성화에 못 이겨서 억지로 내놓았다. 좀 어중 중 한 마음이었기에 서두르지 않았다. 올케는 아침 금식까지 하며 기도를 하였다며 나보고 그리 할 것이면 뭣 하러 기도는 하였느냐며 야단을 치기도 하였다.

오는 사람은 일 년 전에도 왔던 사람이었다. 일 년 전에도 와서 비싸다며 그냥 분당에서 하겠다며 돌아간 사람이었다. 이번에는 우리 가게를 얻어서 문구와 건축자재까지 해야겠다며 당장에 계약을 하자고 하니까 또 겁이 덜컥 나기도 하였다. 그런데 가격에서 차이가 많이 났다. 흥정이라는 것이 팔고자 하는 사람은 많이 받고 싶고, 사는 사람은 적게 주고 싶어서 줄다리기가 시작 되는 것인데 중간에 소개소가 끼어 있는 것도 아니기에 성사되기가 싶지가 않았다. 나는 칠천 만원을 요구하고 상대는 오천 만원을 주겠다고 하였다. 이천 만원 차이지만 상당한 차이였다. 나는 거래처에 외상만 하여도 사천 만원이 넘는데 보증금과 물건 값을 따지면 오천은 영 마음이 허락하지 않았다.

"사장님이 꼭 하고 싶다면 일주일만 시간을 주세요. 제가 바로 연락을 하겠습니다."

시간을 두고 더 자세하게 계산기를 두드렸지만 정답이 나오지를 않았다. 답답한 마음에 아는 지인한테 이 내용을 말을 하였더니 대뜸 오천 만원이면 자신이 사겠다며 팔지 말라고 하였다. 같은 값이면 아는 사람에게 파는 것이 좋다는 생각에 분당에서 왔던 사람에게는 도저히 안 되겠다는 연락을 했다. 천만원을 더 주겠다고 하였다. 지금 이곳으로 오려고 이사 준비를 하고 있었다며 당장 현찰을 주겠다며 달려들었지만, 잘 아는 사람이 사겠다고 하였는데 천만 원 때문에 외면 할 수가 없어서 다 이루어진 일을 그만 놓치고 말았다.

그러고 나서 언니한테 사실 이야기를 하였더니 아무 말이 없었다. 화가 나는지 전화가 왔다 "고모, 왜 그렇게 내 말을 안 들어? 지금 산다는 사람은 대상이 아니야, 지금 한다고 온 사람을 잡아야지, 우리 같이 기도했는데, 나는 고모가 너무 불쌍해서 아침 금식까지 하며 기도 드렸는데, 좋은 기회를 놓쳤다. 한 번만이라도 내 말을 들어주지 그랬는가!"

못내 아쉬워했다. 실망한 목소리였다. 올케의 생각이 맞았다. 산다고 한 지인은 그 뒤로는 감감 무소식이 되고 말았다. 타이밍을 만나지 못하는 것이 아니다. 누구에게나 주어지지만 나처럼 욕심이 쌀자루가 물에 불리면 터지듯이 사람도 욕심이 많으면 다 잡힌 타이밍도 놓치게 된다. 그 귀중한 타이밍을 내 것으로 만들지 못하고 후회 많이 하였다. 사람은 믿을 대상이 아니고 사랑의 대상이라고 하였다. 그리 아니하실지라도......

Timer

You have Your Own Timer

제7장

늦게 피는 꽃은 있어도 피지 않는 꽃은 없다.

1, 책을 출간했다.

2, 과거는 바꿀 수 없지만 미래는 바꿀 수 있다.

3, 시간은 동전처럼 모을 수가 없다.

4, 15분의 실천이 미래를 바꿀 수 있다.

5, 지금은 서툴러도 괜찮아!

1
책을 출간했다.

책을 출간했다. 퇴고도 없이 블 로그에 쓴 글로 책을 출간한 것이다. 지금 생각하면 '무식하면 용감하다.'라는 말이 통했던 것이다. 컴퓨터가 없어도 스마트폰 하나만 잘 활용하면 에스엔 에스를 통하여 글쓰기 하는 곳이 많았다. 또 유 튜브로 소설 쓰기 공부도 해봤다. 그러다가 k 대학 평생교육원 시 창작 공부를 하였다. 온라인이 아니기에 매주 수요일마다 출석을 해야 했기에 장사하면서 다니는 것이 내게 부담이 되었다. 제대로 참석을 하지 못하고 카페를 기웃거렸다. '글쓰기 놀이터'카페가 있어서 가입을 하였다. 그 카페는 글쓰기 천국이었다. 얼마든 지 글을 쓰고 싶은 데로 쓸 수가 있었다. 또한 잘 쓰면 전자책 도 내 준다고 하였다.

전자책이 어떤 것인지도 모르고 글쓰기에 열을 올렸는데 글쓰기 대회를 하게 되었다. 다섯 명이 주자가 되어서 20일 동안에 제일 먼저 20제목의 글을 쓰는 사람을 선정하여 전자책을 무료로 내 준다는 대회였다. 거기서 글쓰기의 맛을 알게 되었다. 글 쓰는 것도 일이었다. 쓰고 싶을 때 쓰는 것이 아니라는 것을 깨닫고, 그때부터 오후4시만 되면 스마트폰 하나 들고 골방으로 들어가서 글쓰기 알바를 시작한 것이다. 날마다 소재 하나씩만을 써서 카페에 올리는 것이었다. 어제 쓰지 못했다고 오늘 두 소재를 쓸 수가 없는 것이었다. 여하튼 잘 쓰든 못 쓰든 먼저 골인하는 사람이 일등으로 전자책을 무료로 내는 포상을 받는 것이었지만 카페지기님이 직장을 바꾸는 바람에 아쉬움을 남긴 채 무산되고 말았다.

글쓰기 알바를 시작 하여 글쓰기에 물이 오른 시점이었기에 글을 쓰지 않을 수가 없었다. 본업인 장사보다 어쩌면 글쓰기에 더욱 열심이었다.

그때였다. 페이스 북에서 친구를 하자며 문자가 떴다. 남성이었지만 시애틀이었다. 친구를 거절할 이유가 없었다. 친구로 올렸다. 알고 보니 경기 광주 사람이었다. 이민을 간지가 40년이 넘었는데 고국이 그립다며 고국에 대해서 이것저것 물어보다가 초등학교를 광주에서 다녔는데 첫사랑에 대해서도 아주 재미나게 글을 보냈다. 알고 보니 광주는 광주지만 대치동이었다. 광주가 그렇게 넓은 줄은 몰랐었다.

날마다 글쓰기 알바를 하는 나에게 섬광처럼 스쳤다. '시애틀의 첫사랑'이란 제목으로 블로그에 날마다 한 꼭지씩을 써서 올렸다. 내 고향에서의 초등학교 시절을 기억하며 꼬박 두 달을 썼다. 60회까지 썼다. 글을 어떻게 써야 한다는 것도 제대로 모르면서 날마다 블로그에 올리면 감동의 댓글이 신기했고 무척 재미있었다. 이런 세상이 있었구나! 날마다 감탄하며 글을 썼다. 페이스 북의 친구도 나와 같은 생각으로 글을 쓰는지 날마다 동심의 시절을 올려 주기에 바빴다. 그 글을 보면 많이 참고가 되기도 하였다.

내용은 초등학교 때 같은 반이었는데 친구가 자라면서 사랑을 하게 되었다. 남학생 집은 부자여서 중학교를 목포로 가게 되었다. 여학생 집은 가난하여 상급학교는 갈 수가 없어서 직장을 찾아서 도회지인 목포로 떠나게 되었다. 하지만 목포에서 다시 만나 사랑을 하게 되었다. 가는 길이 달라서 헤어지게 되었다. 페이스 북의 친구가 그토록 사랑했던 남학생이었다.

남학생이 칠순이 넘어 사별을 하고 에스엔 에스를 통하여 첫사랑을 찾고자 페이스 북을 통하여 만나게 된다는 내용이다. 지금 문창과 공부를 하면서 알 수 있는 것인데 수필과 소설은 엄연히 다른 것이다. 소설은 허구이고 수필은 실제로 자신이

체험한 글이어야 한다는 것

이다. 나는 소설을 썼는데 수필이라고 하였으니 오해를 할 수도 있다는 생각이다.

이 글을 쓰는 동안 나의 초등학생 시절을 생각하며 꼭 내가 사랑을 하였던 것 같이 온전히 몰입하여 썼다. 시 창작 교수님께 블 로그에 있는 글로 책을 출간해도 되겠는가? 하고 의논을 하였더니 오케이였다. 나도 망설이지 않고 글을 맡겼는데, 가장 중요한 퇴고를 하지 않고 바로 책을 출간한 것이다. 그 기쁨은 하늘을 나는 것처럼 기뻤다. 성취할 때보다 기대할 때가 더 행복하다고 하듯이 책이 출간되었던 것보다 책이 출간되기를 바라는 마음으로 글을 쓸 때가 더욱더 행복하였던 것 같다.

출간된 책을 자랑이라도 하려고 지인 작가님에게 제일 먼저 보냈더니 칭찬의 답을 기다렸는데, 호된 꾸지람의 답이 돌아왔다. 책을 회수하라는 어명을 내린 것이다. 어안이 벙벙했다. 이미 내 보낸 것은 어쩔 수가 없었다. 마음이 아팠지만 남은 것은 고스란히 폐기처분을 하고 말았다. 이제 글쓰기를 열심히 배우고 있으니 이글을 소설로 꼭 쓸 예정이다.

그런데 페이스 북에 페친 은 책을 사서 보면서 화장실 가는 것까지 참아가며 읽었다는 독자도 있었고, 블 로그 이웃은 책을 아껴가며 읽었고, 읽는 동안에 얼마나 울었는지 모른다며 감동의 댓글을 올리기도 하였다.

어느 독자는 자신이 직접 겪어보지 않았다면 그렇게 리얼하게 쓸 수가 없다며 칭찬을 아끼지 않았다. 물론 댓글이야 좋은 댓글을 올려 주겠지만 나는 이중에 딱 한 사람만이라도 진심으로 올려준 내 독자가 있을 것이라고 믿고 싶었다. 어이가 없는 것은 큰 아들은 엄마가 실지로 그렇게 첫사랑을 만난 것으로 오해를 하고 있다는 것이 어쩌면 나에게 실망 보다는 희망을 갖게 하였다. 나는 내 자신에게 한없는 박수를 보내고 아침에도 칭찬을 하고 저녁에 잘 때도 칭찬을 아끼지 않았다. '넌 할 수 있어'를 시시 때도 없이 해댔다.

골방에서 알바 하는 식으로 쓴 글이지만 이렇게도 호된 꾸지람을 받게 될 줄은 몰랐다. 오기가 생겼다. 기어코 내가 책을 출간하고야 말겠다는 오기가 발동한 것이었다.

바다같이 넓다는 인터넷을 검색하다가 사이버대학 문창과를 알게 되었다. 꿈에 그리던 대학생이 된 것이다. 공부를 해 보니 책을 출간한 것이 그렇게 부끄러울 수가 없었다.

내 책은 퇴고를 하지 않고 블 로그에 있는 글을 그대로 책을 출간한 것이었으니 기가 막힐 노릇이었다. 얼마나 부끄러운지 쥐구멍이라도 있으면 들어가고 싶었다. 퇴고도 하지 않고 책을 출간한 사람은 아마 이 세상에 나밖에는 없을 것 같다. 지금 책을 읽어보면 어설픈 곳이 한 두 곳이 아니다. 하지만 후회는 하지 않는다. 이 책을 출간함으로서 공부를 할 수 있는 타이밍을 만날 수가 있었으니까. 무엇이든지 '남과 같이 해서는 남 이상 될 수가 없다'는 것을 실감나게 했다. 첫 책이 비록 졸작이라고 하더라도 졸작을 써야 대작을 쓸 수가 있다.

이 세상에 모든 일들이 쉽게 이루어진 것은 없다. 또한 각자에게 주어진 타이밍은 꼭 찾아온다. 그것이 내 것인지를 몰라서 아무리 좋은 타이밍일지라도 내 것이 아니고 네 것이고 내 것은 더욱더 반짝반짝 빛나는 보석으로만 생각하기에 내 앞에 온 타이밍을 놓치고 만다.

나도 퇴고니 뭐니 하며 나를 붙잡았다며 책을 내지도 못 했을 것이고 글쓰기에 열성을 쏟지 않았을 것이다.

절묘한 타이밍을 만나는데 지금은 서툴러도 괜찮다!. 포기하지만 않는다면 분명히 반짝반짝 빛나는 보석이 아닐지라도 내 온도에 맞는 타이밍을 만날 수 있을 것이니까.

2
과거는 바꿀 수 없지만
미래는 바꿀 수 있다.

 S그룹(고)이건희 회장님이 직원들에게 "바꿀 수 있는 것은 마누라와 자식만 빼고 다 바꾸라"고 했다. 우리네 잘못 살아온 인생도 과거는 바꿀 수 없지만 미래는 바꿀 수 있다는 것이다. 장사를 하면서 겪었던 일이다. 젊은이들을 상대하다 보면 때로는 이해하기 힘든 일을 만나게 될 때가 있다. 회사에서는 카드를 사용하면 부정이 없을 줄 알지만 부정을 하고자 마음만 먹으면 어느 틈새를 비집고서라도 할 수 있다는 것이다. 따지고 보면 내 아들과도 같은 또래의 젊은이들을 만나게 될 때에는 더 마음이 아팠다. 물건을 이것저것 사놓고 결재를 하려고 하면 머뭇머뭇 하다가 마지못해 카드를 내밀면서 하는 말이 가관이다.

"사장님, 거래명세표를 다시 써 주세요."

"카드 영수증에 다 나오는데 무슨 거래명세표를 다시 써야 한가?"

"뺄 것이 있어서 그래요"

"그러면 뺄 것을 빼고 계산 하면 되지요"

"이 금액보다 더 많이 결재 한 것으로 카드를 끊어 주시면 하는데요. 어제 다른 것을 사면서 영수증을 받지 못했거든요. 영수증이 있어야 회사에서 돈을 받거든요."

"그래요. 그러면 그 영수증은 우리 가게 영수증으로 하면 되겠네요."

처음에는 이런 식으로 해서 사지도 않은 물건을 산 것처럼 영수증을 받아간다. 영수증도 한 장에 마음대로 금액을 쓸 수 있는 것이 아니다. 보통 머리를 써서는 많은 돈을 타낼 수가 없다. 처음에는 속았다. 나도 직원이 영수증을 가져와야 지출을 하였으니까. 의심 없이 영수증을 발행해 주기도 하고 카드금액을 더 끊어서 차액은 현금으로 주기도 하였다. 아무리 생각을 해봐도 이상했다. 내가 꼭 속은 기분이 들었다. 이런 일이 많은 것이 아니기에 '설마!' 했는데, 어느 날 회사에서 전화가 왔다. 카드로도 결제가 되고 일반 영수증도 발행이 되어서 묻는 것이라는 전화였다. 사실이라고 대답을 하고나서 '아차?'하는 생각에 곰곰

이 생각을 해보니 아무래도 나를 노인으로 취급하고 장난을 쳤다는 것을 알게 되었다. 이 일을 그냥 넘어가서는 안 되었다.

'바늘 도둑이 소도둑이 된다.'고 했듯이 젊었을 때 이런 버릇은 고쳐야 되는데 내가 어떻게 하여야 손님의 마음을 상하지 않고 받아들이게 할 수가 있을까. 은근히 기다리는데 그 손님이 왔다. 물건을 다른 날 보다 더 많이 주문을 하였다.

"사장님, 가게에 매출 좀 올려주려고 왔습니다."

기분이 좋아 보였다. 가게에 매출을 올려주려고 온 사람에게 나도 웃는 얼굴로 맞이했다.

"아이구야! 매출 올려주면 고마운 일이지요."

기분이 좋은 사람한테 소금뿌리는 일을 해야 하는가! 하다가 그래도 기분이 좋을 때 해야 할 것 같았다. 또 이런 일일 수록 질질 끌면 안 된다는 생각이었다.

" 부탁의 말을 하고 싶은데요. 들어 주실랑 가요?"

"무슨 말씀인데요. 듣고말고요. 무슨 말씀이든 해 주세요."

"별 말은 아니고요. 가게에 매상을 올려 주어서 너무나 고마운데, 카드 금액보다 더 끊어서 차액을 현금으로 받아가는 것을 하지 않았으면 하는데요. 꼭 장난치는 것만 같거든요."

아무 말이 없었다. 변명의 말이 나오기 전에 내가 다시 말을 빨리 이었다.

"돈, 그것 따지고 보면 큰 금액은 아니지만 그래서 더 문제가 되는 것이거든, 손님이 생각하기에는 그까짓 돈 몇 푼도 안 되는데, 그러느냐고 야속해 할지도 모르지만, 금액을 떠나서 마음이 편하지 않거든요. 차라리 그 돈으로 손님의 팔자를 고친다면 얼마든지 해 줄 수 있어요. 그런데 몇 푼의 돈으로 솔직히 팔자는 고칠 수는 없거든요."

젊은이의 얼굴에서 눈을 떼지 않고 주시했다. 기분 좋은 말이 아니기에 걱정되었다.

"월급이 너무 적어요. 이렇게라도 해야 용돈을 쓸 수가 있거든요."

"월급이 적어도 그렇지, 주어진 월급으로 생활을 하려고 해야지 알바도 아니고 부정적으로 용돈을 만들려고 하면 손님에게 득이 될 것은 하나도 없어요. 하나님도 정직하게 살고자 하는 사람을 돕지 이렇게 마음이 새까만 사람은 돕지를 않거든요. 잘 생각해 보세요."

고개를 푹 숙이고 듣고 있었다. 기분나빠하면 어쩌나 했는데 화끈하게 말을 한다.

"사장님, 그렇게 말씀을 해 주셔서 감사합니다. 지금까지 이렇게 좋은 말씀으로 지도해 주시는 분은 시장님이 처음입니다. 그렇게 하겠습니다."

"그렇게 좋게 받아주니 내가 더 고맙네요. 과거는 바꿀 수 없지만 미래는 바꿀 수가 있다고 하거든요. 그 창창한 젊음을 가지고 할 수없는 것이 이상하지요. 우리 손님은 재주가 많을 것 같아요. 지금부터라도 단돈 몇 천 원에 승부를 걸지 말고, 그 기발한 머리를 조금만 더 좋은 곳으로 사용하면 아주 좋을 것 같거든요. 요즈음에는 인터넷에서도 공짜로 배우는 것도 많다고 하던데요. 그런 길도 찾아보고요. 나도 장사하면서 밤에 공부하여 검정고시로 고교까지 마쳤다네."

"사장님, 대단하시네요. 그 연세에 낮에 장사하면서 밤에 공부를 하셨다고요. 앞으로 좋은 거래로 자주 오겠어요. 잘 지도해 주세요."

"뭔 소리여! 내 나이가 어때서 앞으로 대학공부도 하려고 하는데요. 인생은 딱 한 번이어요. 사는 날 까지 최선을 다해 최고로 살아야지요. 내 인생이니까. 나도 내 인생 이미 살아버린 과거는 바꿀 수는 없지만 미래는 바꾸고 살고 싶어요."

기분 좋게 인생 상담이 끝났다. 거래를 하다보면 본의 아니게 나도 그들의 꼬임에 말려들어 갈 때도 있다 이런 것도 타이밍을 잘 맞추어야 좋은 결과를 가져 올 수가 있다. 타이밍을 잘못 건드리면 말벌 집을 건드리는 것처럼, 윙윙하며 소란스럽게 되고 해결이 아닌 상대방에게 분노만 갖게 하고 만다. 가끔은 이렇게 엉뚱한 생각들을 한다. 남의 돈을 내 돈처럼 사용하려고 하는 나쁜 습관을 버리지 않는다. 회사의 오너는 그런 것을 알고 있기에 점심은 얼마짜리로 가격을 정해주기까지 하지만 쉽지가 않은 것 같았다.

이 친구도 몇 년을 거래하다가 커피 바리스타가 되었다며 직장을 그만 두었다.

가끔 전화를 하여 자신이 내려준 커피를 맛을 보라며 불렀다. 커피를 마시지 않았는데 그가 내려준 블랙커피는 맛이 달랐다. 그 후로는 블랙커피를 좋아하게 되었다. 이 젊은이야 말로 미래의 인생을 통째로 바꾼 것이다. 타이밍을 잘 맞춘 덕분이라고 자랑을 아끼지 않는다.

이런 이들을 만나면 나도 모르게 가슴에 힘이 생긴다. 나도 할 수 있다고 자부심의 가슴이 펴진다. 장사를 하면서 많은 이들을 만났지만 철물공구는 남자가 하든지 여자가 하여도 젊어야 한다. 음식은 맛만 좋으면 손님이 부담이 없지만 철물공구는 무거운 물건들을 들어서 실어 주어야 하는 것도 있고, 담배 피는 젊은이들은 나이든 사람을 싫어한다. 하지만 이렇게 나이가 들었다고 무시하지 않고 가끔은 인생 상담을 해 오기도 하면 이 말을 잊지 않았다. "잘못 살아온 인생은 바꿀 수 없지만 미래는 통째로 바꿀 수 있다"고.

3
시간은 동전처럼
모을 수가 없다.

　시간은 동전처럼 모을 수는 없지만 동전은 내 스스로 절약하며 모을 수는 있다.

　어릴 때의 일이다. 동네에 부자가 되려고 발을 동동 구르다시피 하며 특별하게 사는 사십대의 부부가 있었다. 아저씨의 키는 훤칠하게 컸다. 반면에 부인은 작았다. 몸도 둥글둥글 하니 밉상이 아닌 곱상하게 생겼다. 때때로 얼굴에 연지 곤지를 찍어 바르고, 매력 포인트인 것은 앞 이에 금으로 사이사이 선을 만들어 넣어서 살짝 미소만 지어도 노란 금 이가 반짝거렸다. 듣기로는 친정이 잘 살아서 생 이를 갈아내고 예뻐 보이기 위해서 금테 이를 만들었다고는 하지만 보지 않았으니 믿거나 말거나한 소문이었다.

머리는 항상 쪽지어서 나비 모양의 핀을 꽂고 다녔다. 아저씨가 부자 되기에 힘쓰는 것 보다는 부인은 부자 되기에 영 거리가 멀어 보였다. 아저씨는 한시도 노는 사람이 아니었다. 동네 사람들과의 잡담도 하지 않고 술과는 거리가 멀었다. 동네 사람들이 공짜 술이라고 마시라고 해도 돌아보지도 않고 항상 지게와 소를 몰고 논과 밭으로 바쁘게 다녔다. 옛 말이 곡식이 자라는 것은 주인 발자국 소리를 듣고 자란다는 말을 아저씨는 이미 알고 있는 것만 같았다. 그 시절에는 부인이 물을 길러야 했지만 아저씨는 물지게를 이용하여 물을 길러다 주기도 하였다. 그 모습을 동네 어른들은 남자망신 다 시킨다며 곱지 않게 봤지만 남의 눈치는 아량 곳 하지 않고 자신이 해야 할 일만 달팽이처럼 충실히 해 낼 뿐이었다.

그 누구에게도 해를 끼치지 않고 부자가 되기 위해서 아주 성실하게 때로는 귀를 막고, 때로는 시각장애인이 되기도 하면서 사방을 보는 것이 아니고 앞만 보고 가는 사람처럼 보였다. 소를 키워도 자기 가족처럼 아침저녁으로 소죽을 끓여서 먹였다. 그렇게 키운 소는 동네의 어느 집 소보다도 가격을 비싸게 받고 팔았고 농사의 수확도 남의 것보다는 많은 수확을 얻을 수 있었다.

아저씨는 절대로 남의 일을 하러 다니지도 않았다. 남을 부리지도 않았다. 그저 밀물과 썰물에 맞추어서 바다로 갔다가 논으로 갔다가 밭으로 갔다가 산으로 갔다가 홍길동이가 서에 번쩍 동에 번쩍 하는 것처럼 아저씨가 우리 마을에 홍길동이었다. 한 시도 헛되게 시간을 낭비하는 사람이 아니었다.

그러나 아저씨에게도 마음대로 되지 않은 것이 있었다. 담배를 끊지 못하는 것이 두고두고 한이 될 일이 있었다. 봄볕이 따뜻한 오후에 아버지한테 진지한 상담을 하러 왔었다. 조금만 말을 잘못하면 울음보가 터질 것 같은 괴로운 얼굴이었다. 이미 마음속에는 울고 있으면서도 눈물만은 보이지 않은 것 같았다. 이웃이면서도 일만 하기에 왕래는 자주 없었다. 그러나 모르는 것은 서슴없이 와서 아버지와 의논을 하였다.

그런데 그 날은 어린 내가 보기에도 근심이 가득 찬 얼굴이었다. 삼시세끼를 굶은 사람처럼 힘이 하나도 없이 마루에 걸터앉아서 한 숨을 쉬는데, 우리 집 앞마당이 꺼질 것처럼 쉬고 또 쉬었다. 아버지가 깜짝 놀라며 자초지종을 물으면서 담배를 권한다. 아버지도 길 다란 곰방대에 이파리 담배를 손바닥에 놓고 바사삭 부비더니 아저씨의 곰방대에다 먼저 채워주고, 아버지의 곰방대에 탁! 털어 넣고 곰방대 통을 꾹꾹 누르며 성냥불을 켜서 아저씨의 곰방대에 먼저 붙여주고, 아버지의 곰방대에도 불을 붙여 한 모금을 힘껏 빨아서 연기와 함께 숨을 깊게 몰아쉬면서 아저씨에게 묻는다.

"자네가 내 집에 이리 온 것은 무슨 큰 일이 생긴 것 같은디 먼 일인가?"

"형님, 나 올해는 먼 일이 있을 것 같소"

아버지가 깜짝 놀라며 빨던 곰방대를 마루에 내려 놓으며 아저씨를 쳐다본다.

"글씨요. 엇 그저께 지가 바다에서 지갑을 잃어버렸어라."

"이 사람아, 아니 자네같이 찬찬한 사람이 왜 하필이면 바다에서 지갑을 잃어버린 당가?."

"거시기 안 있소, 물질을 한참 하는 디, 지랄하게 담배를 피우고 싶습디다. 지갑 속에 돈이 있는 것을 망각하고 담배를 꺼내서 한 대를 맛나게 피지 않았소,"

아버지는 말을 급하게 끊으며 묻는다. 아저씨가 곧 울 것만 같다

"그래 갖고 어찌 됐느냐고?"

"지갑을 잘 담는다고 담았는디 집에 가서 담배를 피우려고 봤더니 돈하고 주민증 하고 몽땅 없어져 버렸어라."

"그래서"

"급한 김에 저기 아랫집 형님께 말을 하였더니 갈퀴를 가지고 바다에 가서 낙엽을 긁어모으듯이 바다의 펄을 긁어 보라

고 하기에 다른 일을 제쳐 놓고 강마다 다니면서 긁어 보아도 당최 찾을 수가 없어라."

"정신이 없는 사람이구만, 이 사람아! 지갑을 잃어버린 지가 며칠이 지났고 또 지갑을 바다에서 갈퀴로 긁는다고 지갑이 긁어지겠는가. 정신없는 사람아, 바다에 떠내려갔어도 진즉에 없어졌지, 지금껏 그 넓은 바다에서 머물고 있겠는가! 참 답답하네."

아버지의 말이 끝나기도 전에 아저씨의 눈에서는 눈물이 그렁거리며 곧 통곡을 할 태세였다. 그 모습을 본 아버지는 혼자말로 구시렁거린다.

'사람들이 알려줄 것을 알려 주어야제 그 넓은 바다에서 잃어버린 지갑을 갈퀴로 긁어 올리라고?, 썰물에 벌써 떠내려갔어도 열두 번도 더 떠 내려갔을 텐디 어리석기는......!'

"자네, 지갑에 돈이 얼마가 들어 있었는지는 모르지만 억만금이 들어 있었다고 하여도 이제는 아무리 긁어도 그 지갑은 찾을 수가 없네, 포기하게나. 그 시간에 그물 가지고 나가서 새우도 잡고 고기도 잡고, 낙지도 잡아 올려서 돈을 버는 것이 가장 좋은 방법이네, 사네 대장부가 되어 가지고 돈 몇 푼 잃었다고 어데 정신 줄까지 놓고 있는가! 어서 가서 밥 잘 먹고 고기나 많이 잡아 오게나!"

낙심한 아저씨에게 힘을 주었던 기억이 생생하다. 시간은 동전처럼 모을 수가 없다. 동전은 모으면 모아진다 하지만 물처럼 흐르는 시간은 모을 수가 없다. 아무리 힘센 장사라도 세월을 이길 장사는 없다는 말도 있다.

요즘 청소년들이나 대학생들의 다양한 아르바이트를 한다. 목적은 학비를 벌기 위함도 있고 자신들이 갖고 싶은 물건을 사기 위해서 하는 경우도 있지만 쉽게 생각하기에는 돈도 벌고 , 다양한 사회경험도 배울 수 있다는 것은 좋은 일이기도 하지만 남들이 하니까 나도 한다는 것이라면 좀 더 생각해 봤으면 좋겠다는 생각이다. 한참 배워야할 때에 돈을 버는데 정신을 쏟다 보면 자신의 진정한 능력을 남들과 다르다는 것을 발견하지 못하게 될 수도 있다. 자신에게 주어진 시간을 돈과 바꾸기 보다는 자신에 대해 깊이 생각해 볼 수 있는 시간에 투자하는 것이 바람직한 일이 아닐까 한다. 물론 내가 돈 벌어 소유하고 싶은 물건을 사고 더불어 사회 경험을 한다는 것도 중요한 것이다.

그러나 계획 없이 이것저것 맛만 보고 마는 것은 오히려 사회에 대한 부정적인 설레만 갖게 될 줄도 모른다. 아르바이트가 자신의 적성에 딱 맞는 일은 있지 않을 수도 있다. 젊음이 항상 나에게 머물러 주는 것은 아니다. 젊었을 때는 돈보다는 도전적으로 나아가는 것이 훨씬 자신에게 도움이 되지 않을까 한다. 젊음은 항상 기다려 주는 것이 아니니까.

4
15분의 실천이
미래를 바꿀 수 있다.

하루는 24시간이다. 그중 15분으로 자신의 미래를 바꿀 수가 있다. 우리 모두에게 소중한 시간이고 그 시간을 활용 하는 것은 각각 다르다.

15분의 시간은 누군가에게는 소중한 시간이 될 수도 있고, 누군가에게는 지루한 시간이 될 수도 있다. 사람마다 시간관념이 다 똑 같을 수는 없고 다르기 때문이다.

쉽게 이해하도록 한다면 시간을 돈으로 환산을 해보면 시간의 중요함을 느낄 수가 있다. 우리가 한 달 30일 일을 하여 급여를 받는 것도 모두가 시간으로 환산해서 나오는 것이다. 곧 시간은 돈이기 때문에 자신의 미래를 충분히 바꾸고도 남는다. 꼭 돈을 벌어서 미래를 바꾸려고 하면 죽도록 돈을 벌어도 바꿀 수는 없다. 돈은 날개가 달려 있어서 훨훨 나는 습성이 있기 때문이다. 날아가는 돈을 잡으려 다니는 시간이 아깝다.

나도 이런 말을 들을 때는 '뭐, 15분이 무슨 바윗돌 같은 나의 미래를 어떻게 바꾸겠는가!' 무관심이었다. 그러나 생활을 하면서 15분을 항상 머리에 담고 마음속에서는 움직이며 최대한 활용을 하면서 살아왔다. 완전히 그 15분의 진가를 알게 된 것은 초등학문에서 중, 고등학교 검정고시공부를 하면서 알게 되었다. 청춘도 아니고 중년의 나이에 낮에는 장사하고 밤에 독학으로 해야 하는데 그렇게 쉬운 공부는 아니었다.

처음에는 시간을 정하지 않고 마구잡이로 하다가 각 과목을 한 시간으로 정했다. 한 시간이란 시간이 너무 길었다. 학원에서 할 때는 빠르게 지나가는 것 같았다. 집에서 혼자 독학을 해보니 길었다. 30분으로 해 보았다. 그것도 지킬 수가 없었다. 30분에서 15분으로 줄여서 활용해보니 짧지도 않고 그렇다고 길지도 않았다. 모든 과목을 15분으로 정하고 해보니 졸음이 올 때쯤이면 과목을 바꾸게 되니 적당했다. 15분을 최대한 활용하여 내 인생의 미래를 바꾸고 싶었다. 안 되면 될 때까지, 낮에 장사하면서도 영어단어를 외우는 것도 15분, 문제를 보는 것도 15분, 공부뿐만이 아니고 책을 읽을 때도 15분 글을 쓸 때도 신문을 읽을 때도 15분, 가게물건을 정리하는 것도 15분을 적용했다.

심지어 손님과 상담을 할 때도 15분 이상을 넘기지 않으려고 노력했다. 손님과 상담을 하는 것은 15분도 때로는 길수도 있다. 상담이 길면 쓸 때 없는 말을 할 수가 있기 때문이었다. 15분의 시간이 짧은 것 같아도 사용 해보니 무척 길다고 느껴질 때가 많았다.

1분에 하늘을 올려다보고 우주를 본다고도 하는데, 15분이 어찌 길지 않겠는가마는 한 시간 보다는 짧다는 것일 뿐이다. 그 틈새 시간을 잘 활용하면 미래를 바꿀 있다.

운동도 한 시간을 하려면 지루하다. 15분을 한다고 마음먹으면 쉽게 할 수가 있다. 줄넘기를 매일 15분을 하게 되면 몸도 건강하고 마음도 즐겁다. 명상도 15분이면 충분하다. 하루24시간 중에 단 15분을 온전히 자신을 위해 사용한다면 충분히 바꿀 수가 있다. 시작하지 않기 때문에 변화가 일어나지 않는 것이다.

'설마'가 사람도 잡지 않은가? 무엇이든지 미리서 안 된다는 생각은 버려야 한다. 안 되는 것이 염려가 되어서 하지 않으면 평생에 아무것도 하지 못하고 만다. 설령, 그리 아니할지라도 유리병이 깨지는 것이 두려워서 유리병 속에 들어 있는 보석을 꺼내지 않고 그대로 둘 것인가! 아니면 깨서 보석을 꺼낼 것인가는 자신의 몫이다.

호랑나비가 그냥 가만히 있어도 호랑나비가 되는 것이 아니다. 혹, 불면 날아갈 알에서 애벌레로 자라서 바로 훨훨 나는 호랑나비가 되지 않고, 자신의 에너지를 온전히 쏟아 부어서 번데기로 변하는 과정을 거친다. 한번은 죽어서 딱딱한 번데기를 뚫고 나와야 훨훨 나는 호랑나비가 된다. 하찮게 여기는 미물인 호랑나비일지라도 다시 살기위해서 죽음도 불사한다. 만약에 번데기가 세상이 두려워 밖으로 나오지 않는다면 그는 죽은 번데기에 불과하다.

15분은 쉽게 생각하면 자투리 시간과 같다. 모두가 바쁘고 바쁘다. 아침 시간이 될 수도 있고 점심시간이 될 수도 있다. 이런 자투리 시간을 이용하여 회화공부를 하는 사람도 있다. 인간의 뇌는 시간의 압박을 받기 때문에 시간을 염두 해 두고 하면 훨씬 많은 것을 할 수가 있다는 것이다. 내가 직접 경험을 해보니 생활 습관이 달라졌다. 오늘 못하면 내일 하지. 미루는 습관이 없어지고 내 자신이 부지런하게 15분에 맞게 움직이다 보이 게으르게는 살 수가 없었다. 자연적으로 자투리 시간에 움직이다 보니 하나하나 이루어지는 것이 신기하기만 하였다. 15분을 움직이지 않았다면 검정고시 공부도 할 수 없었을 것이다. 시간이 없다는 것이 원인이기도 한다. 무엇을 한다고 하면 노는 시간은 있어도 15분의 사용 시간은 시간으로 생각도 하지 않기 때문이다. 함께 일한 팀 언니도 이전에는 책을 전혀 읽지 않았다고 하였다. 책을 읽을 시간이 없었다고 하였다. 나와 일을 하면서 도서관에서 내가 볼 책을 빌려 오면서 팀 언니에 맞는 책을 빌려와서 15분의 책 읽기를 적용하여 지금은 일주일이면 한 권을 읽는다. 자신도 신기하다고 한다. 책을 읽으려면 시간이 많은 사람들이나 읽는 줄 알았는데, 이렇게 15분만 읽는다고 생각하니 부담도 없고 읽어야겠다는 생각을 하게 된다고 하였다. 책을 읽지 않을 때는 쉬는 시간에는 잠을 자는 것이 전부였는데, 이제는 자연적으로 책을 읽게 되니 국어공부 하는 기분이 든다며 흡족해 하였다. 이렇게 팀 언니도 남은 미래를 조금씩은 바꿔가고 있는 것이다.

섭씨99도에 이르도록 액체였던 물이 1도가 추가되면 순간 기체로 날아오르는 것처럼, 그 1도에 해당하는 것은 바로 용기다. 15분을 나를 위해 사용할 수 있다는 것도 용기가 있어야 할 수 있는 것이다. 말만 들으면 누구나 다 할 것 같지만 실천이 문제다.

온라인으로 글쓰기 공부를 하면서도 항상 지적한 것이 시간에 대한 것과 실천에 대한 것을 많이 강조를 한다. 글만 쓰면 되는데도 준비하다가 글을 쓰지 못하는 사람들이 많다고 한다.

단 십분이라도 실천이 중요하다는 것이다.

내 자신이 내 인생을 움직여 변화하게 할 수 있는 열쇠가 용기라는 것을 너무 늦게 알았다. 아쉬움이란 목표를 이루기 위해 최선을 다 했으나 이루지 못했을 때 느끼는 감정이다. 후회란 목표를 향해 달려볼 생각조차 하지 않았던 사람들이 느끼게 되는 감정이다.

100세까지는 살지 못하더라도 길지 않을 미래는 인생의 마지막이라고 생각하고 심장이 가장 뜨겁게 뛰는 일을 단 15분이라도 날마다 해 봤으면 좋겠다는 생각이다. 15분으로 시작한 공부지만 미래를 가장 아름답게 바꾸어 보고 싶다.

5
지금은
서툴러도 괜찮아!

지금은 세상일이 서툴러도 괜찮다. 청소는 아무나 하는 줄 알았다. 그냥 쓸고 닦으면 되는 줄만 알았다. 나 같은 초보자를 위해서 '청소 전문 학원'이 생길 정도로 전문적인 기술이 필요한 것이다. 하기야 노동으로 돈을 버는 것인데 쉬운 것이 있을까마는 닦는 것도 기술이고 쓸어 담는 것도 기술인 것이다. 이 세상에 어느 것 하나라도 쉽게 얻을 수 있는 것은 없다.

마포걸레 자루 잡는 방법도 제대로 모르면서 돈을 받고 청소를 하겠다고 나선 내 자신이 불쌍하고 안쓰러웠다. 그렇다고 이 핑계 저 핑계로 해보지도 않고 물러설 수는 없는 것이었다. 내가 어떻게 찾은 기회인데 뒤로 물러서겠는가!. 실천이 필요한 것이었다. 말만 들어본 청소는 모두가 똑 같은 줄 알았다.

분야가 많았다. 계단만 하는 팀, 입주하는 팀, 가정 집 만을 하는 팀, 빌딩 하는 팀 외에도 많았다. 청소뿐만이 아니었다. '세계는 넓고 할 일은 많다'고 하였듯이 하는 일이 이토록 많이 있는 줄은 몰랐다. 청소용품도 수없이 많았다. 가게에서 장사를 하였기에 어느 정도는 나도 할 수 있다고 자부심이 만만했다. 하지만 가게 안에서 한 장사는 우물 안의 개구리와도 같았다. 한 마디로 세상 물정을 모르는 것이다.

처음에 아파트는 한 단지에 미화 인원만 하여도 팔십 명이 넘었다. 청소 그룹이 움직이는 것처럼 보였다. 여기서 조로 나누면 이십 명이 넘었다. 특별히 여자 셋만 모여도 접시가 깨진다고 했듯이 말도 많고 탈도 많았다. 젊은 사람들 보다는 거의가 칠십을 바라보는 여성들이기에 젊었을 적에 잘 살았던 여성들이 생계를 위해서 일하는 사람들도 있지만 살 기반이 다 되어 있고 연금을 타는 사람들도 있었다. 딴 세상에 온 외계인처럼 느껴졌다.

그곳에 모인 사람들은 모두가 실천하는 사람들만 모여 있는 일 벌레들처럼 보였다. 보통 십년 이상의 경력자들이었다. 나는 거기에 비하면 갓난아기와도 같았다.

교차로 신문을 보고 고르고 골라서 전화를 하였다. 몇 군데에서 거절을 당하고 나니 맥이 빠졌다. 오늘 한 번만 더 해 보자고 다른 곳에 걸었다.

"여보세요? 미화원 모집한 광고를 보고 전화했는데요."

"네 모집합니다. 그럼 경력은 있나요?"

"경력은 없지만 열심히 할 자신은 있습니다."

"경력은 없고 열심히 할 수는 있다니까 일단 한 번 와 보시겠어요."

위치를 조곤조곤 알려주었다. 떨리는 심장을 다독이면서 찾아 갔는데 또 경력을 물었다. 솔직하게 내가 처한 형편을 털어놓았다.

"저요, 아직 마포걸레 잡을 줄도 모르는 초보자입니다. 누구나 처음부터 잘 하는 사람이 어디 있습니까요. 모르지만 가르쳐만 주시면 열심히 할 자신은 있습니다."

"그래요, 열심히 할 수 있다니 마음에 듭니다. 함께 해 봅시다. 내일부터 여덟시까지 나오세요. 도시락을 싸 오세요."

어깨에서 수 천 톤의 무거운 짐이 내려지는 기분이었다. 다른 것도 아닌 청소부로 채용 되는데 그렇게 기쁘다는 것은 아이러니한 일이었다. 아파트 단지를 돌아서 추근추근 걸어오는데 설음이 밀려왔다. 하늘을 올려다보니 보이지 않던 하얀 벚꽃이 흐드러지게 피어있었다. 꼭 이렇게 해야 하고 싶은 공부를 할 수가 있고, 쓰고 싶은 글을 쓸 수가 있다면 이 길을 택할 것이다.

그 다음 날 오라는 시간에 갔더니 반장이라며 나를 반겼다. 경력도 없는 나를 반겨주니 어리둥절하였지만 기분은 좋았다.

꼭 사람이 팔려가는 것처럼 병아리가 어미닭을 종종 따라가는 것처럼 반장의 뒤를 따라갔다. 엘리베이터를 타고 맨 밑에 있는 지하로 내려갔다. 이런 세상이 있는 줄은 꿈에도 몰랐다. 그 깊은 지하에 넓은 주차장이 있는 곳에 1단지 미화원들의 집합 장소가 있었다.

나는 그 곳에서 제일 고 참인 언니에게 인계가 되어 일하며 쉴 수 있는 곳으로 옮겨갔다.

"여기가 언니가 일하면서 쉬는 곳이네요. 오전 일을 마치면 어디 가지마시고 이곳에 가만히 있어요. 내가 오겠어요. 그때 같이 가면 됩니다. 참 고향이 어디세요?"

어리둥절했다. 청소하러온 사람한테 경력을 물어볼 줄 알았는데 난데없이 고향을 물으니 난감했다. 말투가 전라도 말투이기에 그래도 안심이었다.

"전남 목포입니다."

"그래요, 나는 나준데 한 고향이네, 우리 같은 고향에 같은 짝이 되었으니 잘 지내봅시다. 경력은 있나요?"

"청소는 그냥 쓸고 닦으면 되는 것이 아닌가요.?"

"그냥 쓸고 닦기만 하는 청소가 어디 있어요. 청소야 말로 타이밍이 절대 필요하지요."

"알다가도 모르겠네요. 청소 하는데도 타이밍이 필요해요?"

"그럼요, 먼저 할 곳 나중할 곳이 다 있지요. 차례대로 하는 것이 능사가 아니거든요."

내가 해야 할 곳은 아파트 36층이었다. 그 곳에서는 가장 높았고 세대도 가장 많다고 하였다. 경력도 없는 나를 가장 높고도 세대 수도 가장 많은 곳으로 보낸 것은 아마도 하면하고 하지 못하고 그만 두면 또 다른 사람을 모집하면 된다는 생각에서 그렇게 배치를 한 것 같았다. 짝이 된 고참인, 언니는 일단 아파트를 같이 순회를 하면서 하나하나 자세하게 입구에서부터 해야 할 일들을 가르쳐 주었다. 마포걸레는 어떻게 잡고 닦아야 하고, 어떻게 빨아야 때가 잘 빠지고 걸레는 자주 빨아야 바닥이 깨끗하다는 것과 약품을 배합하는 것부터 재활용물품 다루는 것이나 주민들을 만나면 어떻게 해야 한다는 것까지 틈새 청소하는 것까지도 친절하게 가르쳐 주었다.

고향 사람이라고 매일 내 일을 챙겨주고 자기 일을 했다. 같은 고향이라고 처음으로 덕을 보았다. 장사하면서는 전라도 사투리를 쓰지 말라고 한 손님도 있었다. 고향이라고 이렇게 대우를 해주니 눈물 나게 고마웠다.

나중에 알고 보니 내가 맡은 동이 민원이 제일 많이 들어온 곳인데다 그것을 견디지 못해서 한 달도 못하고 자주 교체가 되었다고 하였다. 경력도 없이 채용되어서 3개월을 민원 한 건도 없이 일을 하였다. 이건 순전히 고향 덕을 본 것이다.

경력도 없이 채용되어서 시험의 대상이 되었지만 나는 그 편견을 깨려고 무던히도 애썼다. 내가 여기서 못하고 넘어지면 나처럼 경력이 없는 사람은 발도 붙일 수가 없을 것이라는 생각에서 이를 악물었다. 너무 힘이 들어서 그냥 잡고 있던 삶의 밧줄을 툭! 하고 놓아버리고 싶었다. 내가 하고자 하는 일은 이런 일이 아니었다. 후회가 밀려와 울기도 많이 울었다.

여기서 약해지면 안 된다는 생각에 얼마나 마음을 졸이며 일을 하였던지 병이 나고 말았다.

심장이 터질 것 같아서 견딜 수가 없었다. 내 한계가 여기까지인가! 다 때려치우고 싶었다. 드러누우면 다시 일어나지 못할 것만 같았다. 땅 속으로 들어가지 않으려고 움직여야 했다. 이때에 먼저 떠난 남편이 그렇게 보고 싶을 수가 없었다.

지금까지 누구보다 당당하게 살아왔다고 자부하였다. 깨진 그릇만 붙잡고 있었던 것만 같았다. 잡았던 손을 놓으면 내 남은 인생이 쨍그랑! 하고 깨질 것만 같다. 어쩌면 우리 인생은 깨지기 쉬운 질그릇과도 같다. 깨지지 않으려고 오늘도 발버둥칠뿐이다.

Timer

You have Your Own Timer

제8장

오늘도
안녕하십니까?

1
새벽을
깨우는 사람들

무슨 일이든지 절반은 새벽에 이루어진다. 농사일도 새벽에 하루 절반의 일을 한다고 했다. 주일 새벽에 호박엿 전도를 시작했다. 큰 아들이 결혼 한지 칠년 만에 떡두꺼비 같은 손자 둘을 선물로 받고 보니 나도 무언가 하나님이 가장 기뻐하는 일을 해야겠다는 생각을 하고 올케한테 의논을 하였다.

"언니! 두 손자를 선물로 받았으니 나도 하나님이 가장 기뻐하는 일을 하고 싶은데 무슨 일을 하면 좋을까?"

"하나님이 가장 기뻐하는 일이라면 전도보다 더 좋은 것이 또 있을까!"

전도라고 하니 가슴이 콩닥거려서 견딜 수가 없었다. 올케한테 방법을 물었다.

"보통 교회주보로 많이 하는데 주보로 해봐"

처음에는 교회주보로 했다. 한사람, 한사람에게 나누어 주었는데 보지도 않고 길바닥에다 내던졌다. 길가에 날리는 주보 줍기가 더 바빴다. 주보로는 할 수가 없었다.

버스를 타기도하고 전철을 탈 때 멀미하는 사람도 있을 것이고 사탕이 좋을 것 같았다. 마침 추석선물로 호박엿이 선물로 들어온 것이 있었다. 호박엿이 좋을 것 같아서 조그마한 지퍼 비닐봉지에 두 개씩 담았다.

"예수 믿고 행복하세요!."

모란 전철역에서 주일날 아침 여섯시부터 시작하여 아홉시에 마쳤다. 처음에는 겁도 없이 한주에 팔백 개를 하였다. 겨울에는 사백 개 정도. 집에서 새벽 다섯 시에 택시타고 나와서 버스를 타고 와야 했지만 그것도 무척 재미있었다.

처음에는 그냥 호박엿만 주었다. 올케가 확인전화를 하면서 말로만 하는 것보다 몇 자의 글이라도 써서 주면 더 좋겠다고 하였다. 올케의 의견을 묵살할 수가 없어서 무지개 색종이를 지퍼크기에 맞게 잘라 글을 썼다.

성경 말씀도 쓰고, 명언도 쓰고, 속담도 쓰고, 광고 문구도 쓰고, 책을 보다가 좋은 글이 있으면 메모를 하였다가 써서 넣었다. 그렇게 해서 칠년 동안을 하였다. 장사하면서 시간만 있으면 쪽지에 글 쓰는 것이 일이었다. 하루에 백장 이상을 써야 했다. 손가락 관절이 아플 정도로 정신없이 썼다. 나는 이미 작가의 길을 가고 있었다는 생각이다.

겨울에 아무리 추워도 주일 새벽은 전도의 타이밍으로 정해 놓고 살았다. 하나님과의 약속이 작심3일이 되지 않게 하기위해서 몸과 마음을 온전히 호박엿 전도에 한마디로 미쳤다.

호박엿 전도는 헛되지 않았다. 호박엿 전도 덕분에 예수님을 믿고 가정에 평화를 만났다는 사람도 있었다. 또한 예수를 믿으니 너무나 좋다는 사람도 있었다. 어떤 할아버지는 손자들이 예수님을 믿고 교회에 잘 다닌다고도 하였다.

가정불화로 어려운 가정에 상담사 역할도 하였다. 호박엿 사는데 보태 쓰라며 헌금도 주는 사람도 있었다. 호박엿은 순전이 자비로 하였지만 하나님이 주신 너무나 귀하고 소중한 선물이었다. 나 같은 못난이를 호박엿 전도사로 사용해 주셔서 나의 송곳 같은 성격을 무디게 해 주심에 감사를 드린다. 내가 하는 것은 아무것도 없다. 사람의 힘으로 하려면 절대로 할 수 없는 일이었다. 하나님이 주시는 힘으로 짧지 않은 칠년을 비가 오나 눈이오나 바람이

부나 한 주도 쉬지 않고 행복하고 기쁜 마음으로 하였다. 지금 내가 이렇게 글을 쓰고 대학공부를 할 수 있는 것도 호박엿

전도 덕분이라는 생각이다. 날마다 쉬지 않고 글을 썼으니 하나님이 보고만 계시겠는가! '하나님이 너의 소원이 무엇이냐?' 라고 물으신다면 나는 당연히 '글 작가라'고 망설이지 않고 대답을 할 것이니까.

새벽 시간에는 사람들이 없을 줄 알았었다. 하지만, 새벽 타이밍에 맞추어 움직이는 사람들이 의외로 많다는 것을 몸소 체험을 하게 되었다. 또 다른 세상을 열어가는 사람들의 종종거리는 발걸음 소리는 내일의 희망을 합창이라도 하는 것처럼 들렸다. 그중에 가장 아쉬운 것은 밤을 새워 술로 시간을 마셔서 내 사전에는 '오늘' 이란 단어는 없는 것처럼, 휘청거리는 사람들이 생각보다 많았다. 때로는 피투성이가 되어 쫓고 쫓기는 모습을 볼 때는 희망 보다는 절망적인 모습이 아른거림에 전도의 마음이 더 바빴다.

그 곳은 한마디로 삶의 싸움터이기도 하였다. 그 곳에서 김밥을 팔아 세 남매를 대학공부까지 시킨 오십대 아주머니가 있었다. 새벽 다섯 시 반이면 비가 오나 눈이 오나 김밥을 팔았다. 그 시간에 김밥을 가지고 나오려면 밤에 잠을 잘 수가 없다고 하였다. 새벽 한시부터 싸야 만이 그 시간에 나올 수가 있다고 하였다. 새벽을 사는 사람들은 낮에 사는 사람들 보다는 강했다. 말도 억새고, 생각도 단호하였지만 베려 심만은 강했다.

내가 이렇게 어렵게 살기에 상대를 이해하려는 베려 심은 참으로 아름다웠다. 김밥 한 줄을 팔아야 몇 백 원이 남는다고 하면서도 김밥 한 줄 살 단돈 이천 원이 없어서 배고프다고 손을 벌리면 주저하지 않고 베풀었다. 나중에 갚겠다는 말을 믿기 보다는 '나는 저 사람보다는 낫지 않느냐'고 하였다. 또 찰떡을 십 오년을 판다는 할머니도 있었다. 이 할머니는 새벽 두 시에 나온다고 하였다. 대리 운전사들의 고픈 배를 채우는 데에 최고의 먹 거리가 된다고 하였다.

그런데 장사를 혼자만 오랜 시간을 할 수가 없다고 했다. 떡 할머니는 다리에 장애가 있어서 하루 종일 할 수 있지만 김밥 아주머니는 그럴 수가 없다. 아홉시가 되면 자리를 과일 장사 한테 비워주어야 했다. 과일장사는 자신의 타이밍에 맞추어서 누가 무어라고 하지 않아도 과일 박스를 들고 온다. '시간은 돈이다'라는 것을 내가 장사하면서도 알았지만 이곳에 와서 가슴 뜨겁게 체험을 하였다.

김밥 아주머니는 그 동안에라도 몇 개라도 더 팔기 위해서 눈이 사방으로 달려 있는 것처럼 반짝반짝 빛이 났다. 우리가 보기에는 길이요 공터인 것 같지만 길이 아니고 공터가 아니었다. 한 가족의 생명이 죽고 사는 삶 의 터전이었다. 정해진 타이밍은 소리 없는 약속이었다. 꼭 썰물과 밀물이 들어오고 나가는 것처럼, 어떤 순리에 순응하는 것처럼, 자신의 타이밍을 생명처럼 지켰다. 여기서 조금만 더 머뭇거려도, 피 터지는 싸움이 일어나기 때문이었다.

그 험한 삶의 터전에서 예수님을 전한다는 것은 쉬운 일이 아니었다. 나는 배부르고 아무걱정이 없는 팔자가 무지하게 좋은 사람이라 할 일이 없어서 이 새벽에 엿 보따리 가지고 나와서 "예수"를 전한다며 심술을 부리는 사람도 있었지만 김밥 아주머니와 떡 할머니의 센 입김 덕분에 무리 없이 할 수 있었다.

그렇지만 그 삶의 터전은 빈틈이 없이 자리를 지키고 타이밍을 지켰다. 새벽바람은 아프기도 하고, 서럽기도 하고, 사정없이 매몰차기도 하였다. 또한 라면을 끓이는 것처럼 사랑이 쉬지 않고 보글보글 끓기도 하였다. 짧지 않는 칠년의 새벽을 깨워 호박엿 전도를 하면서 잠자던 나의 정신적인 세계가 살아난 것처럼, 인생은 딱 한번 밖에 살 수 없다는 것을 절실하게 깨달았다. 그리고 반드시 내 꿈을 이루어야겠다는 각오를 더욱 강하게 할 수가 있었다. 시간의 중요함을 몸소 체험하는 시간이었다.

2
건강의 타이밍!

　아무리 건강해도 건강검진은 꼭 받읍시다. 건강에도 타이밍
이 있다. 건강할 때 건강을 지키라는 말은 열 번을 하여도 귀
담아 들어야 한다. 그러나 건강할 때는 무지하게 사는 것이 우
리네 인생이다. 내 몸을 내가 진단하는 자가 의사가 되는 것은
당연하게 생각하고 쉽게 병원을 찾지 않게 된다. 나도 장사하
면서 잠시라도 자리를 비우면 세상이 없어질세라 병원 보다는
민간요법으로 해결하며 살았다. 진통제가 만병통치약이라도
되는 것처럼 품고 살았다. 내 스스로 의사 노릇을 잘했다.
　그렇게 주치의처럼 행동 하다가 이년 전에 죽을 고비를 만났
었다. 갑자기 숨을 제대로 쉴 수가 없이 헐떡거렸다. 그렇게 심
하게 숨을 쉬지 못하면서도 병원을 택하기 보다는 내 방식대로
한방요법을 사용 하려고 했다. 옆에서 지켜본 목사님의 강력한

요청으로 할 수없이 병원을 찾았다.

검사결과는 조금만 늦었어도 큰일 날 뻔, 하였다며 안타까워했다. 큰일이란 죽을 수도 있었다는 말이었다. 건강검진을 받아야할 때도 무사통과하기를 여러 번이었다. 건강의 타이밍은 다른 것보다도 가장 중요한 것이 아닐까! 살아 있어야 다른 것들을 할 수 있는 것이다. 내 몸을 잘 관리해야 한다는 것을 깨닫게 되는 순간이었다.

주변에 지인들을 보면 타이밍을 잘못 맞추어서 몸이 망가질 대로 망가진 지인도 있고, 타이밍을 잘 맞추어서 죽을 목숨을 살려내는 타이밍의 덕을 톡톡히 본 지인도 있다.

지금 85세인 지인은 건강진단을 12월까지 받아도 되었지만 5월에 건강진단을 하였다. 위암 초기에 발견하여 수술을 받고 깨끗하게 치료되어 건강한 노후를 보내고 있다. 이 지인은 건강검진의 타이밍을 잘 맞추어서 건강하게 되었다며 동네 건강검진 홍보역할을 톡톡히 한다.

또 한지인은 먹고 살기 바빠서 건강검진을 사치로 알고 살아온 까닭에 79세이지만 머리끝에서부터 발끝까지 아프지 않는 곳이 없다며 고통스러워한다. 이 지인은 젊었을 때 장사하면서대, 소변보는 시간까지도 아까워서 참았다. 돈 만지는 재미로 모든 것을 돈에 포커스를 맞추고 살아왔다며 아쉬워했다. 지금은 콩팥이 다 망가져서 감기몸살에도 약을 먹을 수가 없고, 심장이 부었어도 약으로는 치료가 불가능 하다고 하였다. 더군다나 당뇨까지 있는 상황인지라 약을 함부로 먹을 수가 없다고 하였다. 나에게도 건강 잘 챙기라며 볼 때마다 부탁을 잊지 않는다.

그래도 지금은 건강보험이 있기에 마음만 잘 먹으면 조기치료가 가능한 것이다. 옛날로 돌아서는 그 시절에야 병원에 가는 것도 사치라고 생각했다. 몸이 망가저도 어쩔 수가 없었던 시절이었다. 몹시 안타깝다. 지금은 잘 챙긴다고는 하지만 '호미로 막을 것을 가래로 막고 있다'고 헛웃음을 웃는다. 따지고 보면 병원 가는 것이 그리 쉬운 일이 아니다. 될 수 있으면 나라에서 하라는 건강검진만이라도 빼먹지 않고 잘 받아야 한다는 것이다.

덕분에 의사의 처방을 받아서 약을 먹으며 치료는 하고 있지만 수술을 해야 한다고 하였다. 수술할 타이밍을 지금도 맞추고 있다. 한 살이라도 더 먹기 전에 하였으면 하지만 의사의 타이밍을 기다리고 있다. 나는 수술을 하지 않아도 된다는 타이밍을 은근히 기다리고 있다. 지금은 후회스럽다. 건강할 때 건강을 지키지 못하고 풀무 불에 달구어진 무쇠처럼 내 몸을 네 몸처럼 함부로 사용했던 것을 늦게나마 깨닫게 되었다.

건강검진은 누가 뭐라 해도 필 수다. 앞서간 남편도 건강검진을 받아야 할 타이밍을 몇 번이나 놓쳤다가 결국에는 치료를 할 수 없을 정도로 건강이 망가진 후에야 치료를 하려고 하니 손도 제대로 써보지 못하고 말았다. 건강이 나빠지면 자신만이 괴로운 것이 아니고 온 가족이 힘들게 된다. 내 몸의 건강은 내 자신이 책임을 지고 살아야 한다. 우리가 흔히 사용하는 민간요법은 몸이 약해지지 않기 위해서 먹어두는 것이지 치료하기 위함은 아니다. 먹어도 꾸준히 먹어야 효과가 있다.

나도 수 년 전에 살얼음판에서 넘어져서 발목을 삐었었다. 바로 침을 맞든지 했어야 치료가 될 것인데, 걸을 수가 있었기에 치료할 타이밍을 놓치고 말았다. 그 덕분에 지금 까지도 때때로 발목이 아프다. "범사에 기한이 있고 천하만사가 다 때가 있나니"라고 (성경 전도서3장1절 말씀)하듯이 모든 일에는 타이밍을 잘 맞추어야 한다는 것이다.

만들어진 모든 물건들을 보면 유통기한이 적혀있다. 그냥 적어놓은 것이 아니다. 음식은 이 유통기한이 지나면 먹지 않고 버린다. 먹으면 탈이 나기 때문이다. 물건은 유통기한이 지나면 고장이 나든지 부서진다. 무쇠로 만든 철연장도 유통기한이 지나면 고장이 난다. 하지만 철 연장은 주인을 잘 만나면 유통기한에 관계없이 새것보다도 더 잘 사용하게 된다. 이것은 주인이 철 연장을 잘 다루었기 때문이다. 시시때때로 기름 치고, 풀어진 볼트는 조이고 빠진 나사는 갈아 끼우고, 기계 사이사이마다 먼지가 있는 곳은 털고 닦는 수고를 마다하지 않기에 유통기한에 관계없이 잘 돌아가게 된다. 우리의 몸도 이와 마찬가지로 자주 돌봐 주어야 하지만 그렇지를 못한다. 흔히 하는 말이 있다. 잔병치리를 하는 사람은 큰 병에 걸리지 않는다고. 이것은 병원에 자주가게 되면 미리미리 알아서 치료한 덕분이라고 한다.

나이가 들면 무릎관절이 좋지 않아서 고생들을 하는 사람들을 많이 보게 된다. 나도 오십 대에 무릎관절이 아파서 계단을 오르내리는데 어려워서 몇 번씩을 쉬면서 오르내렸다. 병은 한 가지라도 약은 만 가지라고 하듯이 모두가 전문의사인 것처럼 방법을 알려주고 약도 이것저것을 알려주었다. 그러다 교회구역 모임에 갔었다. 한 집사님의 치료방법이 마음에 꽂혔다. 집사님의 말은 장사를 하려고 가게를 계약해 놓았는데, 갑자기 무릎관절이 아파서 걸을 수가 없었다고 했다. 수술을 하려고 병원에 예약을 해놓고, 가게는 해약을 할 상황이었다. 어느 교회 목사님의 설교를 듣고 실천을 하였더니 석 달 만에 관절이 깨끗이 치료가 되어서 장사를 하게 되었다고 하였다.

방법은 '천일염 굵은 소금을 곱게 빻아서 그것으로 날마다 이

십분 이상을 무릎을 문지르면서 마사지를 하라'고 하였다. 듣고 보니 돈도 많이 들지 않고 자신만 노력하면 치료가 될 것 같았다. 내 경우는 관절 초기이기에 쉽게 치료가 된다면 무조건 해보라고 강권하는 바람에 손해 볼 것도 없는 것 같기에 시작하여 지금도 하고 있지만 관절은 진즉에 치료가 되었다. 소금 마사지는 날마다 하고 있다.

내가 치료가 되었기에 주변 사람들에게 권면을 하면 쉽게 하려고 하지를 않는다. 병원에 가서 수술을 하여도 이 마사지 치료는 하지 않는다. 물론 치료라고 할 수 있는 방법이 아니기에 누구나 쉽게 하지 못한 것이 아니고 하지 않는다. 또한 단 몇일만에 치료되는 것이 아니고 장기간을 해야 하기 때문에 끈질긴 노력이 필요한 방법이기도 하다. 누구나 할 수 있는 것은 아니다.

이 치료방법은 들으면 참 쉽다. 누워서 떡먹기 보다 더 쉬울 것 같지만 끈질긴 인내가 필요하다. 꼭 낫고자 하는 간절한 마음이 동해야 할 수 있다. 이것도 타이밍이 필요하다.

이것은 예방 차원에서 권면하고자 한다. 효과는 사람마다 다르기에 꼭 그렇게 해야 한다는 것은 아니다. 일단은 진찰이 가장 먼저다.

3
치매!
기억을 붙잡는 것이다.

치매는 한마디로 정신 줄을 놓아버린 병이라고 말하고 싶다. 물론 의학적으로 설명 하자면 여러 가지의 이유가 있겠지만 치매시초에 걸렸던 주변 사람들을 만나보면서 생각하게 되었다. 장사할 때 칠순이 된 이웃 할머니가 생각이 난다. 하루는 가게에 와서 이것저것을 물어 보는데 말을 시작하면 끝이 없었다. 장사는 해야 하는데 손님처럼 의자에 앉아서 꼼짝을 하지 않고 옛날이야기로 꽃을 피웠다. 자신이 자랐던 시절과 시집와서의 살았던 이야기로 하던 말을 다시 되돌리면서 지나온 날들을 손을 꼽아 계수하는 것처럼 기억이 생생하게 혼자서 웃으면서 내 대답을 장단 삼아서 꿀꺽, 침을 삼키기도 하고 땅이 꺼져라 한숨을 쉬기도 하고 손뼉을 치기도 하였다. 치매가 무서운 것은 과거의 일들은 그렇게도 또렷하게 열 번이면 열 번을 말해도 기억이 생생하지만, 오늘 아침에 먹은 밥은 잊어버린다. 점심을 먹었어도 '나는 모른다.'라고 말할 뿐이다.

자신이 결혼하여 딸 둘, 아들 둘을 낳아서 콩나물 장사를 하며 키웠던 일, 밥할 쌀이 없어서 콩나물죽을 먹여 학교에 보냈던 안타까웠던 일이며 힘들었던 일이나 기뻤던 일들을 하나도 잊지 않고 기억 하면서도 '오늘'은 없다. 며느리가 와서 가자고 하여도 한 발자국도 떼지를 않고 가지를 않았다.

누구네 집에 감나무는 단감나무였다. 또 누구네 집의 감나무는 대봉감나무였다. 누구네 집에는 대추나무가 있었다. 대추가 주렁주렁 달렸었다. 추억을 되살리자면, 내 집에 없어서 그 감들이 주렁주렁 열어서 가을바람과 함께 주홍색으로 익어갈 때 자식들에게 따 주고 싶었지만 내 집에는 없었고 그렇다고 몇 개라도 사서 먹일 수 있는 형편이 되지 못했던 것들이 못내 아쉬움으로만 남아서 그런 감정을 밥알을 씹는 것처럼 자신의 말만 들어주면 주저리주저리 퍼 내놓기에 바빴다. 학교 옆에서 가게를 하였다. 어느 날은 대봉감과 단감을 팔려고 박스로 놓았는데, 절반이 없어졌다. 알고 보니 그 많은 감을 아들을 주겠다고 안방에다 몽땅 갔다가 숨겨 놓았다고 하였다. 며느리는 나와 동갑인지라 아픈 속을 쏟아냈다.

그것뿐만이 아니었다. 밥도 이불에다 아들을 준다며 숨겨놓기도 한다고 하였다. 젊었을 때 혼자되어서 가난한 살림을 4남매를 키우면서 자식들에게 마음대로 줄 수 없었던 그 안타까운 마음에 지금 눈에만 보였다 하면 아들을 주겠노라고 하나도 내놓으려고 하지 않는다고 하였다. 한번 장단을 맞추어 주면 누구네 대문간에는 백일홍 꽃이 만발 하였다. 꽃이 그렇게 예뻤다며 넉살좋게 손뼉을 치기도 하였다. 옛날에 고향산천을 주절주절 굴비를 엮어 놓은 것처럼 그림을 그렸다. 아무리 침이 마르게 입으로 감을 따도 하나도 먹을 수가 없지만 그 속에서 자신만의 생각으로 만족하곤 하였다. 그러다가 조금만 거슬리면 감당 못할 욕이 나왔다.

이 치매는 배려도 없어지고 사랑은 더욱 잊어버리고 자신의 아집만이 앞세운다. 처음에는 몰랐다. 나에게 하고 싶은 말이 있어서 그러겠거니 하며 하는 말을 다 받아 주었는데, 며느리가 와서 할머니가 치매기가 있다고 하면서 어디 잘 아는 요양원을 아느냐고 물었다. 보기에는 요양원에 갈 정도가 아닌 것 같다고 하였더니, 가게에 있는 물건을 갔다가 아들 오면 준다며 방안에 가득히 쌓아놓고 하나도 내놓지를 않는다고 하였다. 자신은 장사를 해야 하기에 도저히 모실 수가 없다고 하더니 그 뒤에는 보지를 못하고 몇 달을 지나니 부고장을 받았다.

이렇게 쉽게 가는 사람도 있지만 또 한 사람은 초기에 타이밍이 잘 맞았는지는 모르지만 가족의 관심과 사랑으로 치료되는 사람도 있었다. 암이 초기에 치료가 되는 것처럼, 치매도 완전한 치료는 되지 않더라도 더 이상 진행 되지 않도록 한다면 요양원에는 가지 않더라도 매일 학교에 가는 것처럼 주간에 돌보는 곳이 있다. 매일 아침에 차로 태워가고 저녁식사까지 먹고 집에까지 태워다 주는 곳이 있어서 온 가족이 자신의 생활을 하면서 할 수가 있다.

다른 병도 그렇겠지만 치매는 더욱더 사랑이 필요하다는 생각이다. 낮에는 여러 사람들과 생활을 하고 저녁에는 가족과 함께 할 수가 있으니 점차적으로 치료가 가능 하다고 한다.

이것도 초기에 가능한 것이다. 진행이 된 후에는 힘이 들겠지만, 막내 오빠도 치매로 올케가 많은 어려움을 겪었다. 무슨 병이든지 소식도 없이 반갑지 않은 손님을 맞이하게 된다. 오빠에게도 치매가 왔었다. 직업군인으로 근무하다가 전역을 하였는데 목숨처럼 충성을 해온 일 터전에서 나와서 갑자기 할 일이 없어지니 공허한 자리에 치매가 온 것이다.

인생은 칠십을 사나 팔십을 사나 모두 다 서툴다. 다시 어린 아이로 돌아간 듯하다. 마음만은 항상 꽃다운 청춘처럼 생각을 하며 무엇이라도 잘 하며 살 것 같지만 사오 십년을 돈 버는 기계로만 살다가 갑자기 나를 위해 살려고 하니 서툴 수밖에는 방법이 있겠는가!.

인생에 만능 기술자는 없다. 만능 기술자라면 어찌 조기치매를 모르겠는가! 오빠도 전역을 하면 무언가 평안하게 할 수 있을 것이라며 만족해했다. 연금이 나오니 돈에 걱정이 없으니 하고 싶은 것은 무엇이라도 할 수 있을 것이라는 꿈에 부풀었지만 막상 일 터전에서 밀려나니 일 말고 다른 것은 아는 것이 없으니 할 것도 없었다.

평생을 정해진 군 생활만 하다가 갑자기 잘 조여진 볼트 나사가 풀리게 되니 또 다시 조일 필요가 없는 상황에서 머릿속이 하얗고 텅 비어버린 느낌을 본인은 모른다는 것이다. 어른이니 모든 것을 잘 알아서 하겠지 하며 혼자 있게 해서는 위험하다고 한다.

더구나 군인은 번화한 도시가 아니다 보니 갑자기 번화한 대도시로 나와 보니 어리둥절할 수밖에 그렇다고 올케와 함께 할 수도 없었다. 올케는 딸이 직장을 다니기에 손자들을 돌봐 주어야 했다. 다 큰 어른을 돌봐야 한다는 것을 누가 알았겠는가, 그리고 다 큰 어른이니 무슨 걱정을 할 필요를 느끼지 못했다고 했다. 그러나 이때에 혼자 두면 치매에 걸릴 확률이 높다고 한다.

오빠도 집에 와보니 함께할 벗이 있나, 그렇다고 갑자기 하고 싶은 일이 있나, 마누라는 마누라대로 바쁘니 함께 할 수도 없으니 무작정 가방 메고, 버스타고, 지하철타고, 어느 산을 가야할 지를 몰라서 차만타고 되돌아오기를 반복하였다.

석 달이 되도록 집에 오지 않아서 실종 신고를 하려고 하는데 경찰서에서 전화가 왔다. 오빠 이름을 대면서 맞는가? 확인을 하고서 집을 찾고 있다며 모셔가라고 하였다고 했다. 지금 생각해 보면 그때가 치매의 시초였지만 의사가 아닌 이상에 누가 알았겠는가?.

그 후부터 밥을 먹어도 또 밥을 달라고 하기를 여러 번 되풀이를 하다가 병원에 가기가 두려웠지만, 진단결과는 치매시초라고 하였다.

그 진단을 받고 곧바로 일일 요양보호소에 보내게 되었다고 했다. 그곳에서는 아침 아홉시에 차로 태워가고 여섯시에 차로 태워다 주는데 저녁식사까지 마치고 오기 때문에 낮에는 직장에도 다닐 수가 있어서 좋다고 하였다. 노년의 준비가 퇴직금을 많이 받는 것이 문제가 아니다. 퇴직을 하면 그때야 말로 자신이 가장 하고자 하는 일을 할 수 있어야 하지 않을까 하는 생각이다. 우리의 눈, 코 입이 얼굴이 아닌 마음에 달려 있기도 한다. 마음은 처지에 따라 변화는 법이기에 눈, 코 입이 처지에 따라 달린 셈이다.

4
심장은
안녕하십니까?

 무더운 여름이었다. 내 심장이 늑골을 박차고 튀어나올 것처럼 벌렁 벌렁 뛰었다. 갑자기 숨을 제대로 쉴 수가 없이 괴로웠다. 그럴지라도 대수롭지 않게 여기고 지병인 갑상선이 악화가 되었나 하며 이전에 갑상선으로 고생 할 때 한약을 지어 먹었던 곳에서 한약을 지어 먹으면 되겠거니 하며 내 건강에 대해서는 무관심한 내 몸이 화가 났는지 심통을 부렸다. 숨이 턱까지 차올라서 참을 수가 없이 헉헉댔다. 일 년에 한 번씩은 연례 행사처럼 남편이 떠난 날이 가까워지면 여지없이 심장은 아팠다. 혼자서 너무나 애태우며 사는 날들이 심장을 괴롭게 한 탓이라고 생각하며 대수롭지 않게 여기고 참았다. 그래도 이번처럼은 아프지 않았는데 나이가 먹을수록 더욱 심하게 아픈 것 같았다. 이 정도는 아니었는데 예사롭지가 않았다.

목사님의 소개로 심장을 전문으로 하는 내과를 찾아갔다. 가자마자 이것저것을 검사하더니 불규칙한 나의 숨소리까지 들려주면서 의사의 호통이 이어진다.

"아니, 이런 심장으로 어떻게 걸어 다녔으며 일을 다녔을까? 자기 몸은 자기가 관리 해야지 그러다 잘못되면 본인만 억울하지요. 이러다 쓰러지면 한방에 가는 수가 있어요. 가고나면 돈이 무슨 소용이 있습니까?"

금방 초음파 검사한 것을 심각하게 바라보고 있던 화면을 내 앞으로 돌려주었다.

"심장을 한번 보세요. 물이 가득차서 보통 심장보다도 두 배는 더 큽니다."

화면에 나온 내 심장을 가리킨다.

"인생 이제 시작입니다. 몸을 함부로 하지 마세요. 보호자나 긴급히 연락할 전화번호 알려 주세요."

나는 머뭇거렸다. 두 아들이 있지만, '이제라도 엄마의 인생이 있으니 얼마나 살지는 모르지만, 나도 한번 내 꿈을 향해서 도전해 보고 싶다'고, 옷 보따리 하나 달랑 들고 나온 지 일 년도 되지 않아서 비상 연락망으로 알려 주고 싶지가 않았기에 망 서렸다.   그러다가 "선생님, 내 보호자는 하나님이십니다.

그렇게 아시고 치료해 주십시오."

"수술을 할지도 모르는데요."

먹먹했다. 할 말이 없었다. 약을 삼일 분을 처방 해 주었다. 우선 이약을 먹어보고 경과를 봐가면서 수술을 하게 되면 그 때 가서 대책을 세우자고 하였다. 만약에 이약을 먹는 동안에 라도 이상이 있을 수도 있다며 이상이 있을 시에는 긴급연락을 하라고 하였다. 아침, 저녁으로 두 알의 약을 하루를 먹고 나니 숨을 쉴 수가 있었다. 그 여름에 물을 삼가라고 하니 도대체 어디가 어째서일까? 우리 몸의 기능은 어느 한 곳이라도 중요하지 않은 곳이 없지만 항상 건강할 줄 알고 함부로 사용한 덕분에 다 망가진 다음에나 후후 털며 후회하게 된다. 질병도 부지런해야 치료 가능할 때 고칠 수 있다. 게으르면 종기 하나도 암덩어리로 만들 수 있다.

나의 심장도 조금만 더 빨리 치료를 했어야 했다. 이토록 심장을 아프게 한 내 자신이 미웠다. 내가 생각해도 병원에 가는 것에는 너무 인색했다. 내 멋대로 살았다. 게을렀다. 천 만 번이라도 내 몸을 위해서라면 병원을 다녀야 했다. 다행이 두 알의 약 효과가 있었다. 보호자를 찾지 않아도 치료가 잘 되었다. 하지만 이 약을 장기적으로 먹게 된다면 신장에 이상이 올수도 있다고 했다. 이제는 내 몸에 대한 사소한 부분이라도 무시하지 않기로 하였다.

병균도 자신이 이길 수 있는 상대와 그렇지 않는 상대를 구별하여서 침투 한다 고 한다.

나처럼 병을 대수롭지 않게 생각하고 큰 병이라야 병원을 찾는 것은 어리석은 사람이라고 말하고 싶다. 어디 건강뿐이겠는가! 세상사는 모든 것들을 내 생각, 내 잣대에 맞추어서 살아가고 있다가 이번에 호되게 매를 맞은 셈이다. 물론 병원을 자주 가는 것은 좋은 일은 아니다. 매달 한 번씩 다니다 보니 독감 예방접종과 폐렴예방 접종도 할 수 있었다.

덕분에 건강검진을 한 번 더 받을 수 있는 기회가 주어졌기에 이제 위험한 위기는 지나고 회복이 되고 있다. 건강에는 장수가 없다는 것이다. 심장은 머리에서 발끝까지의 마디마디에 피를 보내는 역할을 한다고 한다. 심장이 아프지 않게 하려면 내게 가장 중요한 것들을 하나하나 내려놓을 때에 심장은 제자리에서 작동을 할 것이다. 내 짐이 무거우면 무거울수록 제 기능을 발휘하지 못할 것이다. '심장이 멈추면 곧 죽음이라'며 호통을 쳤던 의사의 노함도 이제는 알 것 같다.

나는 무엇을 내려놓았는가, 가장 중요하게 여기며 붙잡고 살아온 '엄마'라는 이름을 불러준 두 아들과 눈에 넣어도 아프지 않는 손자들을 내 심장에서 내려놓고 나니 심장 박동이 훨씬 강하게 뛰는 것 같다. 언제든지 두 아들의 인생을 내가 대신 살아

줄 것처럼 내 마음껏 휘두르며 드론을 조정하는 것처럼, 두 아들의 인생을 원격으로 맞추고 그 맞춤 틀 안에서 조금도 빗나가지 않도록 인생의 조정자로 살아온 내 자신이 몹시 부끄러웠다.

이제 날마다 두근두근 하며 내 자신의 삶도 감당을 못하면서 자식들의 삶까지 책임 완수를 외쳐온 칠순의 노모가 얼마나 안타까웠을까! 이제 나는 내 하나밖에 없는 고귀한 심장을 위해서라도 온전히 심장을 위로하며 조심스럽게 살아 주는 것도 내 건강에 대한 마지막의 예의라고 생각한다. 예의는 남에게만이 아니고 내 자신에게도 지켜야할 예의가 있다.

사람마다 자신을 위해 사는 방법이 다 다르다. 어떤 방법은 효과적이 될 수도 있고, 어떤 방법은 아무 효과가 없을 수도 있다. 내가 해서 효과를 봤다고 하여서 다른 사람도 그렇게 해야 된다는 것은 아니다. 자신의 몸은 자신이 잘 알기에 어떤 방법이 가장 잘 맞는지는 누구보다도 자신이 잘 알 수가 있다. 또한 알면서도 하지 않은 것은 게으르기 때문이다.

그러나 이제는 자기 스스로 감당할 부분은 감당해야 할 것이다. '내 나이가 어때서, 살면 얼마나 산다고?' 하면서 아직은 괜찮다고 무시하면 몸도 노한다. '건강은 건강할 때 지켜야 한다.'는 말이 있듯이, 백 번 만 번을 하여도 옳은 말이다. 나도 심장에 이상이 없을 때는 숨을 쉬는 것이 그토록 소중 한 줄도 몰랐다. 살아 있는 하루가 내게 언제라도 새로운 하루의 밝은 태양이 환희 비추어 줄줄만 알았다. 새로 맞이하는 '오늘'에 감동하지 않고, 누구에게나 주어지는 '오늘' 인줄로만 알았다. 이제는 새로운 아침을 만나는 '오늘'은 내게는 억만금을 주는 것 보다 더욱더 소중한 하루다. 비록 가장 낮은 곳에서 한 달 월급 일백만원이 조금 넘는 미화부 일을 할지라도, 나는 볼 수 있고, 말할 수 있고, 들을 수 있고, 걸을 수 있고, 열심히 일 할 수 있는 일 터전이 있고, 작은 원룸일지라도 돌아와 편히 쉴 수 있는 집이 있고, 삼시세끼를 배부르게 먹을 수 있는 일용할 양식이 있음에 감사한다.

이제 수십 평짜리 아파트를 부러워하지 않는다. 수 천 평의 기와집도 부러워하지 않는다. 물론 높고 넓은 아파트나 수 천 평의 기와집이 왜 좋지 않겠는가마는 내 몸에 맞지 않은 옷은 내 것이 아니기에 애써 그것을 얻으려고, 또한 지키려고 힘쓰고 애쓰다 보면 내 몸이 망가지게 된다. 어느 기능이 망가지게 될지 모른다. 욕심 보따리를 싸면 쌀수록 내 몸의 기능은 나도 모르게 망가지게 될 것이니까. 흙으로 돌아 갈 때는 빈손으로 가는 것이기에 편안하게 숨을 쉬며 사는 동안은 감사하는 마음으로 살고 싶다. 없으면 없어서 감사하고, 있으면 있는 것에 감사하면서 기쁨 마음으로 살고자 한다.

5
치아는
안녕하십니까?

'복'을 싫어하는 사람은 없을 것이다. 오복 중에 하나인 치아를 소중하게 생각하고 관리하고 있는 사람들이 얼마나 될까? 예부터 치아는 인간의 오복 중의 하나라는 말인데, 그만큼 치아는 우리의 인생에서 중요하다는 뜻을 담고 있다. 말하자면 '잘 먹고 잘 싸자!' 라는 말이 있는 만큼 '먹는 것'이 중요하기 때문이다. 치아를 통해서 음식물을 섭취하고 소화되기 좋은 상태로 소화기관까지 무리 없이 전달되는 과정이 우리의 치아에 있다는 것을 알면서도 또한 가장 소홀히 하는 것이 치아라고 생각한다.

그러나 치아는 계속해서 회피만 하는 것이 아니라 적절한 상태를 만드는 데 집중하는 것이 치아를 위한 관리가 필요하다는 것이다. 하지만 다양한 이유로 인해 급급해 하지 않고 오히려 방치하거나 미루는 사람들이 많다. 그런데 나이가 들면 치아로 인해 고생하는 사람들이 참 많다. 따라서 삶의 특별한 즐거움인 '먹는 재미'를 제대로 누리지 못할 수도 있다. 씹고 먹어야 살 수 있고, 건강도 지켜질 수 있기에 너무나 당연한 일임에도 일상의 소중함을 잊고 살아간다. 심리적으로도 중요한 것이다. 더 악화되기 전에 서둘러서 치료하는 사람도 있고 지날 수록 눈덩이처럼 불어나면서 나중에는 더 이상 버티지 못할 정도로 상황이 악화되어 호미로 막을 것을 가래로 막아야 하는 경우가 많다. 미루지 않고 치료를 하는 것이 최선이라는 것을 잘 알고 있으면서도 미루게 되는 것이 치아다.

그러다 견디기 힘든 상황이 되어서 가면 간단한 치료로 끝날 수 있을 것을 결국에는 인공치아를 하게 된다. 그래도 임플란트는 괜찮은 것이다. 틀 이를 해야 하는 경우도 있다. 치아가 나빠지는 것은 소리 소문 없이 나빠지기 때문에 불편한 통증이 있다면 제 때를 놓치지 말고 치료를 해야 한다. 제 기능을 못할 때까지 기다리지 말고 치료를 서둘러야 한다. 치료를 피하면 피할 수 록 본인에게 손해다.

장사 25년에 내게 남은 것은 돈이 쌓인 것이 아니고 몸 구석구석이 부서진 소리가 요란하게 들린다. 심장이 제대로 펌프질을 하게 되니 치아가 하나하나 나 좀 살려 달라고 아우성이다. 장사할 때는 치아 같은 것은 그렇게 중요하게 생각하지 않았다. 치료보다는 빼는 것이 편했다. 지인들의 말을 들으면 치과는 한 번에 가서는 되는 것이 아니고 몇 번씩을 가야 한다는 말을 들었기에 귀찮았다. 나중에 시간이 넉넉할 때 돈으로 때우면 된다는 식으로 치아 하나 알기를 고무신 헌 신짝 보다도 더 못하게 여기며 살았다. 이제 후회한다.

작년부터 치아 공사를 시작하여 지금까지 공사 중이다. 돈으로 때우면 된다며 교만했던 내 자신이 치아 하나하나를 치료하며 깎아내는 작업을 할 때마다 내가 아픈 것 보다는 관리를 소홀히 한 내 자신이 부끄럽고 미안했다. 맨 처음에는 딱 하나만 싸면 될 것이라고 치과에 들렸다. 들어가자마자 치아 사진을 찍자고 하였다. 치아를 사진 찍는 것은 처음이었다. 아파서 뺄 때도 사진을 찍지를 않았다. 무슨 중한 병이라도 생긴 줄 알고 깜짝 놀랐다.

그런데 치료실에 들어가서 내 앞에 흉측한 치아 사진이 걸려 있는 것이 아닌가! 군대 군대 빠져 있고 어떤 것은 솟아 있고 또 어떤 것은 곧 빠질 것처럼 쑥 내려와 있는 것도 있었다. 이게 내 입안에 있는 치아라고는 믿어지지가 않았다. 치아가 두 줄로 고르게 있는 줄 알았다. 들쭉날쭉하여 밉상도 그런 밉상이 아니었다. 이런 이빨로 사람들 앞에서 웃고 자신 만만하게 살아 왔을까? 몸들 바를 모르게 부끄러웠다. 그리고 의사선생님이 '아~' 하라고 하는데 도저히 입이 쩍, 벌일 수가 없었다. 의사의 설명은 곧 빠질 것 같은 치아는 빼면 되지만 하루이틀에 끝나는 것이 아니라는 설명이었다. 충치로 구멍파인 것은 치료하여 싸면 되지만 그것이 문제가 아니고 왼쪽이 문제라고 하였다. 그 말을 듣고 왼쪽을 보니 윗니는 오래전에 아팠던 것이었다. 그때도 시간을 갖고 치료를 하였으면 이렇게 흉측한 모습이 아닐 것이다. 지금에 와서 이렇게 큰 공사를 하지 않아도 될 것이다. 치아처럼 귀중한 것이 없는데 하나도 아니고 세개나 빼버리고도 어떻게 음식을 씹고 살아왔는지가 의심이 될 지경이었다. 치아를 하나를 빼면 하나만이 빠지는 것이 아니고 32개의 치아가 모두 움직이기에 어느 것 하나라도 제대로 있는 것이 없다는 설명이었다.

이리저리 살펴본 결과의 견적은 자그마치 삼백 만원이 넘는 견적에 벌렸던 입이 다물어지지가 않았다. 빼고 심는 것만이 아니고 치아를 뺀 지가 너무 오래 되어서 뼈가 다 녹아 없어졌기에 뼈를 만들어야 임플란트도 할 수가 있다. 뼈를 만드는 수술을 해야 한다는 것이었다. 세상이 좋아 임플란트도 돈만 있다고 다 할 수 있는 것이 아니었다. 입 몸이 좋지 않으면 할 수가 없을 수도 있다고 하였다. 치아 하나가 충치가 생기면 이웃의 사랑이 너무 좋아서 순식간에 그 옆으로 뻗어 나가기에 그때그때 치료를 하지 않으면 안 된다며 웃는다.

뼈를 만드는 수술을 할 때 혈액 약을 먹고 있어서 더 힘이 들었다. 피가 멈추지 않으면 위험하다는 의사의 주의 사항이 나를 더 힘들게 하였다. 치조골 수술을 하고 바로 임플란트를 할 수 있는 것도 아니었다. 5개월이 있어야 임플란트를 할 수가 있다고 한다. 치아공사는 일 년이 지나야 끝이 날 것 같다.

그래도 다행인 것은 충치를 싸고 나니 씹는 것이 훨씬 편하다. 이렇게도 소중한 것을 어찌 그리도 소홀히 여겼을까! 임플란트까지 하게 되면 먹는 것이 훨씬 편할 것이라는 생각에 혼자 웃었다. 바보가 따로 없다. 나를 소중히 여기지 않은 것이 최고의 바보라고 말하고 싶다. 나만 그런 줄 알았다. 알고 보니 지인들 대부분이 치아를 싸는 것보다 임플란트는 기본으로 몇 개씩은 해서 공사비가 일천 오백만원이 들었다는 지인도 있었다. 삼백은 게임도 아니라며 입을 활짝 벌려 보이기도 하였다. 또 어떤 이는 그 많은 치아 중에 딱 두 개만 자신의 것이고 모두가 임플란트를 하였노라고 내 공사비는 애들 껌 값이라며 놀리기도 하였다.

임플란트를 많이 했다는 지인들이 존경스럽다는 생각까지 들었다. 두 개를 하는데도 이렇게 가슴이 떨리는데 입안에 있는 치아가 거의가 심어놓은 치아라고 하니, 그 정도를 하려면 날마다 치과를 다녔을 텐데 대단해 보일 수밖에. 공사비도 공사비지만, 갈고 닦고 빼고 박고를 수십 번을 하였을 텐데, 말만 들어도 몸서리친다. 임시 치아를 만들어 끼고 본을 뜨고, 일주일 후에 본을 떠 만든 치아에 끼우는 작업도 만만치가 않았다.

지금도 충치를 뺀 곳이 찬물을 마시면 시리다 늦었지만 지금이라도 관리를 잘해야겠다며 치과에서 오라는 날에 꼬박꼬박 다니고 있다. 귀찮다고 가지 않으면 뜬금없는 치매라는 친구가 덜컥 손을 잡지나 않을까? 하는 두려움이 앞서기 때문이다. 또한 치아 하나를 잃으면 우리의 뇌에 신경이 그만큼 저하가 된다고 하였다. 음식을 씹는 것은 뇌의 운동을 활발하게 하는 것이나 마찬가지라고도 한다. 치아가 없어서 씹지를 못하면 치매가 올 확률도 높다는 것이다. 어디 치아뿐이겠는가! 우리 몸의 어느 하나라도 소중하지 않은 곳은 없다.

나이를 먹을수록 건강관리를 소홀히 해서는 항상 밑지고 산다. 소득이 줄어들수록 건강관리는 부지런하게 하자. 어찌 보면 건강과 행복은 한통속이니 삶의 만족도가 높아져서 까만 머릿결이 파뿌리가 되더라도 치아가 단단하여 콧노래를 흥얼거리는 노년이 되었으면 하는 마음이 간절하다.

Timer

You have Your Own Timer

제9장

다시 시작하는 지금이 가장 행복하다.

1, 나이 때문에

2, 가방끈이 짧아서

3, 나는 기계치입니다.

4, 꿈을 가졌으면 좋겠습니다.

1
나이 때문에

　나이 때문에 소중한 꿈을 포기 하십니까? 지금은 100세 시대다. 나이가 많아서 나는 할 수 없다. 고 하기 쉬운 말들을 한다. 그러나 나이는 숫자에 불과하다고 말하고 싶다. 인생은 선택의 연속이다. 할 수 없다고 하면 어느 것 하나도 할 수가 없다. 그러나 수저를 들고 밥 먹을 힘만 있다면 무엇이든지 할 수가 있는 것이다. 내가 무엇을 선택 하느냐에 따라서 인생은 달라지기 때문이다.

　나이를 따지지 말고 자신에게 한 번만 더! 라고 스스로를 독려하자. 그 독려는 나를 변화 하게 하고 할 수 없는 것을 반드시 할 수 있게 만든다. 할 수 없다! 못 한다! 라는 말 보다는 할 수 있다! 잘 한다! 라는 말로 바꾸어 보면 무엇이든지 할 수가 있다.

컴퓨터, 스마트폰이 잘 안 될 때는 그 자리에서 아무리 방법을 찾으려 해도 잘 되지 않는다. 하지만 기계를 껐다가 다시 켜서 처음부터 다시 시작을 하게 되면 새롭게 접촉이 된다.

나이가 많다고 해서 자기스스로 지래 겁을 먹고 뒤로 물러서지 말자. 처음부터 다시 시작하는 마음으로 대담하게 자신이 가장 하고 싶은 것을 찾아서 시작해 보자.

나도 칠순을 바라보는 나이에 문학소녀의 꿈을 이루어 보겠다고 독립하기 까지는 많이도 망 서렸다. 내게 가능성이 있을까? 스스로 자주 되묻던 말이다. 그러나 평생에 키워온 꿈의 끈을 놓아버리게 되면 평생을 두고두고 후회하며 살게 될 것이 더 두려웠다. 후회하며 사는 것보다는 한 살이라도 더 먹기 전에 이루어지던 이루어지지 않던 간에 시작을 해 보자는 생각으로 독립을 하고 보니 기분은 박하사탕을 먹는 것처럼 꽉 막힌 터널이 확! 뚫린 기분이다. 길 위에 뛰어 다니는 강아지도 달라 보였다. 웅성 거리는 사람들의 말소리도, 짹짹거리는 참새 소리도, 소음으로만 들렸던 빵빵거리는 차 소리까지도 나에게는 새로운 세상으로 보였고 들렸다. 한 가지 절실하게 느낀 것은 자식들도 품안에 품고만 있을 것이 아니고 독립할 때가 되면 지체 하지 말고 독립을 시켜야 한다는 것을 절실하게 깨달았다. 나는 참 바보처럼 살았다는 것을 실감나게 깨달은 독립이었다.

인생은 살아 있는 한 안락한 휴식은 없는 것이다. 어느 지인은 나이 팔십에 바리스타가 되겠다고 배우고 있다고 하였다. 머리로는 생각하고 몸은 움직여야한다. 꿈이라고 해서 거창한 것은 아니다. 평범하고 아주 작은 것이라도 이루고자 하는 열정만 있다면 처음부터 차근차근 해 나간다면 분명히 나이에 상관없이 이룰 수 있을 것이다. 씨앗의 발하는 캄캄한 밤에 싹을 틔운다. 생명이 있는 한. 저물어 가는 인생이라고 포기하지만 않은 다면 꿈의 씨앗은 꼭 발 하가 된다는 것을 잊지 말자. 때로는 길 위에서 만난 길고양이에게 배운 것들로 자신의 인생을 바꾸기도 한다. 때를 기다리거나 미루지 말고 지금시작하자.

내 꿈을 이루기 위해서 지금은 호전되어 건강하지만 심장을 수술 하였다는 생각으로 독립을 강행하였다. 그리고 두 아들과 손자까지 내 끈에서 놓아 주었다. 그 끈이 얽혀 있으면 도저히 독립을 할 수가 없을 것 같아서였다. 이제라도 홀로서기의 방법을 노년을 바라보는 지금에서야 한다는 것이 어설프지만 그래도 대 만족이다. 나이가 많으면 하고 싶은 것이 없는 것이 아니고 더 많다. 인생이 저물어 가기 때문에 하고 싶은 일들이 여기저기에서 나요! 나요! 하며 손을 번쩍번쩍 들고 잡아 주기를 애원하듯이 하지만 다 잡을 수는 없다. 그 중에 가장 예쁜 것을 뽑아서 손을 잡으면 나도 모르게 힘이 솟는다.

그러나 자식들은 엄마는 나이가 칠순을 바라보고 있으니 하고 싶은 것도, 가고 싶은 곳도 없는 줄로 알고 있다. '이제 그 연세에 쉬면서 편안히 살라고 한다.' 꿈은 무슨 꿈이냐는 식이다. 마음은 아직도 꽃피는 봄인데, 하기야 언제나 돌아오는 계절이 꿈을 안고 오겠는가!. 계절은 모두에게 꿈을 주겠지만, 이룰 수 없는 꿈은 슬프기만 할 것이다. 그것들이 나를 많이 울리게 했다. 그래, 이 한해만 참자. 다음에 하자. 라며 항상 백도로 펄펄 끓는 꿈의 온도를 식히느라고 검은 머리가 파뿌리가 되어 가는 줄도 몰랐다.

물론 묻어 두었던 꿈을 꺼내서 빨갛게 녹 슬은 부분을 번쩍번쩍 빛나게 닦다 보면 때론 지쳐서 포기하고 싶을 때도 있을 것이다. 그것은 어쩌면 꿈을 이루는 행복하고 맞닿아 있는지도 모르는 일이다. 하지만 이제 내 사전에는 뒤로 돌아가는 일은 없다. 앞으로 나갈 시간도 없는데 뒤로 물러 날 시간은 더욱 없는 것이다. 젊었을 때는 달렸다면 이제는 걸어서라도 나아갈 것이다. 달리기 계주에서 바 톤을 놓친 선수처럼 주저앉지 말자. 인생은 마라톤이다. 목표는 완주다. 아무리 노력을 해도 즐겁게 일하는 사람을 따라 갈 수는 없다. 날마다 내 자신을 다독이며 즐겁게 보살필 것이다. 인생살이란 배배꼬인 새끼줄 같은 것이다. 하지만 그 배배꼬인 새끼줄을 풀어내는 맛 또한 꿈을 향한 일이라면 즐거울 것이다.

내 인생 역시도 꽃피는 봄이 지나고 무성한 여름도 훌쩍 지나고 가을의 마지막을 지나려 하고 있다. 이런 나에게 두 아들이 염려하는 것도 당연한 것이리라. 꽃피는 청춘으로 다시 돌아갈 수는 없지만 청춘에 품었던 이루지 못했던 문학의 불꽃을 이제라도 활활 타오르게 하고 싶다. 일 뿐만이 아니다. 먹고 싶은 것도 많다. 또한 가고 싶은 곳은 더 많다. 나이가 들면 하고 싶은 것이 없어지는 것이 아니고 더 많아진다. 그 꿈을 60대에 40대를 생각하니 할 수 없다고 뒤로 물러선다. 내 모습 그대로를 인정하자. 돈을 움켜쥐는 사람은 내 가슴에서 불타고 있는 꿈을 보지 못한다. 가장 중요하다고 생각하는 돈이란 동아줄을 내려놓아야 만이 꿈이 동아줄이 된다. 나는 지금 봄도, 여름도 가을도, 아닌 초겨울에 들어섰지만 그래도 꿈만은 싱싱하고 푸르게 자라나게 이루어 보고 싶다. 물론 세상살이가 마음먹은 대로 계획한 대로 살아지는 것은 아니다. 내려놓을 것만 잘 내려놓으면 충분히 할 수가 있다.

이것저것 따지고 보면 아무것도 할 수는 없다. 거울을 보면 얼굴에 퍼지는 국수 같은 주름살이 곡선을 이루고 검은 머리는 파뿌리가 되어서 가팔랐던 삶을 말을 하지 않아도 단단하게 옭

아매고 있음은 변명할 여지가 없다. 그러나 이제 그토록 아프게 살아온 옹이 같은 단단한 삶을 이제는 풀고 가야하는 것을 잊지 말자. 두 번도 아니고 딱 한번은 멈추는 타이머가 아닌 부지런히 움직이는 초침으로 만들어 보자. 남은 인생을 소풍 같은 인생으로 설레며 살아보자. 결심을 하고 일을 저지르면 무엇이든지 할 수가 있다.

'눈앞에 있는 것에 현옥되면 정작 중요한 것을 보지 못하게 된다. 돈이나 실적과 같은 단기적인 성과에 집중하다 보면 자신의 미래를 위한 창조는 뒤로 밀린다.'(자기개발서 안 상현 작가) 무슨 일을 하든지 그에 못지않게 고통이란 훼방꾼이 따른다.

그러나 고통은 극복하는 것이지 뒤로 물러서는 것은 아니다. 밟고 나아가야 고통이 나를 잡지 못한다. 나이가 많아서 못한다는 것은 핑계에 불과하다. 말은 사람들의 기분을 좋게도 하고 칼보다 더 깊은 상처를 주기도 한다. 말로라도 할 수 없다고 못한다고 하지 말자. 말이 씨가 된다고 하지 않은가! 모든 흉과 복이 입으로 나온다고도 한다. 좋은 말로 복을 만들자. 꿈을 이루자. 늙음이 아닌 젊음으로 살아보자.

2
가방끈이
짧아서

　가방끈이 짧으면 길게 만들어야 한다. 초등학교 학문으로 칠순을 바라보는 나이에 대학공부를 하고 있다. 힘든 장사를 하면서도 배움의 끈을 놓지 않았다. 낮에는 장사를 하고, 밤에는 검정고시 공부로 잠을 줄였다. 혹시? 가방끈이 짧아서 가진 것이 없어서 내 나이가 몇인데, 하면서 나는 할 수 없다고 평생 꾸어온 꿈을 포기 하지나 않은지?

　나도 처음에는 포기하고 싶을 때가 많았다. 자신에게 투자하는 것은 인색했다. 하지만 하루 세끼 밥은 굶어도 공부를 하지 않고는 견딜 수가 없었다. 공부는 나의 밥이고 물이고 숨통이었다. 고통이 없이는 내 자신이 달라질 수가 없었다. 공부를 아무리 열심히 한다고 하여도 중학 검정고시는 단번에 합격을 하였지만, 고등검정고시는 힘들었다. 영어와 수학이 아무리 풀고 풀어도, 외우고 외워도 머리에 담아지지가 않았다. 일 년에 두 번 보는 시험인데 한 해 두 해를 넘기고 나니 두 아들에게도 부끄러웠다. 공부에 '공' 자도 입으로 말 할 수도 없고 연필이나 공책을 들고 있기도 민망하였다. 시험 보러 간다는 말도 나오지가 않아서 몰래 숨어서 거래처 간다며 시험을 보러 다녔다. 많이도 말고 그저 턱걸이라도 합격이 되었으면 하였지만 그건 꿈이었다. 한 번만 더 보자는 마음으로 내게 주어진 시간을 쪼개서 공부를 하였다. 과목마다 처음에는 30분으로 정했다. 지루했다. 과목별로 15분으로 정하고 해보니 그래도 할만 했다. 번거로운 면도 없지 않았다. 하지만 쏟아지는 졸음을 피할 수가 있었다. 잡념도 없어지고 재미있게 할 수가 있었다. 밤낮을 온전히 공부를 한다면 무엇이 어려울까마는 밤에만 하는 공부였기에 이렇게라도 하지 않으면 할 수가 없었다. 특히 영어공부는 내게 가시를 씹는 기분이었다. 무조건 공부만 한다고 되는 것은 아니었다. 효과적인 학습 방법을 알아야 싫증이 나지 않고 즐겁게 할 수가 있었다. 아무리 어려운 것이라도 즐겁게 하면 힘들지가 않았다.

지금도 무엇을 하든지 15분을 강조한다. 아무리 좋아하는 공부고 꿈을 이룬다고 하여도 지칠 때가 있다. 아무리 해도 효과가 없을 때는 모든 것을 덮어 버리고 싶었다. 하지만 포기는 내 사전에는 없었다. 지금 할 수 없다고 포기해버리면 다시는 돌아 올 수는 없는 소중한 내 인생이기에 열정적으로 밀어 붙였다. 쉴 틈이 없도록 후회하지 않으려고 느슨하지 않게 촘촘하게 잘한다고 내 자신에게 칭찬을 아끼지 않았다. 어린아이 달래듯이 입안이 화환 박하사탕을 꾸역꾸역 빨아가며 어르고 달랬다. 그 덕분에 생치아가 두 개나 빠진 것 같다.

가시덤플 같은 영어를 통과 하려면 무조건 외우는 방법밖에는 도리가 없었다. 어느 때부터는 공구나 철물도 수입제품이 물밀듯이 들어올 때의 일이었다. 손님들이 와서 공구를 살 때는 꼭 물어보는 것이 있었다. 어느 나라 것이냐고, 또 어느 나라 것을 달라고도 하였다. 난감했다. 영어를 모르니 당황할 수밖에, 아무것이나 집어 줄 수도 없었다. 그렇다고 영어를 모른다고 말할 수도 없었다. 마침 옆에서 단골손님이 나의 당황한 모습을 보고 내 대신 단골손님이 원하는 나라 물건을 찾아 주었다. 손님이 가고 난 후에 달달한 믹서커피 한잔이 마시고 싶다며 쉬는 곳으로 왔다. 커피 한잔을 타서 주었더니 의미 있는 미소를 짓는다.

"사장님, 아까 당황 하셨지요?"

"아니 꼬부랑글씨를 이제야 배우고 있으니 난감 했지요 사장님 아니었으면 바보 될 뻔 했네요. 요즈음에 수입품이 많아서 영어 모르면 장사도 못 하겠어요"

"지금 배우고 계시다면 좋은 방법이 있습니다."

"꼬부랑글씨 배우기 어렵던데요. 쉽게 머리에 쏙쏙 들어오는 방법이라도 있어요?"

"있고말고요."

"그 어려운 것을 어찌 쉽게?"

"일단은 생활단어를 배우시면 됩니다."

"생활단어요?. 생활 단어는 또 어떤 것인데요, 더 복잡하게 하지 말고요"

"생활영어는 지금처럼 손님이 와서 찾는 물건을 쉽게 찾을 수 있도록 배우면 됩니다."

"그것이 문제지요. 그 영어 때문에 고검 검정고시를 다섯 번이나 낙방했는데요. 그게 쉬운 일이 아니어요."

"사장님, 검정고시 공부하세요?"

"지금 몇 년 동안 헤매고 있어요. 턱걸이만 해도 좋겠는데, 이제 딱 한 번만 봐보고요 안 되면 그만 둬야지요. 되지도 않을 것 붙잡고 있다가 세월만 무수히 흐르겠어요."

"사장님, 대단하십니다. 이렇게 한 번 해 보세요. 공구에 써진 영어를 스마트폰 네이버에 쳐 보면 발음과 뜻까지 다 알려줍니다. 날마다 이 물건들을 보면서 배워보세요."

스마트폰에서 사용하는 방법을 자세히 알려 주었다. 그날만 그렇게 알려 준 것이 아니었고 시간만 있으면 와서 진도를 확인 하고 검정고시 예상문제집까지 가져와서 응원을 아끼지 않았다. 병도 자랑을 해야 좋은 약을 처방할 수가 있듯이 내게 있는 가장 부끄럽다고 생각한 것을 털어놓으니 의외로 문제가 술술 풀리게 되었다. 그 덕분에 가시덤플 속의 영어를 옥토로 빠져 나오게 하는 계기가 되기도 하였다.

단골손님의 말대로 날마다 시간만 있으면 새로운 물건이 들어오면 가격표를 붙이는 척 하면서 하나하나 물건에 새겨진 영어를 네이버에 물었다. 친절하게 발음까지 잘 가르쳐 주었다. 그것을 공구 밑에나 나만 알 수 있는 곳에다 조그마한 글씨로 나라 이름과 물건 이름을 꼼꼼하게 써 놓았다가 손님이 찾으면 줄 수가 있어서 좋았다. 더불어 영어공부도 할 수가 있어서 좋았다. 가게 안에 물건들이 어느 나라의 것인지만 알아도 장사하기가 쉬웠다.

그때부터 날마다 앉아서 영어공부를 한 것이 아니었고 가게를 돌면서 공구 포장지에 새겨진 영어를 외우고 듣고를 반복했다. 영어를 못해서 검정고시를 포기하려고도 하였지만 앉으나 서나 당신생각이 아닌, 앉으나 서나 공부생각에 도저히 그만 둘 수가 없었다.

나는 가방끈이 짧아서 가진 것이 없어서 할 수 없다고들 하지만 그것은 변명에 불과한 것이지 할 수 없는 것은 아니다. 어느 주간지 칼럼에 운명과 숙명에 대한 글을 보았다.

운명은 앞에서 날아오는 돌이라고 하면 숙명은 뒤에서 날아오는 돌이라는 것이었다. 운명은 내가 만들어 가면서 살 수 있어서 운명은 바꿀 수가 있지만 숙명은 뒤에서 오는 돌이기 때문에 피할 수가 없다는 것이었다. 운명이냐, 숙명이냐를 떠나서 '지금' 내가 할 수 있는 것 중에 가장 잘 할 수 있는 것을 할 수 있었으면 좋겠다. 정신이 가난하면 못한다. 손에 쥐어지는 것은 없어도 정신만은 부자로 살자.

빙판을 놀이터처럼 노니는 빙판의 스타 김연아가 처음부터 고통 없이 스타로 등극한 것은 아니다 수 천 번의 넘어지고 일어서기를 반복하였을 것이다. 그런 스타는 될 수가 없을 지라도 도전하는 정신이라도 갖고 살아보자. 딱, 한 번 허용되는 인생살이 마치게 될 때에 한 번이라도 해 볼 걸이 아닌, 해보니 괜찮았어! 하면서 내 자신 스스로 가슴을 토닥이며 미련 없이 떠날 수 있었으면 좋겠다. 그것이 인생이니까?. 후회 없이 살아보자 빨리도 말고 오늘도 달팽이 걸음으로 괜찮은 인생을 살아보자. 가진 것이 너무 많아 무겁습니까?.

"수고하고 무거운 짐 진 자들아 다 내게로 오라 내가 너희를 쉬게 하리라"(마태복음11장28절말씀)

3
나는 기계치입니다.

나는 컴퓨터 '컴' 자도 모르는 컴맹에 기계치였다. 스마트폰
도 제대로 활용하는 방법을 몰랐다. 나에게 투자하는 것은 인색
했다. 무언가에 도전하려면 머릿속에서 계산기부터 두들겼다.
내 형편에 오프라인 공부는 꿈에도 생각할 수가 없었다. 어떻게
든지 공부는 하고 싶었다. 온라인으로 공부를 할 수 있는 학교
가 있었다. 나이를 먹으니 보리밥 뜸들이듯이 지체할 시간이 없
었다. 할까말까를 하다보면 아무것도 할 수가 없을 것 같았다.

컴퓨터도 할 줄 모르면서 온라인 학교를 하겠다고 겁도 없이
입학해 놓고 중고 노트북을 사서 컴퓨터를 배우는 것을 젖동냥
을 하듯이 노트북을 들고 다니며 교회 청년이면 청년 학생이
면 학생, 할아버지까지. 컴퓨터 '컴'자만 아는 사람이라면 겁도
없이 배움을 요청했다. 온라인 공부를 하려면 '공인 인증서'가

필요했다. 이것을 하려면 처음 발행한 은행을 가야 한다고 하였다. K 은행으로 노트북을 가지고 갔다. 기계에 대해서 모르니 노트북을 들고 다녀야 했다. 눈치를 살피다가 두말할 것도 없이 노트북을 들이밀면 마음 착한 사람들은 내가 밀어준 노트북을 도로 밀어내지 못한다. 울며 겨자 먹기로 할머니의 애원을 받아준다. 솔직해야 된다는 것을 지금에야 배우고 있다. 모르면 모른다고 가르쳐 주십사 하면 모두가 찬성이다. 요즈음 사람들은 참 친절하다. 초등학생도 다 할 줄 아는 컴퓨터이기에 그래도 거절 보다는 가르쳐 주려고 애를 써주었다.

이 은행은 다른 은행보다 분빈다. 더구나 코로나로 인해서 거리두기를 하면서 더욱 복잡하다 밖에서 줄을 서 있다가 한 사람이 나와야 한 사람이 들어가기에 안내하는 계장님은 정신이 없이 바빴다. 무슨 업무로 왔는지 물었다. 자신이 도와줄 일이면 도와주겠다고 하였다. 처음에는 공인 인증서 때문에 왔다고 하였다. 안내를 맡은 계장님은 공인 인증서 같은 것은 아무 것도 아니라는 식으로 쉽게 대답을 하였다. 나는 인증서도 인증서지만 온라인 공부를 할 수 있도록 학교에 관한 모든 것을 배우려고 간 것이었다. 너무 쉽게 대답을 해서 안심을 하기는 하였지만 설마 하며 기다렸다. 길게 늘어선 줄이 없어지고 은행 마감 시간이 다 되었을 때에야 나를 불렀다. 무조건 노트북을 내 놓으며 사실을 실토했다. 아무것도 모르기에 온라인 하는 방법과 인증서를 하러 왔다고 하였더니 잘 오셨다고 한다. 골치 아픈 손님인데도 잘 오셨다고 하니 할 말이 없어서 죄송하다는 말만 하였다. 일단은 인증서부터 하고 학교에 관한 것은 그 다음이라면서 하나하나 문제를 해결해 나갔다. 집에서 혼자서도 할 수 있도록 자세한 설명과 함께 아주 친절하게 가르쳐 주었다. 나는 배움의 동냥을 부끄럽게 여기지 않았다. 모르는 것은 모른다고 솔직하게 말했다. 그렇게 배운 컴퓨터로 온라인 공부와 과제도 제출할 수 있다. 글도 마음껏 쓰고 있다. 타닥타닥 키보드 소리가 날 때마다 가슴이 저려온다. 그 짜릿함은 말로 표현할 수가 없다. 유리 조각처럼 산산이 깨어져 흩어져 버린 내 꿈이 하나하나 모여드는 소리 같다. 조그마한 노트북 속에서 펼쳐지는 인터넷이라는 세상. 그 속에는 푸른 바다처럼 넓고 파란 하늘처럼 높았다. 이제 늦었다고, 너무 늦었다고 할 수 없다고, 포기를 하였다면 아무것도 이루지 못했을 것이다 기계치면 어떠랴, 모르면 어떠랴, 누구나 태어 날 때는 '응아!' 하는 울음소리만 내면서 태어난다. 그 후의 인생은 자신에게 달려있다. 할 수 없다고 물러서지 말고 모르면 물어서라도 당당하게 나아가라.

발전하는 요즈음에는 컴퓨터 하나만 잘 다루어도 많은 것을 할 수가 있다. 컴퓨터 속에는 우리가 헤아릴 수없는 세상이 가득 차 있다.

키보드 하나를 어떻게 치느냐에 따라서 인생이 구만리까지도 열리는 세상이다. 복잡하다고 배움을 미루지 말자. 복잡하면 쪼개자. 쪼개서 훑으면 시작이 보인다.

가장 쉽고 작은 것부터 시작하는 것이다. 무슨 일이든지 시작하면 반은 이룬 것이다. 무엇을 하든지 냄비 근성은 버려야 한다. 펄펄 끓는 것은 열정이 아니다. 끈질기게 묵묵히 하는 것이다. 자신의 꿈을 이루는 것의 시작은 두드림부터다.

나도 포기하려고 하였다. 그런데 교회에 살다가 충격적인 일로 인하여 시각장애가 된 자매님을 있다. 주일마다 교회에 오고 가는 길을 도와주면서 생각이 달라졌다. 내게는 건강이 있구나! 할 수 없다고 포기하는 것은 가장 미련한 것이라는 생각이 머리를 채웠다.

오기가 생겼다. 이제는 내가 포기하는 것도 시작을 하는 것도 수십 번의 기회가 있는 것도 아니다. 손이 없는 것도 아니고, 보지 못하는 것도 아닌데 모두가 건강한데 이건강 가지고 무엇을 못하겠다고. 포기를 할 것인가! 하다가 안 되면 다시 하면 되는 것이다. 부끄러워 하지말자며 내 자신을 달랬다. 컴퓨터에 대해서는 모르고 살아도 되는 줄만 알았다. 하지만 못한다고 포기하면 그게 바로 장애인이라는 생각이 들었다.

장애를 가진 사람도 할 수 있는 일을 찾아서 해내는 사람도 많다. 내게 건강만 있다면 딱 한 가지는 잘하는 것이 있게 마련이다.

열매를 맺을 때의 비와 햇빛과 바람이 있다면 사람에게도 세 가지의 액체가 있다고 한다. 눈물과 땀, 피라고 하였다. 무엇이든지 노력하지 않고, 짜디짠 땀을 흘리지 않고, 피를 흘릴만한 아픔을 견디지 않고는 아무것도 거둘 수가 없다고 하였다. 하지 않아도 후회는 하게 되고, 해서 이루지 못해도 후회는 하게 된다. 하지만 해보지 않고 후회하는 것 보다는 해보고 후회하는 편이 훨씬 좋다. 해보지 않고 후회를 하게 되면 미련 때문에 만사가 뒤틀린다. 내 삶의 꿈을 이루기 위해서는 마지막 한 방울의 피까지 쥐어짜는 고리대금업자처럼, 내 자신에게도 가혹할 때는 가혹하여야 쓰디쓴 열매가 달달하게 될 것이니까. 열매가 처음부터 달달한 것은 없다. 쓰기도 하고 떫기도 하고 시기도 하고 밋밋하기도 한다. 비와 햇빛과 바람을 맞으면서 달달한 제 맛을 갖게 된 것이다.

숨 가쁘게 살아온 고귀한 소풍 같은 인생을 어느 누가 대신 살아주지는 않는다. 가는 길 만큼은 숨 가쁘게 가지 말자. 꼭 해야 할 것을 하지 못해서 아쉬운 미련을 두고 살지 말자. 모르는 것을 배운다는 것은 참 신기한 것이었다. 비록 동냥으로 배우기는 하지만 모두가 처음 태어날 때부터 알고 태어난 사람은 없을 것이니까. 태어날 때 알고 태어난 것은 딱 한 가지는 있다. 자지러지게 자신을 부모에게 알리는 울음이다. 오줌을 싸도, 배가고파도, 울음으로 자신의 요구 사항을 알리는 울음소리다. 그러니 모르는 것에 겁먹지 않아야 배울 수가 있다. 배움에는 나이가 없다. 세 살 먹은 아이한테도 배울 것은 배우는 것이 상책이다.

내가 이 컴퓨터를 배울 때 가장 미안한 사람이 있다. 교회 청년이다. 예배를 마치고 잠시 쉬는 시간인데도 노트북 밀어주며 배우는 것이 미안했다. 남의 쉬는 시간을 침범하는 것이기에, 하지만 그렇게 하지 않으면 공부를 할 수가 없었다. 배우는 것에는 남의 눈치에 여념하게 되면 아무것도 할 수가 없다. 내 생각 같으면 직장에라도 가지고 다니며 쉬는 시간에 배우고 싶은 심정이었다. 아직도 배울 것이 많다. 키보드 치는 것과 메일 보내는 것, 온라인 공부하는 것 외에는 아직도 서툴다. 하지만 서툴러도 괜찮다. 배우면 되니까.

그런데 이렇게 배움에 열정을 쏟아내다 보니 성격이 달라진다. 짜증낼 시간이나 불만불평 할 시간이 없다. 쓸 때 없는 시간을 소모하는 일이라고 생각하기 덕분이다.

4
꿈을 가졌으면
좋겠습니다.

꿈을 가졌으면 좋겠다. 처음부터 잘 하는 사람은 많지 않다. 한두 번쯤은 누구나 실패를 경험하게 된다. 실패를 두려워하거나 부끄러워 할 필요도 없다. '실패는 성공의 어머니'라고 하였다. 누구에게나 실패의 쓴 맛을 봐야 단맛을 맛볼 수가 있다. 나이 칠순이면 어떻고 팔순이면 어떤가! 꿈은 주저앉고 싶을 때 걸을 수 있게 한다. 꿈은 드러눕고 싶을 때 일어서게도 한다. 꿈이 있다면 딱 한 가지만 말하라고 하면 선뜻 말을 못한다. 누구에게나 소중한 꿈은 두 가지도 아니고 딱 한 가지는 있게 마련이다. 이마저도 멍석을 깔아 주면서 말을 하라고 하면 "다 늙어서 꿈은 무슨 놈의 꿈?"이냐며 부끄러워한다.

꿈이 있는 사람은 풍요로운 삶을 살고 있다는 증거이기도 한다. 설령 내일 아침 서로 다른 세상 사람이 될지라도, 오늘의 꿈을 위해 살아 봤으면 한다. 서슬 퍼런 시어머니 노릇은 잘 하면서도 꿈이 무어냐고 물으면 속마음은 뜨거운 피가 펄펄 끓고 있으면서도 선뜻 말을 못한다. 부끄러워서 속만 가맣게 태울 뿐이다.

나도 내 나이가 칠순을 바라보고 있는 줄도 몰랐다. 고검까지 합격을 해 놓고도 언제나 내 나이는 오십 줄을 놓지 않고 꽉 붙잡고 있는 줄만 알았다. 그 줄이 삭고 있는 줄은 꿈에도 몰랐다. 언제라도 내가 하고자 할 때면 나 여기 있습니다. 하고 새파랗게 내 앞에 다가 설 줄로만 알았다.

올해 아니면 다음에 하면 되지, 하면서 금은보화를 다 캐고 나서 하려고 미루어왔다. 그런 나에게 깜짝 놀라는 사건이 있었다. 동사무소에서 노인증명서가 날아왔다. 내용을 보니 기초연금 대상자라며 서류를 작성하여 동사무소에 접수를 하라는 내용이었다. 쇠망치로 머리를 얻어 맞은 것처럼 쿵! 하는 소리가 머리에서 나는 것이 아니고 내 심장에서 멈추었다.

'내가 벌써 기초연금을 탄다고?' 내 나이가 몇인데, 깜짝 놀랐다. 세월만 가고 내 나이는 그대로 가만히 있는 줄만 알았다. 심장이 힘을 잃고, 치아가 흔들리고 망가져서 임플 란트를 하는데도 나이는 먹는 줄도 모르고 세월만 덩실덩실 가는 줄만 알았다. 파란 하늘 한번 제대로 쳐다보지 못하고 일에만 몰두해 왔는데, 기초연금자라니! 한심했다. 마음이 바빠졌다

이제라도 피우지 못한 꿈의 꽃을 피워야겠다는 마음으로 독립을 강행하였다.

꿈이 있으면 시간을 아낄 줄 알게 된다. 부지런해진다. 쉽게 늙지 않는다. 쓸 때 없이 마실을 다니지 않게 된다. 말이 적어지니 에너지 소모가 덜 되니 정신이 맑아진다. 나는 비록 청소부 일을 할지라도 내가 가장 하고 싶은 글쓰기와 공부를 하니 진흙탕 속에서 피어난 연꽃을 보는 듯 황홀하기만 하다.

배가 무게 중심인 균형 감각을 지키지 못하면 결국은 침몰하고 만다. 인생은 공수래공수거라고는 하지만 희망을 건져 올리는 순항의 배를 뒤집히지 않도록 중심을 잘 잡으면 치매도 범접을 하지 못하고 도망을 가고 만다. 내가 편하게 살려고 머리를 쓰지 않고 쉬게 되면 치매가 더 반갑게 손을 잡으려고 덤벼든다.

절대로 나이 때문이라고 물러서지 말아야 한다. 머리를 써야 녹이 슬지 않는다. 내 꿈을 이루기 위해서 머리를 쓰게 되면 혈액을 맑게 해주는 원동력이 되지 않을까 하는 생각이다.

사람의 소소한 행복도 추억의 되새김에서 나온다고 한다. 내가 꿈을 이루기 위해서는 기억력을 되새김질을 하게 되면 분명

삶이 새로워질 것이다.

공부는 아무나 하느냐고? 꿈은 아무나 이루느냐고? 할 수 있다는 자신만 있으면 이룰 수 있다. 나는 틈만 나면 '너는 할 수 있어' 하면서 이전에는 하늘을 올려다보지 않았지만 지금은 하늘을 자주 본다. 할 수 있다고 하면서 파란 하늘을 쳐다보면 힘이 솟는다. 그 힘으로 하

루를 살고 또 새날을 맞이한다. 내가 이루고자 하는 꿈이라고 해서 거창한 것만이 꿈이 아니다. 진달래꽃 따먹고 물장구치던 어린아이 때부터 가장 하고 싶었던 평범한 것이다. 아무리 작은 것이라도 이루고 싶은 것은 꿈이다. 그 작은 것이라도 대신 해주는 사람은 없다. 내 인생이니까. 바다 속에서 파닥거리는 꿈을 잡아 올리는 것은 아니다.

또 나이는 많아서 할 수 없다며 손 사례를 치면서도 바쁘다는 말은 입에 달고 산다. 하루 종일 붙잡고 몸부림치라는 것이 아니다. 그토록 바쁘면 자투리 시간에 깨어있으면서 이 시간을 잘 활용하면 얼마든지 '다른 삶'을 살 수가 있다. 꿈을 이룰 수가 있다는 것이다. 자투리 시간을 무시하면 안 된다. 인생의 진짜 게임은 따지고 보면 이 자투리 시간에 달려 있다고 하여도 과언이 아니다. 내가 15분을 외치는 것도 바로 자투리 시간을 활용하자는 것이다. 사람이 살아 있으면 하는 것은 없지만 바

쁘다. 오늘도 바쁘고 내일도 바쁘다. 지금은 바빠서 아무것도 할 수가 없다는 것이다.

사람은 마음먹기에 따라서 인생이 달라진다. 고정관념을 버려야 자투리 시간을 활용할 줄 안다. 에잇!, 그까짓 것쯤이야 하고 자투리라고 무시하지 말자. 나는 이 자투리 시간을 활용하며 책 쓰기 글쓰기 온라인 공부를 하고 있다. 남이 보면 아무것도 아닌 것 같지만 나에게는 내 인생의 전부와도 같은 소중한 꿈을 이룬 것이다. 물론 이렇게 이루기에는 눈물을 흘리지 않았겠는가!. 그러나 눈물 흘리는 것을 부끄럽게 여기지 않았다. 눈물을 흘리면 흘릴수록 도전정신이 되살아났다. 자연의 모든 성장에는 수분이 필요하듯 삶에도 적당한 눈물을 흘려야 아름다운 인생으로 성장할 것이다.

마음 놓고 여행한번 제대로 가보지 못했다. 잠을 늘어지게 자지도 못했다. 자지러지게 웃어 보지도 못했다. 웃는 시간도 아까웠기 때문이다. 내가 이렇게 살지 않으면 먼저 떠난 남편에게 무척 미안하다는 생각뿐이었다.

우리의 일상을 살펴보면 이런저런 일을 하면서 하루를 보낸다. 조금만 더 돌아보면 자투리 시간은 얼마든지 활용할 수가 있다. 덕분에 건강도 좋아지고 자투리 시간을 잘 활용하면 삶의 모든 것이 달라지게 마련이다. 문제를 쪼개듯이 시간도 쪼개면 나도 모르게 삶이 달라진다. 입에서 바쁘다는 말도 잘 나오지 않는다. 그 자투리 시간을 활용하여 하나 둘씩 이루어지는 것을 몸소 느끼기 때문이다. 큰 것을 얻으려는 것 보다는 아주 사소한 것이라도 성취하게 되면 그 기쁨은 말로는 표현할 수가 없이 가슴에서 먼저 알고 말한다.

지금에야 20대에 만났던 직장 동료의 말이 귀에서 쟁쟁한다. 검정고시 공부를 하면서 야간고등학교를 다니면서 영화 한편 보자고 하면 시간이 없고 세월이 아깝다며 하루하루의 시간표를 만들어 놓고 숨을 쉬는 시간도 아까워하였던 동료가 그리워지기도 한다. 그렇게 공부하여서 박사가 되고 교수가 되었는지가 궁금하다. 아마도 그는 분명히 박사가 되어 교수도 되었을 것이라는 생각을 요즈음에야 하게 되었다. 꿈은 이렇게도 인생을 달라지게 할 수 있다는 것을 칠순을 바라보는 지금에야 알게 되었으니 후회한들 무슨 소용이 있겠는가?.

그가 가는 길을 함께 동행 하였더라면? 하는 아쉬움이 저물어가는 석양에서야 너무 붉게 비추인다.

시간은 멈추지 않는다.

인생은 타이밍이다!.라고 한다. 세상에 모든 사람에게 주어진 시간은 24시간이다. 누구는 눈이 예뻐서 30시간을 주었고, 누구는 코가 예뻐서 36시간을 주었고, 누구는 입이 예뻐서 48시간을 준 것이 아니다. 자신에게 주어진 24시간을 어떤 사람은 30시간, 36시간 심지어는 48시간으로도 활용할 만큼 다양한 삶을 살아간다. 이렇게 주어진 시간보다 더 많은 시간을 사는 사람도 있지만 그 반면에 시간이 멈춘 사람도 있다. 반면에 자투리 시간을 잘 활용하여 삶을 백팔십도로 바꾼 사람들도 있다. "집만큼 위험한 곳이 없다"(김동현 작가)의 책에는 '삶은 제3의 공간으로 열려야 한다.'고 한다. 제3의 공간은 직장과 집만 오고가는 것이 아닌 곧 자투리 시간을 어떻게 활용하느냐에 따라서 삶이 달라진다고 하는 것이다.

'마치 항구에만 머물러 있는 배는 문제가 있는 것처럼 배는 항해를 위해 존재한다. 일단 뱃고동 소리를 내며 바다를 향해 떠나야 그 역할이 비로소 시작된다.(김동현 작가)고 한다. 이렇듯 제3의 공간이란 집과 직장 외에 다른 곳에서는 지신이 가장 좋아하는 일을 하며 시간을 사용할 수 있는 곳을 말한다.

장사를 하면서 제3의 공간을 다니면서 자신의 삶을 동색을 금빛으로 반짝 반짝 빛나게 바꾼 사람들을 만나기도 하였고 권하기도 하였다. 모두가 그렇게 자투리 시간을 활용하여 삶을 바꾸면 좋겠지만 삶을 멍들게 하는 곳도 있다. 제3의 공간도 공간 나름이기에 '인생은 타이밍'인데 타이밍이 멈추는 곳에는 위험하다. 직장생활을 하면서도 사업을 하면서도 자투리 시간을 잘 활용한 사람의 노후는 부러울 정도로 다른 삶을 산다.

어떤 출판사는 "당신에겐 당신의 타이머가 있다"라는 제목을 보고 타이밍을 기다리라는 것으로 생각한 출판사가 있었다. 타이밍은 가만히 앉아서 기다리라는 것이 아니다. 시간을 주물러야 하고 갖고 놀아야 한다. 찾아다녀야한다. 결혼을 하려면 짝을 찾기 위해서는 남녀가 모인 곳에 부지런히 찾아다녀야한다. 교회든 동호회든 성당이든 열심히 찾아다닐 때 비로소 원하는 배우자를 만나게 된다. 결혼은 좋은 것이고 신의 축복이다. 타이밍도 가만히 내게 오도록 기다리는 것이 아니고 찾아 다녀야 내가 원하는 타이밍을 소유할 수가 있다.

하루는 세끼가 기본으로 한다면 아침 한 끼를 거르고 다음에 먹으면 된다. 라고 생각을 한다면 그 다음에 '오늘'의 아침은 다시는 먹을 수가 없는 것이다. 이렇듯 한번 지나간 타이밍은 다시 오지를 않는다. 한 번 놓친 버스는 기다리면 다시 오지만 지나간 시간은 다시 올 수 없다는 것을 기억하자. 내 타이밍 속에는 언제나 꿈이 함께 했다. 내 평생에 소중하게 간직해온 꿈이 어느 때는 썰물처럼 밀려가서 다시는 내게로 밀려 올 것 같지가 않았다. 하지만 꿈을 포기하지 않고 내게 주어진 타이밍을 놓치지 않으려고 주무르고 또 주물렀더니 드디어 내 친구가 되어 날마다 나와 놀이를 하고 있다. 감사할 뿐이다. 설령, 당장에 동화작가나 소설가가 되지 못할지라도 나는 후회하지 않는다. 빙판 위를 놀이터처럼 춤을 추며 마음껏 뛰는 김연아 빙판의 스타가 하루아침에 이루어진 것이 아니다. 넘어질 만큼 넘어졌기에 빙판의 스타가 되었듯이 하루 아침에 훌륭한 동화작가나 소설가가 되기를 바라지는 않는다. 주어진 내 타이밍을 놓치지 않고 온라인 공부와 글쓰기의 주어진 타이밍을 소홀히 하지 않고 소중하게 만질 것이다.

어느 지인은 전철역이 가까운 곳에 집이 있었는데, 집을 전세로 내놓고 조금 변두리인 곳으로 이사를 하였다고 했다. 자식들은 다 커서 독립을 시키고 버스를 타고 30분의 거리에 집을 마련하여 자가용으로 출퇴근을 하는 것이 아니고 버스를 타고 출퇴근을 한다고 하였다.

출퇴근 시간을 이용하여 책을 읽고 하루 할 일을 메모로 정리를 하기도 한다고 하였다. 그렇게 자투리 시간을 활용하다 보니 일 년 열 두 달이 열다섯 달을 사는 기분이라며 웃었다.

그렇게 읽은 책이 한 달에 두 세권은 더 읽을 수가 있다며 자신의 결정에 만족해하였다.

나도 버스를 타고 20분 정도 시간이 소요된다. 새벽에는 밖이 어둡기에 차안에서 책을 읽는다. 세권은 읽지 못해도 한 권은 더 읽게 된다. 퇴근할 때는 밖이 환하기에 계절마다 변화하는 밖을 구경한다. 계절이 오는 소리도 듣고 가는 소리도 듣고 머무는 소리도 듣는다.

밖을 보아도 타이밍이 넘실댄다. 우리의 일상에 따지고 보면 타이밍이 걸리지 않은 곳이 한 곳도 없다. "흔들리지 않고 피는 꽃이 어디 있으랴!"고 하였다. 시간이 머물지 않는 곳이 어디 있는가! 한 곳도 없다. 시간은 내 품안에서 갖고 놀아야 한다.

칠순을 바라보는 나이에 글을 쓰고 공부를 한다는 것은 진흙탕 속에서 피어난 연꽃을 보는 듯 황홀하고 행복하다. 무엇이든지 할 수 있다고 물러서지도 말고 포기도하지 말고 무엇을 하든지 자신감을 갖고 타이밍을 기다리지 말고 찾아 나서자.

힘들다, 이래서 죽겠고 저래서 죽겠다고 엄살 부리지 말고 주어진 24시간을 48시간으로 쪼개서 꿈을 이루었으면 좋겠다.

46세에 남편과 사별하고 두 아들의 엄마로 수천 톤의 가장의 무게를 짊어지고 IMF의 금융위기의 2억의 부도를 겪으면서도 포기보다는 할 수 있다는 자신감으로 내게 주어진 타이밍을 스스로 만들어 가며 문학소녀의 꿈을 늦게나마 이루게 됨을 꿈을 포기하려는 많은 사람들에게 전하고 싶었다. 출판사 몇 곳에 원고를 보냈다. 프로방스 출판사에서 부족한 글이지만 좋게 평가해 주어 덕분에 희망의 나라로 날아가는 기분이다. 석양의 붉은 빛을 더욱 붉게 빛나게 해준 프로방스 출판사에 감사를 전하고 싶다.

아울러 지금까지 꿈을 포기하지 않도록 나를 인도해 주신 주님께 감사를 드린다. 이제 걸음마를 배우는 마음으로 한걸음씩 자박자박 배우고 있다. 얼마나 넘어질지는 모르지만 주님 손잡고 일어설 것이다. 살아있어 펜을 잡을 힘이 있고 키보드 누를 힘을 주님께서 날마다 허락하실 것이다.

부족한 글을 만나 주신 독자 모두에게 주님의 축복이 임하시리라 믿습니다.

2021년4월10일 탈고를 마치며